貴方が困った時は
　誰が助けてくれるのですか？

中山七里

当你陷入困境时，谁会施以援手？

——中山七里

文治

# 那些得不到保护的人

［日］中山七里 著
刘姿君 译

護られなかった者たちへ

台海出版社

北京市版权局著作合同登记号：图字 01-2023-1116

MAMORARENAKATTA MONOTACHI E
Copyright © 2018 Nakayama Shichiri
Chinese translation rights in simplified characters arranged with NHK PUBLISHING,INC.
through Japan UNI Agency, Inc., Tokyo

**图书在版编目（CIP）数据**

那些得不到保护的人 /（日）中山七里著；刘姿君译 . — 北京：台海出版社，2023.7
　ISBN 978-7-5168-3566-1

　Ⅰ. ①那… Ⅱ. ①中… ②刘… Ⅲ. ①推理小说 – 日本 – 现代 Ⅳ. ① I313.45

中国国家版本馆 CIP 数据核字（2023）第 093041 号

本书中译本由时报文化出版企业股份有限公司委任英商安德鲁纳伯格联合国际有限公司代理授权

# 那些得不到保护的人

| | | | | |
|---|---|---|---|---|
|著　　者：|[日]中山七里| |译　　者：|刘姿君|
|出 版 人：|蔡　旭| |责任编辑：|俞滟荣|

出版发行：台海出版社
地　　址：北京市东城区景山东街 20 号　　邮政编码：100009
电　　话：010-64041652（发行，邮购）
传　　真：010-84045799（总编室）
网　　址：www.taimeng.org.cn/thcbs/default.htm
E - m a i l：thcbs@126.com

经　销：全国各地新华书店
印　刷：三河市冀华印务有限公司
本书如有破损、缺页、装订错误，请与本社联系调换

开　本：880 毫米 ×1230 毫米　　1/32
字　数：226 千字　　　　　　　　印　张：12
版　次：2023 年 7 月第 1 版　　　印　次：2023 年 7 月第 1 次印刷
书　号：ISBN 978-7-5168-3566-1

定　价：59.00 元

版权所有　翻印必究

# 目录

好人之死　001

君子之死　073

穷人之死　139

家人之死　199

恩怨到头　275

好人死

# 1

墙上的时钟走过晚间七点时，三云忠胜正好处理完最后一份待核文件。他将桌上所有的文件全放进分配给自己使用的文件柜，上了锁，确认柜门都关好了。慎重再慎重——这是三云一贯的作风。

"辛苦了。还不下班吗？"

三云对还留在办公室里的泽见这么说，只见泽见在电脑前无力地摇头。

"申请书还有四份，大概还要一个小时吧。"

虽然很想帮忙，但自己只是处在盖章审批的岗位，不宜插手那些案件。

三云留下一句"差不多就收工吧"，便离开了办公室。

走出青叶区公所大楼时，仙台街头的霓虹灯下已昏然闪烁。车流声中响起年轻女子的娇声，幽静的建筑群中喧嚣起来。若是初次到访，恐怕很难想象短短四年前这里曾遭逢前所未有的大地震。事实上，灾后最早复原的便是仙台市。盐釜港附近的宫城野区和若林区等地尽管损伤惨重，但来自各地的人员、物资、钱款汇聚，有效推动了复兴工程。

然而，市街恢复了生气，并不能保证生活在其中的人们的心也复原了。有人失去了亲人，有人失去了家，有人失去了心。人人心中都有缺憾。

三云还算幸运的。虽失去了住在沿岸的哥哥、嫂嫂和两个侄儿，至少自己一家平安无事。也许有人会批评他不近人情，但他相信将所有的爱倾注在幸存者身上才是对逝者最好的供养。

不知老婆的心情如何？今晚的菜式会是自己爱吃的吗？边走边想时，背后忽然有人叫住了他。

"三云先生。"

一回头，面前出现的人令他感到意外。

"你怎么会在这里……"

"我在等你呀。"

*

"你们家的公寓好臭。"

接到电话的那一刻，寺山厌烦地想：啊啊，又来了。

前来投诉的是住在附近的多惠婆婆。她的散步路线会经过寺山名下的公寓前方，明明是别人土地上的问题，她偏要挑毛病，像是杂草长到人行道啦，缺德的人把垃圾丢到外面啦。寺山有时甚至怀疑她散步是为了找投诉的素材。

"这样真的会让邻居很困扰,麻烦处理一下。"

"好好好,知道啦。"

放下听筒,看看墙上的钟,上午八点刚过不久。寺山按捺着满腹牢骚,准备外出。

遭到投诉的公寓建于寺山自家的五十米外。那幢公寓是很久以前寺山投入了整笔退休金盖的,三十年后自然老旧了。再加上地点不讨喜,两年前便已化为空无一人的幽灵公寓。

这种事在地方都市很常见:市区因新干线通车一分为二,一盛一衰。即便仙台是东北第一大都市也不例外,仙台车站西口那边越来越热闹,东口这边被划为农地未曾变更,人口也没有增加。寺山所住的若林区至今仍残留着老住宅区,这是不讨喜的原因之一。干脆把老房子拆了整建为收费停车场吧,搞不好收益还能有所改善,他偏偏连拆建的费用都筹不出来。没房客收不到房租,但现在固定资产税还很低,也只能摆着了。

不久后寺山到达了自己的出租公寓"日出庄"。褪色的墙处处龟裂,铁艺楼梯早已过时。与名称背道而驰的破落样,他看一次叹一次。

一靠近,果真恶臭扑鼻,是水果烂掉的那种甜馊味。看样子是缺德的人乱倒生鲜厨余垃圾。异臭是从一楼三号室传出来的。寺山进了公寓,打开三号室的门——不禁惨然呻吟。

房里倒着一具像是尸体的东西。

十月十五日，接到若林区荒井香取发现一具尸体的通报后，县警搜查一课的笘篠诚一郎草草解决了迟了的早餐，前往现场。

尽管十月之后早晚明显转凉，白天太阳还是大得让人冒汗。据说发现尸体的老公寓恶臭不堪，不难想见尸体已因室温腐败到何种程度。

目前尚未收到死者是谁、死于何种状况等详细资料。但从辖区警署慌忙的反应可见，其中有谋杀的可能，同时也不能排除独居老人孤独死的可能性。毕竟地震之后，痛失亲人、家乡的老人家悄然死去的例子绝非少见。市中心虽已复原了不少，此地仍是满目疮痍。迟迟没有进展的复兴工程与难以填补的失意，使东北人日日在愁闷中度过。笘篠也是其中之一。

他抵达现场，只见公寓入口已设置了蓝色防水围布，表示验尸已经开始或已结束。

"辛苦了！"

先行抵达的莲田跑过来。不愧是自初中便一直隶属于运动社团的人，在阶级分明的警察体系中更加严守上下级关系，只是这么规矩倒是让笘篠略嫌厌烦。

"验完尸了吗？"

"正好刚验完。不过鉴识[1]还在现场采集证物。"

---

[1] 鉴识：根据犯案现场的笔迹、指纹、血迹、脚印等对案件进行科学侦查。法医学也是鉴识的一个门类。日本警视厅刑事部专门设有鉴识课。

与莲田一同走进蓝色防水围布，顿时恶臭扑鼻。本能使他避讳同类的尸臭，以至于调到搜查一课快十年了，还是习惯不了这味道。

陈尸现场三号室格局老旧，三坪[1]的房间另有聊胜于无的厨房和卫浴。三名鉴识课员蹲在室内，唐泽检视官俯视着他们以及倒在中央的尸体。

"哦哦，笃篠先生，辛苦了。"

唐泽出声招呼，但笃篠的注意力全集中在尸体上。

尸体四肢遭到捆绑，嘴巴也被塞住了。

笃篠先合掌行了一礼，才又细看尸体。尸体四肢被封箱胶捆了好几层，嘴巴同样也被封住，只有鼻子幸免。笃篠觉得奇怪的是封箱胶的状态。胶带表面有好几条褶皱。

"是典型的饿死症状。"

唐泽若无其事地说。

"全身肌肉异常萎缩，体重明显减少，应该是因为各个器官的重量都减轻了。死者这个状态自然连水分都无法摄取，所以也有可能是在饿死之前便已出现脱水症状。大约已经死亡两天了。"

胶带上的褶皱是肌肉收缩造成的吗？

"不过未经司法解剖我也不敢确定。毕竟我没有多少验饿死尸体的经验。"

---

[1] 坪：土地或房屋面积单位，1坪约合3.3平方米。

唐泽的说法卸责意味浓厚。因为过去虽少有饿死的案例,这几年却因孤独死的增加而明显变多了。

"来把封箱胶撕下来吧。"

笘篠请鉴识动手,小心翼翼撕下封箱胶,然后脱去死者的衣物。不久,腹部已腐败变色的躯体便裸露在眼前。

腐败,是人体内的常居菌侵蚀内部组织的现象,通常首见于下腹部。这具尸体也是自腹部至胸部变为青黑色。虽死于饥饿状态,腹部却因肠道胀气而不自然地膨胀。

之所以膨胀的腹部显得不自然,是因为尸体的脸在肌肉收缩之前是瘦的。死者年龄约五十岁,身高中等,男性。笘篠根据服装推断他多半不是从事体力劳动,而是从事业务或内勤工作的。

由于遭到绑缚,不可能是自然死亡。死者是遭人绑架、剥夺行动自由,在无法求救的情形下被弃置的。其在饥渴交加中备受折磨,最后慢慢死去。细想之下,没有比这更残酷的杀人方式了。

笘篠立即想到的是仇杀。若纯粹是为钱,不会采取如此耗时费力的做法。

"找到死者的证件了。"

翻看死者衣物的鉴识课员扬声说。

"钱包里有四张万元钞,八张千元钞,少许零钱。还有驾照和员工证。"

既然现金四万八千多都没碰，强盗杀人这条线就完全不必考虑了。

迅速封入塑料袋的证件传到笘篠手中。

将尸体与证件上的大头照对照，虽衰弱许多却是本人无误。

〈姓名：三云忠胜　昭和四十三年（一九六八年）八月六日生。　住址：宫城县仙台市青叶区国府町〇-〇〉

接着看员工证，笘篠的视线瞬间紧黏在发行单位上不动了。

〈仙台市青叶区福利保健事务所　保护第一课课长　三云忠胜〉

"竟然是福利保健事务所的课长。"

笘篠不禁失声说道。固然他猜中了死者从事业务或内勤工作，但更令人吃惊的是他的身份。

从旁探头过来看的莲田也一脸意外。

"福利保健事务所课长的职位也算不低了吧。身上带的钱也不少。"

"这个年纪带四万八是在正常范围内哦。"

"咦？是吗？"

"我年轻的时候有人跟我说过，几岁身上就要带几张千元钞。没人教过你吗？"

话说出口笸篠就后悔了。莲田的表情显得非常受伤，但这不是他的错，是至今带他的前辈指导不力。

然而，有一件事比莲田的脸色更令人痛心。不是别的，正是对三云的遗憾。眼睁睁看着自己不断衰弱却连死期都无从选择的痛苦。由于只有行动受限，咽下最后一口气前他有的是时间思考。痛苦、悲哀、不甘，以及对身后的亲人朋友的遗憾、后悔——

笸篠又看了一次驾照上的照片。证件照大多面无表情，但即便除去这一点，那仍是一张好人的脸。

三云与自己同为公务员，而且还是从事福利保健的人。三云的立场是保护社会弱势群体，自己是为犯罪的被害者讨公道而奔走，两人有共同之处。因而笸篠比平常对死者更加同情，对凶手更加愤怒。

笸篠叫住鉴识课员问道：

"有没有发现任何疑似凶手留下的物品？"

然而，鉴识课员个个无精打采。先到场的辖区调查员说出了其中原因。

"本来这栋公寓两年前就没人租了，地上也积了厚厚一层灰。"

"那应该更容易找出死者和凶手的脚印和残留物吧？"

"可是……凶手是把死者拖着带进来的。而且在离开的时候,应该是沿着来时的痕迹走,既没有留下立体印痕,也没有平面印痕。但愿可以验出凶手的体液或毛发。"

"这样的话,玄关的硬泥地那里应该会留下脚印吧?"

"有凶手自行清除过的痕迹。"

笘篠低低呻吟。懂得清除自己的脚印,如此细心的凶手,只怕不会轻易留下体液和毛发。

"指纹成为一般常识之后,不是很多犯人都会戴手套犯案吗?这也是同样的道理。这年头的警探片都以科学办案的专业知识为主题,犯罪者对办案经过也越来越了解,实在是给我们这些实际办案的人添了麻烦啊。"

对此笘篠也有同感。最近甚至有外国人复制他人指纹非法入境的。犯罪手法与科学办案永无止境地你追我赶并非现在才开始,但他仍不免觉得拍得好的推理剧确实成了犯罪者的启蒙课。

"只是,长久以来没有人出入反而是好事。不明指纹和第三者的残留物应该很少,能够采到凶手残留物的机会一定不少。"

笘篠与莲田将希望寄托在鉴识课员这句话上,离开了房间。在公寓大门那里,遇到了之前因共同办案而熟识的仙台中央署的饭田。

"哦,原来本部的专员是笘篠先生啊!"

饭田一看到笘篠便粲然一笑。他比笘篠小两岁,个性随和,他们在辖区强行犯[1]系统中是最谈得来的。

"现在正针对周边居民进行访查。凶手肯定熟悉这个地方。"

饭田的语气听上去很自信。

"有什么根据吗？"

"就像你看到的，这是栋几近废墟的老公寓，没有人会在有人居住的地方监禁被害者。凶手一定知道这栋公寓没有人。"

所以才说熟悉这个地方吗？

的确，如果不是监看一整天确定有没有人出入，便无法断定一栋公寓没有人住。即使能从外观推测，但不能完全确定没有住户便有可能遭到目击，凶手应该不会冒这个险。

"目前还没有得到目击证词说看到有人白天在这栋公寓附近徘徊。"

"所以你才会解释说，是本来就知道有这栋公寓的人，等到没有行人的深夜把被害者弄进来的？"

"对啊。这样嫌犯的范围就小很多了。"

"那么，钥匙的问题呢？"

"这个问题是有点头疼……不过，最好直接问房东，也就是尸体的第一发现者。这边请。"

在饭田的提议下，笘篠与莲田前往与蓝色塑料围布有段距离的一区。一个八十岁左右的老人被留在那里候传。

---

1　强行犯：指强盗、绑架、性侵、杀人等重大刑事案件。

"这位是'日出庄'的房东寺山公望先生。"

"我是宫城县警搜查一课的笘篠,谢谢您一早便来协助办案。"

寺山口中说着你好,低头行礼,却一副心不在焉的样子。

"寺山先生,听说您是因为邻居的通报发现尸体的?"

"是啊。有个老太太散步会经过公寓前面,她来跟我抱怨说经过的时候闻到恶臭。我一进味道最重的三号室就发现了尸体,马上报警了。"

"亏您认得出是尸体。您当时是过去确认了心跳停止之类的吗?"

"是不是尸体一看就知道。"

"哦?可是那具尸体没有外伤啊。"

"我小时候遇到过仙台空袭。看过被炸死、烧死的尸体,也看过饿死的。所以我一眼就看出那是饿死的。"

"您的公寓门窗都上了锁吗?"

"当然没有啊。"

"咦?"

"不是我说,这房子的拆除费用比固定资产税还高,我在等它自然腐朽。就算有人闯进来,也没有东西可偷,不要说窗户了,连大门都没上锁。"

一旁的饭田脸色不好看。

"在防范犯罪上,这种做法令人难以苟同。要是变成游民的巢穴，您打算怎么办？"

"你是说要因为这样逮捕我？"

寺山冲着饭田来。

"你们这些人真的很恶劣。遇到繁难事就推脱延宕，只会挑简单、能看得到成果的事做。税金从容易征收的地方征收，年金却是给最难搞的人先发。在逮捕犯人之前居然要先逮捕我这个屋主，真是岂有此理。"

笘篠设法安抚了激动的寺山，将在现场能看的、能问的，都看过、问过了。眼下司法解剖、鉴识、访查全都要等候结果，但笘篠他们仍留在现场，因为得到通知的死者家属即将赶到。

问完寺山不久，三云的妻子尚美现身了。

"听、听说找到我先生了，真的吗？"

她一定是接到通知便匆匆出门。连妆都没化，头发也是随手扎在脑后。

"啊，三云太太，请您镇定些。"

请家属认尸是现场最烦人的工作之一。刚让辖区的饭田处理寺山的抗议，所以笘篠不得不主动揽下了这件工作。他不动声色地递过去一个眼神，饭田便过意不去地低头行礼。

"他、他半个月前就音信全无，我报警之后一直在等消息。"

换句话说，三云月初就失踪了。从唐泽判断死者已死亡两日倒推，他是在两周内慢慢饿死的。

"真的、真的是我先生吗？没有认错人吗？"

"请您来便是为了认人。"

尚美像看什么不祥之物般看着蓝色塑料布，然后才猛然想起似的掩住口鼻。看来她终于察觉蔓延到附近的腐臭味了。蓝色塑料布与腐臭味两者混在一起，给尚美带来难以言喻的不安。

"也许对三云太太而言现实会令人伤心……"

"还请您不要激动。"这句话笘篠咽了回去，这样要求家属未免太过残酷。

他带尚美进了三号室，让她站在覆盖着白布的尸体头部旁。

"请确认是否是您先生。"

笘篠静静掀开白布，只露出尸体头部。

一见到尸体的面孔，尚美双眼大睁，掩着口鼻当场瘫软。

"太太。"

"是我先生，是我先生没错。"

认完尸也不能让家属一直站在旁边，尽管家属不愿离开，但这里是犯案现场，只好请她把哀伤留到司法解剖结束后的停尸间。

原本担心尚美看到丈夫的尸体会哭天抢地，但她却只是茫然自失，既不吵闹也不抵抗。听闻出了事的消息，好奇围观的民众和媒体记者已聚集在"日出庄"周围。笘篠先让尚美坐进警车。目的地是县警本部，三云家与县警本部同在青叶区，正好顺路。

比起在本部问话，在车上询问家属，紧张的程度会减少许多。笘篠将驾驶工作交给莲田，自己与尚美坐进后座。

"想必您非常震惊……现在心情平静些了吗？"

尚美点头答是，却仍掩着嘴。刚才多半是为了忍受恶臭，现在显然是为了忍住呜咽。

"方便说话吗？"

尚美不作声，又点了一次头。

"您先生失去联络，准确地说，是从什么时候开始的？"

"……十月一日的傍晚。平常他再晚归，十点前都一定会到家，那天却没回来，也没打电话回家……我想他会不会是临时有聚会要外宿，可是打手机、发短信他都没回……"

"您是什么时候报警的？"

"隔天。我想说不定他去上班了，打电话到区公所，他们说他没去上班。"

"您十月二日报警，之后就没有消息了？"

"我不只报警，还每天都去署里问。我强调我先生从来没两天都没跟家里联络，所以一定是出事了，可是署里的人都不当一回事……"

笘篠很庆幸饭田不在场。认真顾家的丈夫某天突然断了音信的事情绝不罕见。尤其是地震之后，失去亲人、变成孑然一身的人宛如神隐般不见踪影的例子一直零星发生。

除非是明确的案子，否则警方不会认真寻找失踪人士——民间一直如此指责，于是当事情演变成刑事案件时警方难免备受非议，但宫城县以及整个东北地方的警情又有地震这个特殊背景因素。说实话，要一一搜索因地震蒙受精神上的痛苦而刻意断绝音信的人非常困难。再加上很多负责搜索的警察也在地震中失去了亲人，能够理解失踪者的心情，也成为他们不愿主动加以搜索的主要因素之一。

尚美细数着警方迟迟不愿着手侦办三云失踪案的借口，或许是再也忍不住，她开始呜咽。大概是狭小的车内空间里只有笘篠和莲田使她少了顾忌，呜咽声越来越大。

笘篠很清楚，在这种情况下，就算提问对方也无法好好回答，便决定暂时不开口，静待尚美恢复镇定。

哭了一阵子，尚美似乎累了，行礼说对不起。

"我失态了……现在没事了。"

她的一双眼睛哭得又红又肿。简直像在短短几分钟内便把泪水哭干了。

"我先生是被杀的吗？"

"我们认为遭到杀害的可能性很大。"

"他是怎么被杀的？"

"没有外伤，也不像被下毒。多半是不给食物、不给水，被丢在那里。"

一听这话,尚美又垂下了头。

"好狠……太狠了。我先生为什么会死得这么惨?"

"三云先生钱包里的东西没有被碰过,所以强盗杀人的可能性很低。"

"那么,你是说我先生是跟人结怨而被杀的?"

"您知不知道有谁对三云先生有这么深的怨恨?"

"完全不知道。"

尚美不假思索地回答。

"我先生是个大好人,就连我都觉得他做人好过头了。也许有人瞧不起他,但绝对不会有人说他不好。他真的善良得让人看不下去。"

尚美一股脑儿地说,为自己先生打抱不平。

"他升迁得比别人慢,说起来也要怪他人太好。无论是对家人还是对朋友,他都把别人摆在自己前面。这样一个人会和人结怨?我根本无法想象。"

笘篠心想,这种事常有。无论结婚多久,妻子看到的终归只是在家庭之内的情况,也就是仅限于三云为夫为父的一面。一个人在职场上的角色与丈夫、父亲截然不同。举例而言,专事虐杀屠戮的残暴之人,回到家有的也是好丈夫、好爸爸。

"下雨天还会把伞借人,自己淋雨回家,他就是这种人。到底有谁会恨他恨得要他的命?"

"想必他在家也是个好好先生吧?"

"是啊。我们结婚二十多年,他从来没有以自己为先,永远都是先想到我和孩子。"

"他在家会和您聊工作吗?比如在工作上发生了什么不开心的事,或是被上司刁难这类的?"

"我对我先生的工作内容不感兴趣,所以他没有详细提过。只是,偶尔会带错过末班车的部下回来,但他们相处气氛融洽,我认为他在职场上也很受后辈爱戴。"

一定是想起过去了吧,尚美双手掩面,又哭起来。

"那么,最近三云先生有没有什么反常的征兆呢?比如在烦恼什么,或是害怕什么的样子?"

尚美仍低着头,无力而缓慢地摇头。指缝中透出来的声音非常沙哑。

"一直到他早上出门上班,都和平常一模一样。照常吃饭,照常说'那我去上班了'离开家门。"

"真的都没有吗?"

"要是有任何变化,我一定早就发现了。我们可是牵手二十多年的夫妻呀!"

从这句话的尖锐感,他们感觉得出尚美所言不假。

## 2

来到县警本部，笘篠再次向尚美进行讯问，但终究没有得到更多信息。

结束讯问，让尚美回家后，笘篠前往下一个地点。

"接着去他上班的地方。"

三云所服务的青叶区福利保健事务所，与县警本部隔着县厅，仅咫尺之距。

青叶区役所的五楼便是福利保健事务所所在。向服务台告知来意后，笘篠与莲田便被带到设于该楼层一隅的会客室。

五分钟后，一个五十来岁的男子开门现身，说他是所长楢崎。

"听说发现了三云课长的遗体，是真的吗？"

楢崎的神情难掩惊诧，如果这是演技，那可真是演技精湛。

"是意外，还是那个……自杀？"

"为何您会往这两方面猜想？"

"因为除此之外都不可能啊。"

"很遗憾，依据尸体被发现时的状况，不得不说这两种可能性都很小。"

"那么，是遭到杀害……怎么可能，这种事不可能发生在三云课长身上的。我知道了，一定是强盗杀人。"

"那个可能性应该也不高。"

除了认尸的尚美，笘篠不能向尚未确定是否涉案的楢崎透露侦办内容。因此含糊应对，但楢崎的反应实在很夸张。

"你是说也不是为了钱？"

"恕我无法说明详情，但依据现场的状况，无法否定仇杀的可能。"

"怎么会……"

"三云先生若是遭到仇杀，会让您这么意外？"

"他不是会遭人怨恨的人。"

楢崎的话与尚美一致。

"我和他同部门虽然不到两年，但我从没见过像他那么为人着想的人。无论是身为福利保健事务所的课长，还是身为个人，他都是个值得尊敬的人。"

笘篠直视楢崎的眼睛，他的眼神看来不像在说应酬话或是伪装的善良。

"楢崎所长，我们在侦办命案，所以即使是三云先生的隐私，甚至他本人不愿别人提到的事，我们也不得不问、不得不查。因为这些负面的部分都有可能是使三云先生丧命的凶手的动机。"

"可是刑警先生，恕我直言，三云课长真的和与人结怨结仇这种事无缘。"

此时要是再提出质疑,只怕楢崎会赌气嘴硬下去。

于是笘篠改变了提问的内容。

"三云先生是保护第一课的负责人吧?"

"是啊。我们事务所分为保险年金课、保护第一课、保护第二课这三个单位。"

"保护第一课负责什么样的工作内容?"

"生活保护[1]、单亲家庭咨询,还有住院生产这一类的业务。"

"三云先生得以担任课长,是因为对业务很熟悉吗?"

"这与福利保健事务所的人事有关,所以不能一概而论,但他入所以来,长期从事生活保护方面的业务是事实。"

"在区公所中不是也会有职务上的轮替调动吗?"

"轮替调动的意义在于了解机构的整体业务。只不过,有时在轮替中会发现人尽其才的状况,擅长年金业务的人,还是会因专长得到适合的职位。"

这一点笘篠也能理解。警察体系中有些人适合对付强行犯,有些人适合对付经济犯。只不过这类资质显现得很早,一旦在专业部门扎根,相同的业务通常一做便做到退休。理由正如楢崎所说,在追求专精的过程中,能力越磨越强。就好比如果现在要他

---

[1] 生活保护:日本政府针对生活穷困的底层国民发放补助金,满足其最基本生活需求的社会保障制度。

去做鉴识或总务的工作，他的表现恐怕还不如新人。

"他擅长法律与实务，甚至能把整部《生活保护法》从第一章到第十三章都背出来。来我们部门咨询的民众提出的问题五花八门，负责的职员只要不知如何回答，在翻阅手册之前，一定会去问三云课长。因为这样最快最准。"

"哦，就像活字典啊。"

"可以这么说。他就是这么一个精通专业知识和业务的人才，为人又值得尊敬。我从来没看过哪个和他共事的人说过他半句坏话。"

这倒是让笘篠讶异。

再怎么以死者为大，这也未免奉承过头了。

"刑警先生也是组织里的一员，或多或少都有经验吧。尤其是公务员，职务越高，个人的主张、主义和为人被毁的倾向就越明显。组织的方针和决定是绝对的，越靠近金字塔顶端，就必须越扼杀个人，人也越来越不敢说话。"

"您这番看法会不会略微偏激了些？"

"现在和十年前不同了。"

楢崎露出自虐似的笑容。

"在政府单位和办公室内的谈话全数封闭的时代，上位者还能自由发言，也敢开业务方面的黑色笑话，虽然这并不值得称许。但如今内部告发和形同自杀炸弹的社交媒体、见缝插针的举报已经成为常态，连对部下也不敢说真话了。上位者因为怕落人口实而噤声，一举一动不敢稍有松懈。如此一来，管理阶层与一般员工之间当然会筑起无形的墙。但是，三云课长却没有这道墙，他为人和善，不怨不妒，分享自己的知识和经验，毫不藏私。就这一点而言，他实在是个难能可贵的主管。"

楢崎的话渐渐有些伤感。笘篠明知无用，还是得问这个问题。

"您知不知道最近在工作上，有没有人对三云先生心怀怨恨？"

楢崎摇摇头，一脸不以为然。

"那么，是否曾与前来商谈咨询的民众发生过任何纠纷？"

"那也是不可能的。倒不是因为他身为课长，担任来访者窗口接待的确实都是一般职员，他本身应该没有机会直接接触来访者。"

否定得如此彻底，反而令人怀疑是否有所隐瞒，但说这些话的人反应都很诚恳，不像装出来的。

"我想刑警先生的工作就是怀疑，但只有三云先生我敢说，不会有人恨他的。"

"可是，凶手杀害他的方式显然非常残酷。"

"世上有像三云课长那样的好人，就有无可救药的坏人。有孩子弑亲也不当一回事，也有些人渣因不值当的琐事便残杀素不相识的陌生人。这些例子，用不着我这种门外汉在刑警先生面前班门弄斧吧。"

"换句话说,您认为是某个无可救药的人渣,不为钱,只为好玩就杀了三云课长?"

"站在发放年金和生活保护的最前线啊,就必须亲眼看到恶人比比皆是的现实,这种人多得超乎想象。像是为了领残障补助,不惜恐吓医生开假证明。这还算好的,还有人真的把人断手断脚,再盗领发给当事人的补助。有太多人一天到晚时时刻刻都动着歪脑筋了。在这些人眼里,三云课长这样的好人肯定是绝佳猎物。"

或许是被自己说的话刺激到了,楢崎渐渐语带哭腔。

"好人永远都会变成被害者。这次三云课长的不幸就是一个例子。啊啊……实在令人痛心。基于职务,我不能不把这个事实告诉同人,一定会有很多人像我一样难过。"

楢崎低下了头,笘篠与莲田对看一眼。果不其然,莲田也一脸困惑地等候自己下令。

无辜的人受到无比残酷的考验——听起来像《圣经》里的章节,但东北人却因为地震而饱尝个中滋味。平日的作为与上天给的回报完全是不相干的两回事。

"所以,很抱歉没能帮上忙,但至少我想不出任何会与三云课长对立或反目的人。"

既然如此,只能询问楢崎以外的其他职员了。笘篠表示想询问三云的部下，楢崎爽快地答应了。

接着来到会客室的是三云的部下，一个名叫圆山营生的男子。

"听说三云课长遇害了？"

圆山也是一脸难以置信的表情。

"现在还不确定。只是可能性很高而已。"

"到底是怎么死的？"

笃篠认为透露新闻会报道的内容无妨，便说出三云被迫处于饥渴状态的事实。

"好残忍……"

圆山望着地板，仿佛三云的尸首就在眼前。

"是啊。从某些角度而言，这也许比刺死、勒死还残酷。"

"不是从某些角度，实际上就是。"

他的语气极其认真，引起了笃篠的注意。

"现在也不是战时，像您这样的年轻人竟然知道饿死是什么状况？"

"我觉得站在生活保护的第一线和处于战时没有什么不同。"

他说话比实际年纪显得老成许多。

"当申领生活保护的人不遵从个案工作者的指导或不当请领，一旦被发现，生活保护补助金就会被取消，虽然是自作自受，但本来靠着生活保护才勉强度日，被断了唯一的收入来源，当然活不下去。有些被取消补助金的人没有东西吃，只能喝水，一段时间之后就因为营养不良无法活动，连水都没得喝，于是就出现饥饿和脱水症状。当附近的人通报有异味，我们赶过去的时候……是什么情况就不必说了。"

"您也遇到过这样的案例吗？"

"保护第一课这个部门，会给我这种没多大的人超乎想象的经验。三云课长一直尽心尽力减少这样的不幸。他本人竟然也是饿死的……只能说太讽刺了。"

"可是，据贵所所长说，三云先生并不直接接待来访者窗口。"

"生活保护的申请通过与否，是由课长审核的。课长会真诚地听我们窗口人员的说明。"

既然生活保护的通过与否取决于审核者的一念之间，那么圆山的话确实有几分道理。

"这是我听前辈们说的，课长以前在窗口接待的时候，对申请人的咨询总是设身处地地回应。"

"要是每个申请的案件都核准，不是很快就会把预算用光吗？"

"所以才更为难。相对于需要生活保护的人来说，预算实在太少了。我们窗口人员只是把申请人的需要呈报上去，三云课长却必须做出取舍的决断。说起来是很残酷，但就是一定会有人被遗漏。可是，又没有安全网可以接住这些被遗漏的人。每次驳回申请，课长一定很心碎。"

圆山垂下头。

"刑警先生，您知道仙台市生活保护率的变化吗？"

"不知道，我孤陋寡闻……不过可以想象得到不是很充裕。"

"发生地震的2011年降低了，但第二年便开始上升。地震后出现复兴相关工作的需求，又有捐款投入，保护率一度下降。可是2012年以后，受灾的影响如内伤般渐渐浮现。没有工作，高龄老人只能挨饿，再加上仙台市特别的状况。"

"还有？"

"县内各地生活穷困的人都往仙台市跑。仙台市已着手开办临时生活支援事业，但县内的其他十二市还没有。这些自市外流入的人更加压迫了预算。当然，生活保护的预算也减缩了。支援法旨在帮助人们自立，使人们不至于需要政府的生活保护，但外来的人中有不少是直接就成为生活保护受领者的。以现状而言，说仙台市承接了宫城县内的生活穷困者也不为过。"

圆山的说明给他们带来不小的冲击。尽管笘篠也隐约感觉到社会保障如履薄冰，却万万没料到状况已如此危急。

"有时会遇到必须当场给予生活保护的案例，每次遇到就不得不重新规划预算。当然，结果会由决策者承担，所以三云课长总是很烦恼。也因此，比起担当窗口工作的我们，三云课长应该更加劳心。可是他竟然偏偏是被饿死的……"

"三云先生努力回应申请者需求这一点，我们明白了。那么，他对各位又是如何呢？会不会为了严守预算而对负责窗口的各位过度施压？"

"怎么会。"

圆山当即否认。

"三云课长总是说'为预算头痛是我的工作'，他绝不会逼我们调整。当然，我们不得不刷掉确定要驳回的案件，但需要研究检讨的案件都是由三云课长判断。"

"那么，私下如何？有时候人们在工作上虽值得尊敬，私底下却不见得。"

"这个……"

看圆山首次迟疑，筈篠的身体微微向前探。

"不好意思。三云课长偶尔会邀我们第一课的人去聚餐，可是不巧我不会喝酒，从来没去过，所以我几乎不知道三云课长私下是什么样子。不过，听出席的人说，他是醉了会很开朗开心的那种人，不会纠缠别人，也不会满口怨言。听说还会带错过最后一班电车的同人回家过夜，算是喝醉的照顾吧。"

话说到这里又中断了。

"早知道会发生这种事，就算有点勉强也应该一起去吃饭的。"

"那么，您知不知道有谁痛恨或讨厌三云先生？像是申请生活保护却被驳回的人。"

申请生活保护，无论通过还是驳回，通知书上应该都会留下决策者的姓名。不能保证不会有人因而对三云心生怨念。

然而这一丝期待,却被紧接而来的一句话粉碎了。

"那种可能性为零。"

"零?"

"保护申请驳回通知。我们内部叫作八号表单,上面仅注明事务所所长的姓名,不会连课长的名字都放上去,所以被驳回的申请人没有机会得知三云课长的姓名。"

笘篠大为失望。这么一来,追踪嫌犯又更加渺茫了。

"我大概知道刑警先生在猜想些什么,可是就我接触过这么多生活保护受领者,我认为他们就算对福利保健事务所的负责人或决策者心怀怨恨,也绝不至于付诸实行。"

"为什么?"

"因为在来到窗口的这个阶段,他们已经没有力气了。"

哦……笘篠应声向他点头。

"不愿接受别人的照顾。即使走投无路,也希望尽量不要依赖政府……在高龄者当中有这种想法的人还是很多。他们一忍再忍,忍到束手无策了才来窗口。那时候他们已经几近营养不良,就算还有力气骂负责人,也没有体力和精力偷袭了。说来令人难过,但他们的力气顶多只够寻短见。绝望,会剥夺人类所有的力量。"

这句悲痛的话令人揪心。

不必圆山明言。仙台市内高龄者的自杀数量一年比一年多。

这些穷困潦倒的人不偷不抢,只是静静凋零。对负责取缔犯罪的笘篠而言,虽不会增加工作上的负担,但愁闷却令他更加抑郁。

## 3

在福利保健事务所问完话,他们还四处访查了三云遭绑架的十月一日的状况,时间已过了晚上九点。

"今天就到此为止吧。"

年纪较轻的莲田很难开口说要休息,所以都是由笘篠决定收工的时间。与本部联络之后,两人走向宿舍。

回到宿舍,临分手之际,莲田叫住他。

"笘篠先生,不嫌弃的话,一起吃个晚饭吧?"

不必要的关怀也是运动社团成员的特性吗?

"会给你太太添麻烦的。"

"哪里,她还说好久没和笘篠先生说说话,嫌冷清呢。"

大家都住同一栋宿舍,都是左邻右舍,哪来的冷清。显而易见的社交辞令反而让人不自在。

"不好意思,下次吧。"

笘篠只说了这句话,便与莲田分手了。莲田的儿子应该还在上幼儿园。他是希望让自己重温久违的家庭温暖吗?如果是的话，虽然莲田没有恶意，但这却是残酷的好意。

一开门，比外面潮湿的空气便包围全身。灰尘味和汗臭味简直是标配。打开灯，清冷的日光灯灯光照亮了独居的房间。

笘篠马上打开电视。并不是有想看的节目，只是想要有点声音。电视正播放着综艺节目，他也懒得换台。

不去理会搞笑艺人刺耳的话语和空虚的笑声，他走进厨房，取出冷冻食品放进微波炉。虽然这远远算不上自炊，但总比便利店的便当有家的味道，能稍稍逼退一点怠惰感。

叮。

笘篠将冒着热气的炒饭放在茶几上，低低说了声"开动"。这是他婚后养成的习惯，现在一个人吃饭仍自然而然脱口而出。

茶几上的相框里放的是妻子和他们的独生子的照片。

被转调县警本部之前，笘篠是在气仙沼署的强行犯系。当时一家人没住宿舍，租了独栋房子。与牵手二十年的妻子和儿子一家三口的生活，对笘篠而言是充实的。尤其儿子是年过四十才有的，看到他的小脸便是一日辛劳的奖励。

"爸爸会保护你们的。"

笘篠每天都要这样对还听不懂话的小婴儿这么说。

有了要保护的人和事物，工作就更有干劲。人这种生物，好像能够为了别人超乎自身实力地卖命。尽管办案到深夜、凌晨的情况不少，但光是有家人在等他回家，走在回家路上的脚步便很轻快。现在回想起来，那正是他人生中最美好的日子。

那样的生活，也在2011年3月告终。

11日，笘篠因办案离开了市区。地面往上顶般的震动让他晃了一下，但当时他还不知道事情重大。

通过警方无线电，他得知发生了紧急状况，而后在断断续续传来的情报中，获悉气仙沼湾岸灾情相当严重。

电视新闻让他如同目睹了那片光景。

熟悉的景物不断被浊流吞噬，被冲走的房舍也包括笘篠的家。

笘篠全身虚脱，当场瘫软倒地。原来过大的冲击不仅会夺走一个人的体力，而且连精神也不放过。

气仙沼署本身也因海啸失去机能，虽紧急转移至气仙沼、本吉广域防灾中心，但当时他们无暇顾及搜集情报，而是以保护、引导灾民为第一优先。笘篠一边忙着救助命悬一线的市民，一边寻找妻子和儿子的面孔，却没找到。他虽想丢下手上的工作赶回家，但身为公务员的使命感与苦恼不断交战。为了赶走频频来袭的不安，他也必须专注于工作。

不久，随着气仙沼市的灾情逐渐明朗，他明白妻子和儿子生还无望——他们住的房子被冲走，只剩下地基。能证明两个人存在的事物、生活的痕迹，全都消失了。

气仙沼署虽转移至防灾中心，但短时间内机能并不健全，不但信息搜集能力低下，也有不少同人因担忧家人安危而心神不宁。唯一值得安慰的是，灾区几乎没有人违法违纪。他不禁对东北人民的自律与公德心肃然起敬。

复兴事业从拂拭悲剧的痕迹开始，建设机械一一清理了居民化为瓦砾堆的回忆，清除后留下的空地空荡荡的，正如失去了家人的心。

笘篠也一样，每逢休息便赶回自家原址寻找遗物。回神时，发现好几个看似处境相同的居民视线都落在地面上。

然而，他一无所获。在这期间，他收到了调往县警本部的人事变动。

仙台市是灾区中最早着手进行复兴的。天一黑，遍布全市的霓虹灯便闪烁着迎接各地派遣至此的复兴工程人员。

人潮一聚集，犯罪也就跟着重放光明的市街回潮了。除了寻找失踪者，维持灾区治安，还有一般犯罪，再加上以受灾者为目标的诈骗事件横行，笘篠也不得不忙着办案，无暇沉溺于回忆。

他曾听人说，葬礼时之所以让家属大忙特忙是出于好意，以免他们无事可做而深陷哀恸。若果真如此，那么笘篠被调往县警本部，也许是上天眷顾。

不到一年，政府便决定颁布一项特别措施，市町村受理地震失踪者的死亡证明，不需经民法上的失踪宣告手续。这项政策让失去家人的居民得以办理财产继承和保险理赔，以帮助他们迈向新生活。

即便如此，笘篠至今仍未办理妻儿的死亡证明。虽想着必须及早办理，却忙于工作，一直没有填写文件。

这是他给自己的借口，他心知肚明。他至今仍不愿承认妻儿的死，不愿想起曾夸口说要保护他们，结果却束手无策，只能远远旁观的自己。

照片中的妻儿宛如责怪般对着笘篠笑。

"动机有没有可能是财产？"

在前往项目小组所在的仙台中央署的车上，负责开车的莲田对笘篠说。

"对死者身上的小钱不屑一顾，为的就是更大笔的财产。"

"这样的话，嫌犯就仅限于三云的家人了。"

"无论在职场还是家庭，三云都是十足的好人。仇杀的可能性很低。这样的话，怀疑另有动机、仇杀是故布疑阵，应该比较合理吧？"

莲田的意见很有道理。既然在人际关系上查不出对死者的任何非议，自然会作此想。

然而，笘篠无法赞同。

"看来笘篠先生有不同的意见。"

"不是的。我只是觉得不应该完全放弃仇杀的可能性而已。"

"那就是有不同的意见嘛。"

莲田苦笑。

"到底是哪里让你放不下呢?"

"就是凶手选择饿死作为杀害手段的理由啊。如果要伪装成仇杀,有的是其他方法。例如分尸、毁损尸体什么的,办法多的是。"

"可是那样耗时费力啊。既要有分尸的体力,还得忍受恶臭。就这一点来看,饿死只要绑住手脚放着不管就行了,简便省事。饿死也一样非常残酷。当事人要在饥渴的煎熬中慢慢等死,比起被杀更像酷刑。"

在观察尸体时,笘篠本身便有此感想,因此不得不同意。

"你不觉得想法怪异吗?"

"嗯?"

"这种残杀方式,能想到就很怪异。我也是头一次看到那种现场。你见过三云的老婆了吧。很难想象她会有这种想法。"

"想杀人的人,或多或少都有点怪异,不是吗?"

莲田又继续说下去。他并不是为反对而反对,而是在反复提问、发表意见中,让有些本来看不见的东西渐渐冒出来。

"那也不一定。如果只有与社会脱节和脑筋有问题的人才会杀人,事情就好办了。就是因为不是他们,而是平常走在路上的学生、在超市想今天做什么菜的主妇、在电车里人挤人的上班族、窝在自己房间里的无业游民,这些人成了杀人凶手,这个社会才麻烦。"

"最后的无业游民杀人,我举双手双脚赞成。"

"部分肯定啊?"

"因为最近抓到的嫌犯有一半以上都是无业游民啊。他们有满肚子的不平、不满,还有从容犯案的自由时间。再怎么说,还是他们最……"

笘篠认为这想法很肤浅。

有了工作不但有收入,也没有闲工夫花在犯罪上。再加上在办案过程中见多了那种身份的嫌犯,也难怪莲田会有这种论点。

但是,这难道不是建立在极端性恶说上的偏见吗?俗话说"小人闲居为不善",但把不善和犯罪画上等号,未免太草率和武断了。

"你说是为了财产,对吧?那我问你,三云忠胜有哪些财产?资产调查应该已经有进度了吧?"

"他名下的房产,现值大约六百万。银行账户有二百五十一万。以妻子为受益人的寿险是一千五百万……"

"总计二千三百五十一万。就杀一个人而言,这笔钱还不算太少,但等三云退休就会有金额相当或是更多的退休金。现在就把人杀了怎么想都不划算吧。如果动机真的是财产,应该会算准投报率最高的时候再执行计划才对。勘查现场、准备工具,光这两样就能证明是有计划的谋杀。所以,这个动机不合理。"

不知是不是接受了笘篠的说法,莲田暂时没有再开口。

小组会议于上午九点开始。

一字排开坐在笘篠等调查员前方的有仙台中央署署长、来自县警的东云管理官以及刑事部部长。他们的脸色都一样沉郁，因为从会前的报告便已得知调查进展不如预期。

"首先请报告司法解剖的结果。"

不出所料，东云的话底气有些不足。站起来的调查员的声音也一样。

"死因与唐泽检视官的看法大致相同。直接死因是衰弱而死，但是……"

说到这里，调查员清了清嗓子。从接下来的说明中，可以理解他这个动作的用意。

"死者衣着内侧沾有排泄物，由此看得出胃几乎是空的。血钠浓度显著上升，可知有明显的脱水症状。根据胃中残留的一些内容物的消化程度，以及尸体黏膜部分的蛆的生长情况，推定死者死于十月十日至十二日。"

"有无与凶手打斗的痕迹？"

"没有明显的撞伤或是擦伤之类的外伤。"

"那么，凶手是以什么方法将死者迷昏了，再带到现场去的？"

"尸体中并未采集到疑似安眠药的成分。"

"如果是素不相识的人，在被绑架的阶段不可能不加以抵抗。又没有用安眠药，那么熟人犯案的可能性就很高了。"

东云的推论很合理。笘篠也对熟人涉案的假设没有异议。

"接着，地缘关系。从十月一日下班起，有没有看到死者的证词？"

这方面由另一位调查员站起来回答。

"根据福利保健事务所保存的上下班打卡记录，死者的下班时间是晚间七点十五分。平常死者都是走路回家，而最后拍到死者身影的是区公所大楼前的监控摄像机。摄像机拍到死者离开大楼的身影，但死者在那里并没有与任何人接触，或遭到任何人跟踪的情形。"

"目击证词呢？晚间七点的区公所大楼前，行人应该还很多才对。"

"可能是太多了。路上的行人多数是购物和下班的人，也很少有店员从店里向外看。我们对邻近店铺进行访查，但目前尚未有死者的目击情报。"

"从死者失去踪迹的地点到发现尸体的现场，如果是步行，大马路上装设的摄像机应该会拍到。"

"目前正在解析该路径所有的监控摄像机，但还没有找到死者的身影。"

"所以也可能是开车到现场，是吗……"

"晚间七点左右的时段正值下班时间，出租车也很多。我们也询问了车行，但没有得到发现可疑车辆的说法。"

由此也可以预见，要找出证人会相当耗时。地震发生之后，来自其他府县的人力、物资、钱款虽然都集中在仙台，但换个说法便是外来人口激增。因此车辆中也常见其他县市的车牌，要找出可疑人物和可疑车辆并非易事。

东云大概也料到了，只见他眉头开始紧蹙。

"那么，接着报告尸体发现现场的状况。"

这次由县警鉴识课的调查员作答。

"遗体是在'日出庄'的三号室被发现的，该室已有好几年无人居住，残留了大量的灰尘和毛发。但除了死者的毛发，这些毛发全都没有毛囊，所以很遗憾，无法进行DNA鉴定。"

"鞋印呢？"

"从地板的状况和尸体上附着的灰尘来看，凶手是抬着死者的上半身，拖进屋内的。而离开时，也是沿着拖痕走的。"

"但至少会留下一点平面足迹吧？"

"关于这点……"

鉴识课员说到这里话就变少了。

"虽以ALS（鉴识光源）和DIP（化学试剂）验出了新的鞋印……但似乎是无纹的拖鞋所留下的。"

一听这话，东云便半张开嘴。

"公寓玄关虽散乱放着满布灰尘的拖鞋，但与现场残留的鞋印尺寸不合，所以拖鞋多半是凶手事先准备好的。玄关的硬泥地上有凶手扫掉足迹的痕迹，经过精密检查，也验出是相同拖鞋的痕迹。然而，这拖鞋的痕迹也只到玄关，到路上就消失了。若行凶是在十月一日，那么距发现尸体的十五日已经过了两周，即使凶手是开车将死者带去的，也不得不说，要验出轮胎痕迹极为困难。"

鞋印之所以有助于办案，是因为能够从残留的鞋底图案筛查出制造商，缩小嫌犯范围，然后再从附着于鞋底的微量证据推断嫌犯的行动和部分生活环境。

但遇上无纹的拖鞋，能够得到的证据便大幅减少。

"拖鞋与一般鞋子不同，只套在前端，所以也显现不出步幅等个人特征；尺寸方面，如果不是完全与脚符合，在身高的推算上也会产生很大的误差。"

鉴识课员过意不去似的行了一礼后就座。

坐在前台上的东云等上司脸上难掩失望之色。无论是地缘关系还是科学鉴识，在初始调查阶段线索便如此匮乏，前景堪忧。

"现场附近的监控摄像机呢？"

仙台中央署的饭田站起来。

"现场若林区荒井香取距离开发区有一段距离，向来是住宅区。近几年该区的犯罪率一直维持在相当低的水平，在检查监控摄像机的架设地点时，也很遗憾地都不在重点区域内……"

"说重点。"

"……'日出庄'附近没有监控摄像机。"

东云短短叹了一口气,视线回到县警调查员所坐的前排。

"那么,报告一下死者的人际关系。"

苫篠缓缓站起来。终于轮到他上场了,但不巧的是,笘篠的报告也没有值得注意之处。

"死者与妻子两人居住于青叶区的自有房屋。有一个女儿,今年二十三岁,在东京的化妆品公司上班,上一次回家是中元节。死者本人与邻居的来往仅止于点头招呼,从未发生过纠纷。一般认为他个性温厚。在工作地点也是如此,向上司与部下问话的结果都表示他很照顾下属,也绝不会下达不合理的指示和命令。风评方面,人人都说他是个好人。总之,无论问什么人,得到的都是同样的回答。"

"好人之死,是吗?"

"他也没有特定的嗜好,每天便是往返于家中和事务所,交友圈很小,但在其中也找不到怀恨或嫉妒死者之人。他是个好好先生,又不深入他人的生活,生活方式也极其平凡,找不到令人妒羡之处。"

"换句话说,仇杀的可能性也很低了。但从杀害方式来看,却能感觉到非比寻常的杀意。"

不久前和莲田的讨论在此重现。

"若因刚才报告的人际关系便立刻排除仇杀的可能,属下认为似乎有些轻率。依属下之见,有必要与其他动机并行调查。"

"金钱方面的可能性是吗?"

于是,东云要求负责资产调查的调查员报告,结果也与莲田所述相同。三云虽然有些资产,却没有非于此时被杀害不可的积极动机。若等到三云退休,说得阴狠些,等果实成熟了再执行,显然更加甜美。

东云再度一脸忧郁。

"所以金钱、财产方面也找不到积极的动机吗?情况如此,却选择如此迂回的杀人方式,到底是基于什么理由?"

这个疑问并非针对特定的人提出,却也没有任何人答得出来。

"用来绑缚死者的封箱胶有没有查出什么?"

东云的语调也因为一再的失望而变得呆板。笘篠心想,也难怪,什么都没有,要制订办案方针都很难。

刚才那个鉴识课员再度回答:

"从皮肤残留的痕迹来看,胶带应该只缠了那一次,没有重新缠过。多半是在限制了死者的自由之后,便一直将他弃置在那里了。凶手应是戴了手套才进行作案的,因而没有验出指纹。此外,所使用的胶带是大牌子的量产商品,贩卖渠道很多,要查出购买者极为困难。"

能报告的内容就这么多了。

东云祈祷般双手交握，环视会议室内县警本部与仙台中央署的每一个调查员。

"就刚才所听到的报告，可见本案的初始调查进展并不顺利。一个无可非议的好人竟死于如此残酷的手法，这个矛盾依然没有解开。然而，既然凶手选择了如此迂回的杀害方式，对受害者的选择一定有其意义。重新彻查三云忠胜的人际关系——出入福利保健事务所的从业人员、家中上门的从业人员、过去来往的人，扩大范围来查。负责资产调查的同人，调查有无租用银行保险箱。如果有隐藏的资产，全案也会呈现不同的样貌。鉴识从凶手的足迹追查行为模式和个性。就这样。"

这一声令下，调查员便纷纷离席。笘篠一回头，饭田朝这边点了下头，正准备离开。

"几个主管的脸色都不好看啊。"

一会合，莲田开口便是这句话。

"要我们把调查范围拉得更广、更深，那就加派人手啊。"

莲田的牢骚是建立在明知无望达成的前提之下的抗议。目前，光一课便有好几个案子要处理，在这种情况下，根本没有余力倾注在这个案子上。若一直毫无进展，时间久了，项目小组的规模也会被缩减。

"人在忙的时候脑袋随时都在运转。脑袋随时在运转，也就能把失误控制在最小。"

笘篠往莲田肩上一拍，走出会议室。

## 4

根据东云指示的调查方针，需要调查出入家中与职场的从业人员，笘篠便前往三云家。

"不过，地下资产算哪一出？"

开车的莲田一副提不起劲来的样子。

"管理官的意思我不是不明白，但死者不也跟我们一样都是公务员吗？这种人会有什么非暗藏不可的资产？"

"是有这个可能。正因为是公务员，要是拥有与身份不符的资产，马上就会被盯上课税。拿到临时收入就立刻换成金块、债券的人绝对不在少数。"

"公务员有金块，我实在很难想象。"

不用莲田说，笘篠也明白。然而，笘篠他们的工作便是查证所有的可能性，无论这些可能性有多小。

搜查一课虽有最风光的刑警之称，却没有像小说或电影中那些惊天动地的追缉场面，与罪犯之间也没有巧诈机锋的精彩对话。真正的犯罪调查没有看头，而是周而复始的单调作业。再怎么难以想象的事情，都要追查到能够完全否定为止。三云的资产调查便是如此。

他们再访三云家，向三云尚美问起有无租用银行保险箱。不出所料，对方露出了讶异的神色。

"我从来没听说过我先生有存款以外的资产。要是有，应该早就拿去付还没付清的房贷了。"

这是意料中的回答，所以笘篠也事先就想好下一个问题了。

"但是太太，您府上的房贷已经还了二十年，现在应该只剩下本金的部分才对。换句话说，不必急着还。"

"所以你的意思是，我先生会将钱拿去做他用吗？我和我先生在一起这么多年，从来没看过他对股票或投资这些感兴趣。他总是说，我们这辈人，老了以后光靠年金和存款过活就绰绰有余了。"

三云在社会福利第一线工作多年，不难想象他对退休后的生活有确切的判断。

"要是他租了保险箱，一定会告诉我的。"

"您确定？"

"因为凡是和钱有关的，我先生都全权交给我。他连存折的印章收在哪里都不知道。身上的钱也只是些零用钱，只有在包红白包这种不定期支出的时候才会找我要。怀疑这样一个人租保险箱藏钱实在可笑。"

这样的回答也是在预期之内。

三云有无租借保险箱，已有其他同人向县内主要金融机构照会过了。结果是——没有。无论哪家银行都没有三云忠胜名下的出租保险箱。明知如此还是向尚美询问，不过是做个最终确认。

"那么，再请教您其他问题。可以请您列出出入您府上的从业人员吗？"

于是尚美掰着指头数出来的，只有定期送煤油的、生协[1]的送货员、快递员、邮递员。这些人顶多是停留在门口，没有人踏进家门一步。

"他们都是来送货送信，所以大多是工作日下午，应该都没见过我先生。而且，煤油、生协和快递，去年都换过人。"

听着听着，莲田的脸色越来越沉郁。尽管早有心理准备，但线索实在太少，也难怪他泄气。

"我看你们还是一样在怀疑有人痛恨我先生。"

尚美的话非常尖锐。

"我刚才也说了，我跟我先生在一起这么多年了，从来没见过半个对我先生有怨有仇的人。你们这样查是没有用的。"

"这我们也知道。"

明知这么说狡辩意味浓厚，但也只能这么说。

"只是啊，没有人能保证好人就不会遭人怨恨啊。"

---

[1] 生协："日本生活协同组合联合会"的简称，是全国性的消费合作社。

三云家算是白跑一趟，笘篠与莲田开车前往福利保健事务所。莲田的侧脸仍旧阴沉。

问他怎么了，莲田尴尬地笑了笑。

"对不起。这次的案子在各方面状况都不太一样……虽然东云管理官的指示在理，但我总觉得好像每项都会落空。"

笘篠立刻便想象得到莲田要说什么。

"清查没有铜臭味的死者有多少资产。清查一个被所有人奉为好人的老实公务员是否与人结怨。既然无关金钱仇怨，就只能是突发的犯罪，但犯案现场和杀害手法又是预谋的……你是想这么说吧？"

"是啊。绝大多数的命案动机都集中在这三类，死者也都能归于这三类的其中一类。然而三云忠胜的情况却无法归于任何一类。"

莲田边说边懊恼地摇头。

"从死者的为人和收入来过滤动机和嫌犯，然后一一破解不在场证明，找出是否有杀害的动机。办案的流程是这样没错吧。可是，这次从一开始就方向不明。我们到底该往哪个方向查，根本没有头绪。"

笘篠既无言补充也无言反驳，只是沉默。莲田的困惑，也是东云管理官手下项目小组所有成员的困惑，笘篠也包括其中。

犯罪必然存在欲望，无一例外。金钱欲、独占欲、性欲、破坏欲。到头来，动机和犯罪样貌，都是衍生自这些欲望。因而，无论什么样的犯罪，只要能够推理出根源的欲望为何，便能看出全貌。

基于这个观点，三云忠胜的命案是前所未有的。明知东云的指示没错，却仍感到往黑暗中投球般的不安——不知道自己所做的努力将作用于何处，又如何发挥作用。地缘关系，人际关系，连这些一般办案不可或缺的程序能有多少用处都不知道。

遇害的是一个平凡的好人。但笘篠觉得这背后是一片深不可测的黑暗。

再访福利保健事务所，这次仍是圆山接待他们。只不过，听了笘篠的问题，圆山略微偏着头。

"出入的从业人员吗？"

圆山复述了一遍，然后盯着笘篠直看。

"您问的是，出入的从业人员中有没有人曾与三云课长发生争执，是吗？"

"无论再小再细微的事都可以说。"

"没有所谓小不小，因为根本没有这样的事。"

圆山的回答非常干脆。不，隐约可以看出他对笘篠他们的反感。

"首先，出入这里的从业人员相当有限。复合式事务机的维修、电脑系统工程师、养乐多阿姨、保洁人员、定期检查电梯和手扶梯的检验员、快递员和邮递员，就这些了。公家机关有安检的问题，没有预约的从业人员是进不来的。我想这在民间企业也一样，但我们的业务要处理很多个人资料。因此，标准作业流程上也注明要将与外部的接触减到最少，而且规定有外部从业人员在场时，要关上电脑。当然，也不希望我们与从业人员单独谈话，如果不是在办公室内，而在公共场合的话，就连聊天都不行。像三云课长这样身为必须负责的主管就更不用说了，我从来没看过三云课长和出入我们这里的从业人员说过很久的话。"

"聊天也是吗？"

"对。我想一定是课长严以律己的关系。因为他是个自律的人。"

又来了——笘篠在内心暗自咋舌。没有人比三云忠胜离犯罪更远。他清廉高洁，从未遭人怨恨——这种话不知已经听了多少次。追念故人之德不是坏事，但听在一个办案的人耳里，宛如在数落自己办事不力似的，令人烦躁。

"可是，为了保密义务和个人资料连话都不肯说，会不会反而让从业者心生恨怨呢？"

"这就是三云课长令人敬佩的地方啊。即使话不多，也绝不会给对方留下不好的印象。"

"原来他有这种本事？"

"纯粹是人品啊。"

圆山叹着气回答。

"只要有他在场,气氛就会很融洽。就是有这种人。"

"你说过,三云先生绝对不会为难你们。"

"是的。"

"可是,这也是程度的问题,不是吗?三云先生所负责的保护第一课是受理生活保护申请的部门吧。其中难道没有让负责人叫苦的案子吗?叫你们不要为难,不就等于要你们通过所有个案吗?既然社会保障的预算有限,要无限受理申请只怕很困难。"

"这个……我想大部分要看负责窗口的裁量。"

这一次,圆山的语调听起来低了许多。

"窗口的工作是斟酌个案是否妥当,再将文件送交给课长。九成以上的申请案件都是窗口可以判断的。课长不让我们为难的,是针对剩下的那一成。"

这倒是头一次听说。

"所以,不让你们为难,是指那一成课长会帮忙判断?"

"是的。有九成的案件凭表格就大致能判断会不会核准了。"

"有判断生活保护能否核准的表格?"

"没有那么复杂。嗯,能不能稍等一下?"

圆山离座走出了会客室,不一会儿拿着几张纸回来。

"我想你们看了应该就会明白了。"

他递出来的是以下的表单:

・生活保护法保护申请书

・资产申报书

・收入申报书

・同意书

・薪资收入证明

・住宅（土地）租赁契约证明

仔细看过之后，就连笤篠这个门外汉也能理解申请项目的用意了。总之，就是叫人有资产就拿来运用或者变卖充当生活费，有能力就好好工作，有亲戚能接济就先去投靠，领了其他制度的补助就先不要申请生活保护，还有就是为了确认申请内容，要同意政府及相关人士查证——换句话说便是这些内容。

"填写好各种申请书，便可以判断是否能核准了。就算虚报，只要向相关机构一查，马上就会查出来。所以我们的工作只要记住窍门就能常规化，要请示课长判断的案件就会变少。"

笤篠边听说明边细看六张表单。上面是申请书特有的毫无感情色彩的语句，以及资产、收入方面的详细记载事项。若是不熟悉填表的人，光看上一眼就会对申请这件事裹足不前。

"在外行人眼中，标准看起来很严格啊。"

"因为生活保护的定位是最后的安全网。这样说虽然很严厉，但用意是希望人们只要稍微有点能力，就要努力朝不必接受生活保护的方向行进。"

然后他忧郁地叹了一口气。

"虽然这未必是主因，但现实中真正需要生活保护的人拿不到，反而是不需要的人在领。"

"你是指不当请领吧。"

"有黑道涉入的违法请领就不用说了，但其实是以广义的不当请领占绝大多数。说什么'与其领低薪苟延残喘，不工作接受生活保护还乐得轻松'，或是一边接受生活保护一边从事地下经济。说起来是不好听，但吃定社会制度的人确实不少。与此同时，有些人明明真的生活困难得都快要活不下去了，却只因为不愿麻烦别人、引以为耻就对申请犹豫再三。"

圆山苦恼地摇头。

"我只觉得这两种人都误会了生活保护这个制度。一般人的印象也不见得是正确的。生活保护是基于《宪法》的规定，这个刑警先生知道吗？"

"不好意思，我孤陋寡闻⋯⋯"

"《宪法》第二十五条，国民有权过健康、有文化的生活。国家必须针对生活各方面努力提升并改进社会福利、社会保障及公共卫生⋯⋯。生活保护则是基于宪法的精神，保障国民最起码的生活与自立的制度。不是让连水电费都付不起的人不敢申请，也不是让有能力工作的人霸占制度的好处。"

稚气犹存的圆山在这一刻,展现出了正直公仆的本色。来问话的笘篠反而要听训,不由得有些紧张。

"正因为生活保护费来自国民的血汗钱缴的税,其运用与核准与否的判断更不能轻忽。为了让真正需要生活保护的人拿到所需的金额,即使在窗口被申请者骂得狗血淋头,也不能随便核准……这是三云课长教我的。"

"贵所的志气非常了不起。但是,要贯彻这项方针,确实需要制度运作得非常理想,但我总觉得会受到霸占制度好处的人怨恨。"

"您是说,所以会有人怨恨三云课长?可是面对申请者的只有我们。他们对三云课长根本一无所知。"

这时候,房间外传来粗暴的怒吼声。

"把你们的负责人叫出来!我受够你这混账东西了!"

从语调听起来,气氛颇不寻常。笘篠和莲田中断了问话,朝声音传来的方向走去。

一来到办公区,吵闹的起因便一目了然。一个六十来岁的男子正隔着柜台与一名男职员对峙。

男职员叫泽见,是最后目击三云的人。在他对面的六十多岁男子是个头顶只剩一小撮白发的矮个子,一双充血的眼睛直瞪着泽见。

"你从刚才起就一直给我放屁,我申请个生活保护还要受你的气!"

"可是,沓泽先生,既然您还有力气在这里大吼大叫,应该就能工作吧。"

"我每天都跑职业介绍所。可是,就是没有公司要请一个年过六十的人啊!你们都是公家机关,你应该很清楚吧!"

"我不知道,部门不同,我们无法得知。我们只能说,既然您无病无痛,又没有哪里不方便,就请您努力找工作。"

"就是因为怎么找都找不到工作,我才会来这里!不然,没事谁要来这里?又不是来玩、来逛街。"

"找不到工作,会不会是沓泽先生太挑了呢?只要您不挑,应该还是有缺人手的地方吧。听说因为复兴事业的推动,建筑工地薪资高涨呢。"

"那种条件好的工作早就被年轻人抢去了!"

"可是,我也常看见和您年纪相当的人努力打扫车站啊。"

"你这家伙,反正你就是想说我不愿意工作是不是!"

"我没有这么说。我说的是,如果有人比沓泽先生更积极找工作,就不得不以人家为优先。要是您无论如何都不愿意工作,请投靠亲友。"

"到了这把年纪,哪来的亲友可以投靠!这我之前就说过了。"

"是啊,的确听您说过。令弟虽然也居住在同一县,却很疏远。可是,就算关系不太好,既然您境况这么差,难道不应该委屈点去低头吗？不愿意在至亲手足面前出丑，宁愿向公家求助，这是本末倒置。生活保护的制度不是这样随便用的。"

"随、随、随便？"

这位沓泽先生的脸转眼涨红了。

"你以为我来这里觉得很轻松吗？"

"我觉得至少是比您到令弟家要轻松。"

"以前我们为爸爸的遗产闹翻了，当时就断了兄弟关系。现、现在哪好意思厚着脸皮去找他！"

泽见听后身体往后仰，轻蔑地看着沓泽。

"所以啊，沓泽先生这样怕丢脸、怕失体面，可是脸皮、体面不能当饭吃啊。既然您都不怕在这里公开家丑了，对令弟又有什么不好意思的呢。福利保健事务所是依据实际状况来评估是否支付生活保护的，不能感情用事。请不要过度依赖政府。"

"在我辞掉工作之前，我可是让老婆小孩有饭吃、有衣穿的。有、有工作的时候，也有一定的头衔。"

"那又怎么样呢？人当然要工作，工作久了也当然会有一定的头衔。可是，这些自尊到底有什么用？人又不能靠自尊吃饭，在依赖生活保护之前，应该先抛下这些自尊吧。"

泽见的语气已经不再是提供咨询，完全是看不起对方。

"像您这样的申请者很多。没有上进心就算了，自尊心还比别人强几倍。既然如此，就请您靠您的自尊心活……"

大概是忍无可忍，不等泽见说完，沓泽便朝他扑过去。千钧一发之际，莲田从背后架住了他。

"放手！我叫你放手！"

沓泽就这样被莲田架着，带到外面去了。他的情绪仍然很激动，但没碰到泽见，便以未遂告终，也不会有罪责。

"不好意思，让您见笑了。"

刚才还在接受问话的圆山极其惶恐。偏偏在他义正词严大谈生活保护应如何严谨时出了这种事，也难怪他会惶恐。于是笕篠不禁想问个有些促狭的问题。

"判断请领生活保护的资格必须严谨，这我明白了，但一定要问那么私人的问题吗？"

"我想，每个人都不愿意让人介入自己的财务状况和内心的。"

圆山以辩解的语气说：

"我不是要替泽见先生说话，但毕竟我们无法一一实地家访去查明每位申请者的现况。我们有的就是申请文件上记载的内容和申请者的口述，必须靠这些资料来判断核准与否。"

所以不问冒犯人的问题就看不出申请者的实际状况。圆山的话笕篠不是不明白，但看着精神上和肉体上已双双达到极限的申请者，在福利保健事务所的窗口还要受到更进一步的逼迫，实在不是件愉快的事。

"连水电费都付不出来的人不敢利用制度，难道不是因为怕被别人那样窥探隐私吗?"

"的确有人高唱隐私。但是,真正需要生活保护的人会愿意说出他们的难言之隐。说真的,这样的人申请起来也比较容易通过。"

"这是不是有常规化的倾向?我倒是觉得,被那样逼问,大多数的申请者只怕还没提出申请表就叫苦连天了吧。"

"至少,我是不会那么做的。"

从圆山强调"我",可以窥见他的罪恶感。换句话说,这就意味着刚才的情景是家常便饭了。

## 5

今年的秋天很短。上周还热得发昏,昨天起风却突然变冷了。难不成墙内墙外季节的顺序不同?

利根胜久抱着自己只穿着一件衬衫的身体,看着手上的地图。指定的地点是在五百米外的三岔路左转的地方。

他不经意一看,眼前有一家便利商店,这才想到今天还什么都没吃。距离面试时间还有四十多分钟,时间充裕,利根便信步走进店内。

好久没进这类商店了,商品品类之丰富让他晕了一下。食品、饮料如此，生活杂货货架更是琳琅满目，摆满了至今从未见过、听过的东西。防水手机壳、自拍杆、手机充电器、屏幕保护膜——先不说这些，利根连智能手机都没碰过，光看商品名称也不知是何用途。

最初，店内的商品令他目不暇接，但待了一会儿，不安与孤独便从脚边悄悄靠过来。他以前来过仙台好几次，但待在店内，却像被扔在异国，感到格格不入。在日新月异的世界里，只要短短几年的空白就能轻易制造出一个浦岛太郎[1]。相较之下，墙内的时间流动得多慢啊。不，说不定那里的时间是停滞的。

他重振精神，走向熟食区。熟悉的商品中，摆着令人意想不到的商品。一看价钱，标示着税前价和含税价。含税价零碎的尾数固然令人在意，但更惊人的是税金之高。

墙内也有新闻可看。利根知道消费税从百分之五上调至百分之八，但由于没有实际购物，并没有实际感受。考虑到往后的生活，如此高的税率真是个恼人的问题。但另一方面，鉴于他在墙内的生活是受到这些税金保障的，他也不敢有怨言。

最终，利根买了蛋包饭和瓶装绿茶，一共花了五百二十三元。钱包里只有一张万元钞和三张千元钞。

---

1　浦岛太郎：日本古代传说中的人物。浦岛太郎因帮助了海龟而受到感谢，被带到海底的龙宫，在龙宫中快活地度过了几天，回到地面却过了几百年。此处形容外界变化快。

便利商店的停车场很大，利根便在挡车墩上坐下来，打开蛋包饭的盖子。店员问起"要加热吗"时，他毫不犹豫地点了头。现在容器底部传出来热度令他感激不已。

扒了一大口，满嘴煎蛋的甜与番茄酱的酸。好吃得让他差点掉泪。在墙外吃的东西样样有滋有味。这几年入口的东西无不低盐低卡，饭和汤都是冷的。刑务官胡扯什么有益健康，但同时也鄙视地将受刑人称为"无可救药的饭桶"。要无可救药的饭桶健康又有什么意义？

他配着绿茶吞下最后一口饭，终于觉得自己又像个人了，好像也不紧张了，接着就要去面试，正好。利根将空容器丢进店旁的垃圾桶，又走到马路上。他想走到对面的人行道，但视线范围内都没有斑马线，只好横越马路。

然后，正好在他一脚踏上马路的时候，对向车道来了一辆轿车。离他还有好一段距离。

估算车子的距离和自己行走的速度，应该绰绰有余——才对。

他失算了。

就在利根越过中央线的那一瞬间，响起一阵震耳欲聋的喇叭声。他下意识地回头，车子已来到眼前。

还来不及叫，便全身僵硬。

车身近在眼前。

要被撞了！这个念头闪过的那一刹那，车子大大向左偏去，从利根眼前擦过。

闯上人行道的车很快便回到原来的车道，直接驶离。司机肯定在驾驶座上骂脏话。

利根先是松了一口气，才开始后怕。

要是司机操作方向盘时有那么一点点偏差，他现在已经在车轮底下了。也该庆幸当时利根吓得全身僵硬、动弹不得。

到达对面时，冷汗一下子从腋下冒出来。心脏这时候才狂跳，腹部骤然发冷。

这也是自己变成浦岛太郎的佐证。利根心想，得赶快适应才行。他可不打算再回墙内。必须赶快适应，摆脱这种浦岛太郎般恍若隔世之感。

板卷铁工所是保护司[1]帮忙介绍的工作机会，说是利根在刑务所的劳动中习得的车床技术在那里大有用处。

铁工所的作业场旁就是办公室。一进去，铁味与防锈漆的味道便扑鼻而来。这个味道不讨人喜欢，但讽刺的是，一闻到这个味道，利根便感到怀念。

一个年纪不小的女人坐在办公室里。利根说了姓名和来意，女人便进到后面，换了一个头发灰白的矮小男子出来。

这名男子便是老板板卷。

"好准时啊，很好很好。"

---

1 保护司：帮助罪犯改过自新、重归社会的观护志工。

"我叫利根胜久,请多指教。"

等板卷坐下,利根从背在肩上的包里取出履历表。那是昨晚在保护司栉谷家中写的。写坏了好几张才终于写好,保护司说"可不能皱了",还借给他一个透明文件夹来装。

然而,板卷只看了一眼,就把履历表放在桌上。

"您不看履历表吗?"

"这种东西,看不看都一样。栉谷先生的介绍就是最好的履历表。既然是他介绍的人,应该都没问题。"

板卷请利根在他面前坐下。

"栉谷先生在商工会很照顾我们,但就算不是这样,我也非常尊敬他的人品。这年头没多少人自愿当保护司,而栉谷先生已经当了十几年了。一般人可做不到啊。"

然后板卷开始絮絮说起栉谷为人如何高风亮节。

正当利根为他迟迟不提起自己而不耐烦的时候,板卷换了一个语气。

"听说你有车床的经验啊?"

"是的,我有机械加工技能师二级。"

"哦,二级啊。"

从板卷的语气听不出他对二级资格的评价如何。

机械加工技能师的报考资格分为四级。

三级：实务经验六个月以上。

二级：实务经验二年以上。

一级：实务经验七年以上。

特级：通过一级后，实务经验五年以上。

利根在狱中报考二级，考了三次才通过。其实他还想继续往上考，但在实务经验还来不及累积到七年就出狱了。

"你有没有继续往上考的打算？"

"有。"

"一般都是边累积经验边往上考的嘛。你再有几年就七年了？"

"再有两年。"

"那好。只要考过一级，无论到哪家铁工厂都很抢手。而且你才三十岁嘛。这个年纪二级也很不错了。那个啊，二十来岁走过那么一遭，也许可以算因祸得福吧。"

然后，板卷忽然压低声音。

"那，你是做了什么才进去的啊？"

利根万万没想到他会问这个，吃了一惊。

"那个……柿谷先生没跟您说过吗？"

"是啊，他只说万事拜托，关于你的为人、背景资料什么的都没说。不过，他本来就不是爱到处讲这些的人。"

"一定要说吗？"

"那当然啦,如果以后要待在我这里,总要知道一些最起码的事啊。"

"无论如何都非说不可吗?"

"你是赎了罪才出来的吧。那就没有什么好隐瞒的,不是吗?"

本来利根不想提,但当下又不能惹板卷不高兴。利根犹豫了一下,下定决心开口。

"……我打了人。"

坦白说了之后,板卷睁大了眼。

"咦,这样就要坐牢吗?"

"下手有点太重……而且之前有记录。"

"哦。这还挺……"

话没说完。挺什么呢?是想说下手太重的伤害很对吗?

板卷的反应在意料之中。一个对出狱人的更生保护表示支持的人,一旦知道站在眼前这个人有伤害前科,也会顿时心生恐惧。一定是怕自己不知何时会挨打吧。

不可思议的是,一说出前科,莫名就壮了胆。虽然不知道板卷是个什么样的老板、多么精明能干,但至少应该不曾打人打到失手。在这方面,利根是占上风的。

然而,板卷的好奇心却超乎预期。

"你到底打了谁?"

这回换利根睁大眼睛了。到目前为止,当着当事人的面敢问得如此深入的，就只有同样在坐牢的受刑人而已，板卷却一副好奇的样子望着他的脸。俗话说，好奇害死猫，但看来似乎还杀不死人。

"就是，因为区公所的人态度很差……"

"喂喂喂，你对公家单位不满意就打负责人啊？"

接下来板卷就没有说话了。

利根对板卷的想法了如指掌。不过打个人，八年的徒刑也未免太长了。虽说是伤害，但其实会不会和杀人相差无几？——他多半是这么想的。证据就是，他看利根的眼中带着一丝恐惧之色。

"请问，我什么时候开始上班？"

一听这话，板卷着了慌似的摇手。

"啊啊，这个再等一下。我还需要时间想想。我再跟枥谷先生联络。"

离开了板卷铁工所，利根搭公交车转车回到枥谷家。

枥谷家是屋龄不短的独栋房屋，垂直落下的雨水管到一半就破了。因此管中聚集的雨水渗入部分墙壁，造成漏水。龟裂、褪色的墙直接反映了屋主的风貌。

"我回来了。"

"哦，回来啦。"

枥谷贞三从后面缓缓走出来。那张笑脸完全是一副慈祥老爷爷的模样，但他可是退休警官，所以说人不可貌相。

据他本人说，他退休后先担任地区的民生委员，然后才成为保护司。保护司必须经过保护观察所认定，可见在社会上需要具备一定的威望吧。

"面试如何？"

"他说结果会再和栉谷先生联络。"

"再联络？奇怪了。平常都是面试即录取的。"

栉谷讶异地说完这句话，赶紧看向利根。

"不是啦，板卷先生非常谨慎。他不是针对你。我介绍的地方老板绝大多数都很明理，不过其中也有人疑心比较重。"

虽然有分辩的意味，但利根认为是自己令人感到不安，便没有插嘴。

"该煮晚饭了。吃咖喱好吗？不过只是单身汉煮的。"

"只要是吃的我都可以。"

"你一定很想吃重口味的东西吧。等你以后习惯了，就知道我做的东西实在不能吃。你会削马铃薯的皮吗？"

"还可以。"

"那真是太好了。干脆别当车床工，改当厨师吧？"

据说他老婆死了好几年了，原以为厨房会是一片肮脏，结果意外地很整洁。

栉谷说声"来"，递上马铃薯和菜刀。拿起菜刀时，利根忍不住看了枾谷一眼。

"怎么啦？想削我的头皮吗？"

"拿刀给一个从牢里出来的人，你不会害怕吗？"——利根连忙吞下差点说出口的这句话。

"怎么呆站着。快削啊。我这外行人做菜也是有步骤的。"

利根重振精神，站在枾谷旁削起马铃薯的皮。一开始手指头还很生硬，削得惊险万分，但不久便找到了窍门。

厨房里只听见两个男人的削皮声在沙沙作响。

"枾谷先生，可以问你一个问题吗？"

"什么问题？"

"仙台经济景气吗？"

"还以为你要问什么呢。"

枾谷的视线落在削红萝卜皮的手上，无意朝利根看。

"我出来之前，从电视和报纸上听说仙台因为最早着手重建，已经恢复景气了。"

"这话倒是没错。"

"可是，我去板卷先生的工厂，却没有那种感觉。"

"不会吧！你光从工厂外面看就看得出景不景气？"

"因为没有声音。"

"声音？"

"我一直做这方面的工作，所以知道，铁工厂里不只有车床运作的声音，打铁声其实也很大。可是我在板卷先生的工厂却没有听到太大的声音。以那里的规模，要是所有机器都运作起来，声音应该会大到吵到邻居的。"

枥谷"哦"了一声，佩服地转头看利根。

"你常面试啊？"

"今天是我这辈子第三次面试。"

"那你的观察能力很敏锐。嗯。你的疑问有一半猜对了。仙台的确是因为灾区重建景气了不少，市面感觉上好像也恢复到地震前的样子了。不过，这是常有的事，景气的主要是从事公共建设的那些人，不是整个仙台市、所有仙台市民都好。板卷先生的工厂也一样，并不是工厂在仙台，老板连同底下的员工就人人赚得口袋满满。赚钱的是东京的大型工程承包商，再就是一些捡得到他们剩下活计的人。"

枥谷的语气中听不出哀叹或愤怒。

"这是常有的事。大家嚷着重建重建的，但推动巨额人力、物力、财力的，是东京的大资本。本地的中小企业、零售得等他们吃饱喝足之后才能分到一杯羹。劳工也一样，现在聚集在仙台的几乎都是外来的人，本地人他们只挑年轻的。不过，就算这样，地方经济还是因为他们捞剩的钱而受惠，所以两难啊。"

"那，板卷先生那里也……"

"是啊，生意应该没那么好吧。不过呢，帮助你这样的人重回社会和景气是两回事。所以你不用那么担心。"

"可是，效益不好，就算想请人也请不起吧？"

"如果只讲经济理论是这样没错。可是，社会贡献也好，社会保障也好，不景气的时候就更要发挥作用。景气的时候是富人先得利，不景气的时候反而是低收入的人先吃亏。要怪经济很简单，但经济不景气，底层的人真的会死，不是开玩笑的。不然何必要社会保障？在那种状态下没有作用的社会保障，只不过是空中大饼。"

这番话尽管说得并不激动，话中却有着不容反驳的力量。

在旁听着，利根不禁感到钦佩，原来世上还有这种奇人异士。他听说保护司是志工，没有报酬可领，还必须定期参加研修。栉谷能够对这种无偿的工作投注热情，怎么想他都和自己不是同一种人。

"可是……像我们这种人，要找正派的工作还是很难啊。我在里面的时候，就知道有好几个人都是出来了又马上回去的。"

"社会上有人就是摘不掉有色眼镜。还有就是，一旦犯过罪，门槛就变低了，对做坏事就没有那么排斥了。听我说这些，你一定很不好受吧。我是旧时代的人，一直相信大多数的苦难都能靠自己的努力加以克服，可是最近好像不见得了。"

削完萝卜皮，栉谷接着把洋葱切末。

"贫困只会造成不幸。人和社会都一样。我以前一直认为，要防止贫困,最好的办法就是人人有工作,都能靠劳动所得生活。可是,近年来的不景气太沉重,连我们这种老人家的经验都无用武之地了。身为保护司这样讲好像在发表战败宣言,实在不甘心,但无论我们再怎么尽心尽力,也治不好生病的心。而生病的人连自己病了都不知道,又重蹈覆辙。回到牢里遇到的也都是病人,当然治不好。"

栉谷的话虽毒辣,却有他的道理。

在里面,受刑人谈起来最得意扬扬的,是如何犯罪获利,如何失手被逮。能够从当事人口中而非书本上听到这些宝贵的"经验",可是无与伦比的"最佳教科书"。这些受刑人认为被捕只是运气不好,而非行为本身有误,来到监狱这所学校上了最好的课,又放到墙外去。要他们在外面别犯罪,脚踏实地认真工作,根本是痴人说梦。

"我说不定也是那种病人。"

利根随手切起削好的马铃薯。栉谷用平底锅炒洋葱丁。洋葱的成分在空气中四处扩散,直击眼球。他眼中开始泛泪。

"我待的地方也都是病人。身边都是病人,慢慢就不觉得自己是病人了……栉谷先生会不会不想听这些?"

"不会啊。"

"所谓的坏人,脑子里无时无刻不打着坏主意。尤其我待的监狱全都是有前科的。我一直跟那些人在一起,也许在不知不觉间也……"

"你不是那种人。"

枥谷打断利根的话。

"这么多年来,各种更生人我见多了,我自认有看人的眼光。你是能够在大千世界落地生根的人。"

这时候,客厅的电话响了。枥谷匆匆走出厨房。

"哦,板卷先生。不好意思啊,今天让你特地抽出时间。那,结果如何?咦,你说什么?"

枥谷的声音突然尖锐起来。

"我说啊,板卷先生,哪有现在才反悔的呢。是啊,之前你也说过你那里不轻松,但这件事本来就不是为了图利……可是啊,能运用他的车床技术的地方就只有你那里……是啊,要是害你工厂运作不顺就得不偿失,可是更生援助是……可是……是吗?好吧,我知道了。不好意思,给你添麻烦了。"

稍后回到厨房的枥谷消沉得让利根不敢跟他说话。

"……对不起啊。"

"枥谷先生不用道歉的。"

翌日,枥谷便打电话给其他朋友。他向利根强调也许会是车床以外的工作,但利根认为自己本来就没有选择的余地,只说一切由枥谷先生做主。不,说实话,他当时有点心不在焉。

原因是当天的早报。为了看求职栏而打开的《东北新报》。宫城综合版上刊登了那男人的照片。

一看到那张照片，他沉睡的情绪顿时被唤起了。

一开始还以为是长得像，看了照片底下的名字才确定。

是他。是那家伙没错。

原来自己蹲苦牢的期间，那个男的已经爬到能风光上报的地位了——看着那张得意扬扬的脸，早已封印的憎恶又抬头了。

第一个人已经成为憎恶的牺牲品，在饥饿与脱水中死去。这家伙会是第二个。以他的行径，比三云忠胜更悲惨的死才配得上他。

蓦地，栉谷问道：

"怎么了？表情那么可怕。"

"没有，那个，因为缺人的职位比想象的少。"

利根以这句话敷衍过去，也不知栉谷信还是不信。

总之，得找出他的行踪。自己就是为此才努力当上模范受刑人获得假释的。至于重返社会什么的，不过是其次。

君子之死

# 1

"寻找我先生还是没有进展吗？"

城之内美佐在电话这头一催，只听接电话的署长以恭敬的语气答道：

"实在非常抱歉。我们全署同人四处走访，却没有得到任何目击情报……"

话虽客气，但美佐深知实际的搜查并没有那么仔细。就算要找的是县议员，也不可能因为协寻一名失踪人口而动员整个警署的警力。警方恐怕只有在丈夫以尸体的形态被发现的时候才会认真对待。

"署里所有同人会倾全力搜查，夫人请暂候我们的报告。"

从他的语气能够隐约听出他只想早点结束谈话。美佐也很清楚再继续说下去满腔愤懑就要爆发，便早早挂了电话。

即使如此，对警方的不信任与不满还是在心中翻腾了好一阵子。"反正还不是趁着公务的空当窝在情妇家里。"部分调查员的这番揶揄也传进了美佐耳里。

情妇？真是笑死人了。他们结婚已三十多年，其间从来就没出过这种事。丈夫方正耿直，同事阴损他是"一穴主义"[1]，有时就连身为妻子的美佐也嫌他太过方正。要是真有女人愿意被这么无趣的男人包养，她倒是想见见。

丈夫城之内猛留断了音信是十天前——十月十九日的事。议会散会后，傍晚六点离开县议会便不见踪影。一开始美佐还以为他是去和哪个支持者碰面，但问过后援会，却说没有这样的行程。打他本人的手机，也切换到语音信箱没人接听，就这样过了一晚。

以他们的年纪，不会因为丈夫凌晨回家或是外宿一晚便大惊小怪，美佐心想，一定是有什么缘故。等到第二天的傍晚，才终于向仙台北警察署报警协寻。

全国各县县议员的丑闻饱受国民非议，也是警方迟迟不愿展开行动的原因之一。把政务活动经费挪作私用，以考察为名出国游山玩水，搞性骚扰不够还闹出猥亵行为和买春。种种渎职与失德的报道层出不穷，一介地方议员短短数日的失踪不免令人联想到公器私用。

对此，美佐也有异议。城之内在宫城县议会里也是出了名的老顽固。就连好酒好色的同党议员也对他的古板方正无话可说，去那种场合绝不会找他。再加上在金钱上奉行清廉高洁的信条，议会里因丑闻见责的议员在城之内面前也抬不起头来。这样的城

---

1 一穴主义：指男性只与固定的女性发生性关系。

之内竟会因一些有失体面之事藏身?这无非是低劣的笑话。

然而过了两三天,他依旧行踪杳然。到了第五天,美佐束手无策之下还请了侦探,却仍得不到有用的消息。

到了失踪十天后的二十九日,那个警察署署长与美佐联络了。

"可以麻烦您立刻到署里一趟吗?"

"找到我先生了吗?"

"是。但很遗憾,发现的是他的遗体。"

城之内的尸体在宫城郡利府町高森山公园附近一座苍郁的森林里被发现。发现尸体的是一名在仙台市内务农的男子,姓五味。只见他万分惶恐地回答笘篠的问题。

"电围篱的电池快没电了,所以我去农机具小屋换电池。一开门,就看到有人被绑在里面。"

农机具小屋被林木遮蔽,从外侧绝对看不见。看来,五味是认为农机具小屋因立地条件被选为犯案现场,而由此感到惶恐。

"您上一次来小屋是什么时候?"

"收割期是十月初开始的,那时候……呃,上一次是十七日。"

"那么,如果不是为了换电围篱的电池,您也不会来小屋了?"

"是的。"

"有谁知道五味先生什么时候会收割完呢?"

"附近大家都知道啊。我们这边务农的人全都加入了农协，大家都用同一张时间表。"

所以凡是在附近看到农事的人，都能够知道农机具小屋是否有人使用。

"您一眼就能看出是尸体吗？"

"当然啊，因为有味道。"

五味没好气地说。

"我们做这一行的，对米啊什么的烂掉的味道都很敏感……而且人的腐臭味很特别，我一进小屋，就知道人已经死了。"

笘篠朝身后瞄了一眼。由于四周树木环绕，没有必要以蓝色塑料布遮蔽小屋。小屋里，唐泽正在进行尸检。

农机具小屋里发现了一具衰弱瘦削的男性尸体——一听到这则通报，笘篠立刻想到与三云命案的关联性，于是便报请唐泽验尸。因为他判断若两起命案是同一凶手所为，由唐泽验尸最为恰当。

但他万万没料到死者的身份竟是县议员。一查之下，二十一日其妻美佐便已报警协寻。

报警后的第九天，失踪者以尸体形态被发现，受理的仙台北署便已颜面扫地，偏偏死者又是现任县议员，极可能要面临责任问题。此刻署长和众带头人想必胆战心惊。

"您刚刚说，人的腐臭味很特别。您以前也闻过吗？"

"大概五年前吧……那个农机具小屋也死过人。"

五味的表情好像吃到了什么难以下咽的东西。

"隆冬之际,有游民跑进去,就这样冻死在里面。那时候也是我发现的,好像已经死了快一个月了。那个味道啊,想忘也忘不了。之后有一阵子连这种铁皮屋我们都会上锁……"

"但这次没上锁,是吧?"

"因为后来就没有人乱跑进去,里面也没什么好偷的。"

"那次的命案新闻报纸报道过吗?"

"有啊,在地方版上刊了小小一篇。电视新闻好像也播报过吧。"

听到这几句证词,当下凶手的范围便又扩大了。凡是看过游民冻死这则新闻的人都知道,如果要监禁一个人,这座小屋是绝佳地点。

五味离开时,莲田赶来了。

"唐泽先生好像验完了。"

搬出来的尸体就不得不停放在蓝色塑料布帐篷里了。笘篠跟着莲田一踏进帐篷里,酸败的腐臭味便立刻强烈刺激着鼻腔黏膜。

蹲在尸体旁的唐泽转过头来。

"听说是你指名要我来验尸的?"

"是我僭越了,但我料想若由唐泽检视官出马,当场便能判别此案与三云命案的共同点。"

笘篠的回答让唐泽苦笑。

"共同点啊,就算不是我来验尸,答案也一样啊。这次同样是饿死和脱水。才遇过两具尸体,我就成了饿死尸权威了。"

笘篠在唐泽身边蹲下观察尸体。正如唐泽所说,尸体全身肌肉萎缩,和三云一样。嘴巴四周与四肢也同样有绑缚的痕迹。

"封箱胶已经拆掉了,但以我所见,与第一起命案中用的酷似,恐怕是同样的东西。"

"什么时候死亡的?"

"要等解剖,不过大约是两天前,二十七日前后吧。这个也和上次一样,是饥饿造成的衰弱致死。比起没有进食,没有水喝更要命。"

"是同一人所为吗?"

"绑缚的方法和部位一致。就检视官的立场,只能说非常类似。"

三云命案仅报道了死者遭绑缚、弃置。因此若非同一凶手,连绑缚的部位和所使用的封箱胶种类都一致的可能性接近于零。

"死者是渐渐衰弱,容易被当作不确定故意杀人,但换个角度来看,没有比这更残虐的杀害方式了。办案最忌先入为主,但这个方式让我感到凶手非比寻常的憎恨。"

唐泽的言外之意,笘篠不难理解。

"只要站在被绑缚的人的立场就知道了。得不到任何食物、饮水,甚至无法呼救。小屋外却是鸟语花香,有时候还听得到说话声。小屋外明明平静如常,缓慢的死亡却一步步朝自己逼近。很难想象还有什么别的方式能让一个人在如此孤独与恐惧的折磨下死去。姑且不论肉体上如何,精神上就算发疯也不足为奇。"

"可是检视官,找不到任何痛恨或讨厌三云忠胜的人啊。"

"反过来说,明明无冤无仇却能这样杀人我才更担心,让人想起纳粹的人体实验。"

笘篠将视线移往尸体,除了膨胀的腹部,全身的肌肉都收缩了。与古代绘卷上画的饿死鬼如出一辙。当上县议员少不了饭局,就算没有饭局,应该也是丰衣足食。看到属于富裕阶层的人竟落到这般如同饿死鬼的模样,任谁都会觉得唐泽的话说得中肯。

他找了一个忙着在小屋四周查看的鉴识课员问了一下。

"是的。凶手使用的封箱胶与第一起命案用的看来是同样的。只不过这是大量生产的商品,很难过滤出终端用户。"

"是在穿着衣服的状态下直接绑的?"

"是的。西装内口袋里的钞票也原封不动,衣领上的议员徽章也是。凶手似乎完全无意隐藏死者的身份。"

没错。辖区也是因为看出死者身为县议员,才立刻向县警本部通报的。

"其他迹证呢?"

"老实说，不太乐观。因为地点的关系，不可能开车到小屋。这么一来，无论是用扛的还是用拖的，凶手也应该会留下不少迹证，可是……"

鉴识课员指着从小屋搬出来的农机具。

"如果是用那个搬运，我们就一点办法都没有了。"

他指的是用来搬运杂粮等物的手推车。的确，有了这个，即使是小孩也能轻松搬运一具大人的身体。

"手推车是这座小屋本来就有的，凶手应该是以不费力的方式搬运了死者。正如您所看到的，通到小屋的路，连兽径都算不上。杂草长得如此茂密，要采集鞋印也很困难。要是像第一起命案那样也穿了拖鞋就更糟了。"

"可是至少是开车到森林入口的吧？"

"死者是十天前就失去联络的，十天的交通量累积起来相当可观。森林旁边又有公园，要追踪轮胎痕也不容易。啊，还有……"

鉴识课员的语气显得更加懊恼了。

"像这样的地点，也不能期待有监控摄像机拍到。"

不等他说，笘篠就已经注意到了。小屋四周就不用说了，连森林入口也没有看到任何形似监控摄像机的东西。

行人多的闹区、金融机关或便利商店门前、学校附近，这些地方姑且不论，连白天也没有人会进去的森林当然不可能装设监控摄像机。如果凶手是考虑到这一点来选择场地的，那么果真是熟悉此地吗？或者曾经在附近勘察，偶然间发现了这个条件绝佳的农机具小屋？

"手推车的把手上，只采到主人五味先生的指纹。小屋里呢，则是散乱着各种毛发，其中恐怕有一半以上是动物的毛。我想，光是区分就需要不少时间。"

接着笘篠又找上辖区盐釜署的署员，他也难掩懊恼。

"说是调查地缘关系，但森林里又没有不良少年聚集，这里天黑之后连行人都没有。目前也没有搜集到曾有人在这附近看到陌生人的目击情报。"

本来就是个少有人会经过的地方。只要是深夜开车来，把人带进森林以后恐怕谁也不会发现。

正当笘篠对毫无线索的情况开始不耐烦时，莲田一脸泄气地对他说："笘篠先生，你听说过遇害的城之内县议员的风评吗？"

"我对县政生疏得很。知道县长叫什么就不错了。"

"人家都说他是县议会的头号正派人物。不爱钱，不好女色。人人都说，他是清廉洁白的化身。"

"哦。我还以为贪污好色是当议员的必要条件。"

"那也太极端了，可是城之内县议员完全没有负面的评语。我也向本部二课确认过了，他的名字从来没有在贪污事件中出现过。再加上他又肯提携后辈，很多后进议员都很尊敬他。"

"你是说，作为一个县议员，他没有令人痛恨之处？"

"如果有人专门与圣人君子为敌，那他倒是个很好的目标。"

"他自己太干净，在烂泥堆里反而会被视为眼中钉，不是吗？"

"我想嫌他碍事的人是有的，但只是看不顺眼吧？总不至于这样就想除掉他吧。"

这一点笘篠也知道。

"据说他也很重视民意，在县议会的网站上回复民众的意见箱。又没有什么政敌，所以不同派系的议员也不会抨击城之内县议员。"

所以城之内作为一名公仆没有死角，是吗？那么人际关系方面只能以私人的角度来调查背后的关系了。

"听说钱包没被碰过。里面有多少钱？"

"现金二十一万多，还有各种卡。因此，这件命案也没有财杀的可能。"

可恶，又是动机不明的行凶吗——笘篠暗自咋舌。动机不明，岂不是连嫌犯都无从过滤？

"和三云命案的共同点很多啊，而且都是些棘手的地方。"

"死者都是名声很好的人物。都是在下班回家路上遭到绑架。尸体发现之处都属十分荒僻之地。使用的工具全都是量产的一般商品。没有目击者、没有监控摄像机拍到，没有能够锁定凶手的残留物。而死者都是遭到封箱胶绑缚饿死的。"

"像这样——列举出来，越听就越令人烦躁。"

"共同点几乎都是没有向媒体记者公开过的信息。第三者要模仿也模仿不来。笘篠先生，这十有八九是同一凶手所为。"

"恐怕从管理官起，全项目小组没有一个人不这么想。"

"笘篠先生有不同的意见吗？"

就是没有才忧郁——正要这么说的时候，辖区的警察插进来说道："死者家属到了。"

唉，最让人提不起劲来的工作还没做啊。

城之内美佐自抵达现场的那一刻便激动不已。那个样子就是收到通知，知道丈夫的尸体被发现了，却不接受他已经死了。

无论如何，面对死者都不是一件愉快的事，而陪同家属认尸则是最痛苦的工作之一。看似坚强的美佐也是一见到城之内的尸体，便不出所料地垮了。

美佐认清尸体是城之内，随即颓然坐倒，喃喃地说着"怎么会这样……"，之后便掩面呜咽了好一阵子。

然后，正当笘篠以为她总算平静了些时，她却突然紧咬着笘篠不放。

"都是你们警察害的。"

"什么？"

"我报警的时候，要是你们认真找就不会发生这种事了。全都是警察的责任!"

她指的是受理失踪案的北警察署吧。一时间,笘篠真是怨恨北署的生活安全课,但美佐的怒气只怕是针对全日本的警察而发。代表警方承受责怪也是工作中无奈的一面。这时候不能反驳,只能低头乖乖挨骂。

"我拜托了北警察署署长不知多少次,却连一次调查报告都没有。你们知不知道,我先生可是堂堂县议员呀,是扛起宫城县政的要员之一,你们却把他当作一般离家出走的人看待。你们到底有没有身为公务员的自觉?"

看来美佐是那种会因为自己的音量而激动的人,只见她的抗议越来越激昂。

"到底是谁的怠慢造成了这起悲剧,我会通过议会发动彻底调查。你们竟敢如此草菅人命!"

接下来,美佐便不断痛诉城之内的死对宫城县是多么巨大的损失,对自己一家又是多么沉痛的打击。

笘篠虽如坐针毡,但也懂得如何处理这种场合。总之,千万不能回嘴,要让对方说到满意为止。绝大多数的人只要发泄了心中的情绪便会平静下来。

不久,美佐的激动也平息了,或许是说话说累了,笘篠看准了她低下头的那一瞬间,开口说道:

"也难怪您会生气。警方或许是有该被检讨的地方。即便我代表所有警察向夫人赔罪，也难消夫人之气，而就算我这么做，您的先生也无法复生。但是，有一件事是我们警方做得到的，那就是——逮捕凶手，交付司法。"

美佐缓缓抬起头来看笘篠。

"由于牵涉到办案机密，不方便向您透露详情，但杀害您先生的凶手是个极其狡猾、极其残忍的人物。您或许会认为为时已晚，但我们还是必须搜集与凶手相关的线索，大大小小都不能遗漏。当然也需要夫人的协助。"

关键时刻到了。笘篠直视着美佐的眼睛不放。

"您事后要怎么责怪我们都行，但现在请您协助我们办案。"

装模作样也好，三流演技也罢，最重要的是让死者家人说出可信的证词。

果然，美佐虽一脸质疑，却仍怯怯地开口。

"我能提供什么样的协助？"

"我们也对您先生身为县议员的风评有所知闻。在职场上，他没有敌人。"

"我先生说，是有人与他政见对立，但只要离开议会他们便能直言不讳、畅所欲言，所以我想他并没有死对头。"

"原来如此。但是，会不会有人对如此高洁的人物心怀嫉妒或成见呢？"

"我不知道，至少我没有听说。"

"那么,私生活方面如何呢?一直到现在,您知不知道有谁对您先生心怀怨恨?"

美佐沉思了一会儿,但最终还是无力地摇头。

"……我想不到。不是我自夸,但我先生真的是个完美的人,有时候就连我这个妻子都会觉得喘不过气来。一般夫妇在一起久了都会发现对方个性上有什么不足之处,可是我先生完全没有……所以我从来没听说有人恨他、讨厌他。"

## 2

理所当然地,死者一增加,小组会议的气氛就明显变差了。因为,无论凶手是否有此意,负责办案的人就是会觉得凶手在暗地里嘲笑。

而且,这次遭到杀害的是现任县议会议员。所谓人命无轻重之分,不过是生物学上的事实,项目小组所受的压力会因死者的社会知名度和头衔而敏感变化。尤其当死者是县议会议员时,连县长和议会都会关心办案的进展。东云身为负责管理官必须扛起责任和脸面,换个角度来说,他也是受害者。若能顺利将凶手绳之以法也就罢了,若拖久了,势必饱受议会与社会抨击。要是一个不走运,案子破不了,还可能被贬。

"意思是说,无法断定凶手是同一个人?"

东云的脸色也是使气氛变差的原因之一。或许是切身感到事情重大才会做出这个动作,他在等候调查员回答的期间,手指不断敲着桌子。调查员也是看着他的脸色回答,说起话来不免有点结巴。

"不,这不是解剖记录上写的,是唐泽检视官的个人意见……"

"没有确切的证据吗?"

"就绑缚的方式、封箱胶粘贴的位置而言,是同一个凶手所为的可能性极高。死者身上的财物全都原封不动,凶手对犯案现场十分熟悉,这两点也指向凶手为同一个人。"

"下一个,访查的结果如何?"

从现场状况不难想象并没有目击者。辖区的调查员站起来,他也是还没回答就先退缩了。

"……发现现场的农机具小屋位于郡部一处颇深的森林中,除了赏鸟人士和农民,鲜少有人经过。森林入口也只有零星住家,天黑之后居民就不会出门了。由于这样的状况,目前尚未有目击可疑人物或听见可疑声响的情报。而现场附近并未设置监控摄像机,四周没有任何影像记录。"

"下一个,鉴识报告。"

被指名站起来的鉴识课员脸色也不好看。

"现场杂草茂密,难以采集立体足迹,实际上能够采集的只有农机具小屋四周的一小块范围。这是在那里采集到的相对较新的鞋印。"

他做了一个手势,前方的大荧幕上显现出鞋印的样本。从阴影可以看出那是平面印痕。非常平板,完全看不出任何图样。

"这是留在水泥地部分的。鞋底没有图样,因为这应该是类似拖鞋的鞋子。"

又是拖鞋啊——东云脸上的失望之色更浓了。

"但与第一起命案所使用的拖鞋种类不同。从这一点看来,两起命案有相似之处。"

凶手在行凶时穿着拖鞋的事实并未公开,而目前也没有任何媒体打探出来。尽管要避免武断,但在场的每一个调查员都深信是同一凶手。所有人都表情复杂,因为心中有一半是有把握如此确信,而另一半是对案子果然不易追查的失望。

"农机具小屋平常没有上锁,因此尸体周边采集到的毛发多数是野狗、猫、老鼠等兽毛。少数的人类毛发已证实是死者与小屋所有人的。"

"人际关系。"

这次换笘篠站起来。

"这次的死者城之内猛留县议员,我想很多人都知道,是宫城县议会的头号正直人物。在议会中从不嘲讽谩骂,高唱县民第一主义,绝不激动失态,其他党派对他也十分敬重。自当选以来，与贪渎、无耻的丑闻一概无涉，人人都说只有情义才是怀柔他的唯一手段。我们问过好几个县议会的人，几乎所有人都说，没有人会讨厌他这个县议员。看来是近来难能可贵、信誉卓著的政治家。"

"私生活如何？"

笘篠一五一十报告了城之内美佐回答的内容。作为丈夫，他是理想过头的典型，既非暴君也不花心。也许有人会觉得这种人很无趣，但至少不会招惹麻烦。

"在交友关系上也没有称得上问题的情况。死者生性谨慎，除了后援会的相关人士，不与人深交。据他妻子说，他十分洁身自爱，以免非必要的深交使自己的立场和头衔遭到利用。"

"无死角的清廉洁白，是吗？"

东云的脸色更难看了。

只要翻一下地方新闻就能了解他脸色难看的原因。地方版和社会版都大肆报道了城之内议员之死，不仅因为他是现任县议员，也因为记者们很清楚他的人品和风评。

"宫城县议会的良心"

"绝代县议员"

"考验县警的威信"

主标题上的文字直接反映了记者的愤慨与舆论的猛烈。城之内的为人，原本是支持者与部分市民才了解的，如今，在地方媒体的宣传之下，更添油加醋。若报道再继续下去，对城之内的神化势必变本加厉。

被害者被神化的程度与项目小组的压力成正比。甚至有传闻说，昨晚县警本部长便受到县长亲自关切。然而，初始阶段仍然没有像样的线索。要是媒体再挖出与三云命案之间的关联，天晓得会被写成什么样子。

"死者和头一个死者三云忠胜有相似之处。他也是个性笃实，找不到仇杀的可能性。"

笘篠也赞成这个意见，因此点头表示同意。

"继好人之后，是君子吗？搞不好，凶手就是把矛头对准了这些人。"

饱受社会虐待的人反而恼恨卓有威信之人——并非完全没有这样的可能性。人被逼急了，和饥饿的野兽没有两样。饥饿的野兽是不讲常识和道理的。

"有必要从数据库里挑出有前科、曾经看过精神科的人。"

这样的判断虽然多少有些危险性，但仍属妥当。若暗自调查有精神科病历的人一事遭到公开，只怕逃不过人权团体的抨击，但监视虞犯群体在办案手法上则是正当的做法。

"初始调查的阶段线索稀少，也看不出凶手的特征，实在令人着急。但现状是，我们除了按部就班，实实在在继续查地缘关系和人际关系，也没有别的办法。"

东云环视在场所有调查员的面孔之后说。

"但是，无论什么案件都一样，别忘了实实在在的搜查到头来才是最短的捷径。凶手一定接近过死者，熟悉死者的行动模式，否则无法如此巧妙地绑架死者。靠地缘关系和人际关系一定能查出凶手，现在只是还查得不够深而已。"

调查还不够彻底——一句话骂了包括辖区在内所有的调查员，所有人表情都僵了。

"由于遇害的是县议员，县民对我们项目小组更加注目。县警的威信就取决于我们能不能成功逮捕凶手。昨天县长也破例特地向县警本部长表达了对案情进度迫切的关心。"

笘篠吃惊不小，其他调查员肯定也一样。尽管早有传闻，却万万没想到东云会在会议席间明说。

"我知道，有人说我们是权力的走狗。但代表县民的县议员遇害的事实，比一般市民遇害沉重好几倍，甚至可能被说成对县政的恐吓，对县民的恫吓。不能耗时延宕，更别提破不了案。我会视案情考虑增加人手，必要时也会考虑动员所有县警。各调查员要以没有成果就不回本部的气势来办案。就这些。"

调查员在此一声令下解散。

"好一番慷慨激昂的训话啊。"

莲田语带困惑，低声对笘篠说。也许是被东云的焦躁感染了。他那样子，才真叫笘篠感到不安。

"上面的人火烧屁股，我们不必跟着着急。照平常办案就好。"

"真的可以吗？我总觉得好像下了备战号令。"

"跑现场是我们的工作，负责任是管理官的工作。要是连在下游的我们都被责任压垮，本来做得好的事都做不好了。"

警界固然阶级分明，但笘篠认为上层和下层没有必要肩负同样的紧张。各级别必须拿出的成果各不相同，所以才会领不同的薪水。同一道命令也只需依照职责来解释即可。

"只不过，管理官的话也不能全当作耳边风。好比凶手一定很接近死者。"

"可是，他都可以伺机绑架两个人了，对他们的行动模式了如指掌不是当然的吗？"

"问题就在于对两个人都了如指掌。好人三云忠胜，君子城之内猛留。照理说，他们除了不会得罪人之外，一定还有其他共同点。会议中提到精神科患者，但就一个精神有障碍的人而言，犯罪的手法太干净利落了。这两人不是随机中选的，是依照某个共同点选出来的。"

"这样的凭据不会太薄弱了吗？"

"如果是随机选的，凶手不会兴之所至就特地去绑架出了事会被大肆报道的县议员。而且绑架当天议会在县政府开会,县政府的警备比平常更森严。就算知道城之内的行动模式,光是这样就动手绑架也太冒险了。还必须掌握议会结束的时刻和县政府周边的警备。就一个兴之所至选出的对象而言,太麻烦了。三云也一样。福利保健事务所的工作几点结束,三云课长几点下班,这些都是必须连续监看好几天才会知道的,所以如果是随机选择的也很麻烦。这两个人被选上一定是有原因的。而这个原因应该是两人共同的。"

听完,莲田像揣测着什么似的看着他。

"笘篠先生,你一定想到什么了吧?"

"我们都被县议员这个头衔唬住了。无论再受人爱戴的议员,也不是一出生就在县议会上班。"

"在当上议员之前的工作……"

"没错。我们来追溯城之内县议员出社会以来的工作。这当中或许会有和三云的接点。"

离开了会议室,笘篠立刻上网找出宫城县议会的网站,点击议员一览中"城之内猛留"的名字,立刻出现他的大头照、联络方式,以及简历。

. 宫城县儿童育成委员会名誉会长
. 干货振兴工会副理事

- 水产加工业振兴会理事
- 宫城县中小企业联络会会长
- 仙台青少年育英基金理事

上面所列的历任荣誉职，全都是他担任县议员之后的活动。没有笘篠想要的信息。

"像这类简历，不会记载毕业学校和之前的工作哦。"

"应该是看县民关心到什么程度吧。最重要的只有隶属哪个政党和当选次数的资料而已。相较之下，之前的工作经历大概不是什么重要信息。"

若是国会议员，多半会记载更详细的资料。不过，原来县议员在官方留下来的记录就只有这些啊。

既然如此，问家属最快。笘篠带着莲田前往城之内家。

城之内位于青叶区庚申町的住宅是间优雅的独栋房屋。告别式于昨天举行，但门上仍贴着写有"忌中"的字条。一进玄关，浓浓的线香味便扑鼻而来。

美佐显得比在现场见到时更加憔悴，像是没了尖刺的花朵，在枯萎之际散发出细微的腐败味。

"我先生当上议员以前吗？"

美佐的声音有些空泛。

"是的。讣闻的报道也没有提到任何当选之前的事。"

"头一次当选大约是八年前的事了,在那之前是厚劳省[1]的公务员。"

"厚劳省?"

"我们结婚时,他是在气仙沼的福利保健事务所服务。然后转调过登米、栗原、石卷、岩沼分所,退休的时候是在盐釜福利保健事务所。"

忽然间,美佐怀念过去般眯起了眼。笘篠却没了关心未亡人情绪的心情。

福利保健事务所。

"夫人,您先生的朋友当中,有没有一位叫作三云忠胜的人?"

"三云……我没听说过。他在当上县议员之前,都不会在家里谈工作。当上县议员之后,倒是常说到同事议员和不同党派之类的话题。"

笘篠说:"是这一位。"请美佐看了三云的大头照,但美佐没有反应。

"我先生不会带同事回家。"

即使如此,离开城之内家时笘篠暗自兴奋。也许终于能把城之内和三云连起来了。

"要到三云家一趟。"

---

1 厚劳省:厚生劳动省的简称,日本的国家行政机关,主要负责社会福利、社会保障、公共卫生等。

"可是，三云太太也一样不认得先生的同事和上司吧？"

"光是能确认两人有接点就是挖到宝了。"

三云家同样位于青叶区，要去很方便，这个事实也让笘篠怀疑三云与城之内的关系。住得这么近，要在家人不发现的情况下碰面也是可能的。

一如笘篠预期，三云尚美虽知道城之内这个人，却不记得他与丈夫是否有工作上的往来。

"我先生不会在家里谈工作，我们也不会在电视上看到县议员，所以不会提到。"

听着尚美的话，笘篠回想自己的家庭。自己也不太会在家里谈工作，回到家总是单方面听妻子说话。所以世间的丈夫不论工作和头衔为何，在家里几乎都是沉默寡言的吗——这么一想，便对三云和城之内产生了几分亲近感。

"那么，能不能请教您先生工作上轮调的经历？"

尚美望着天花板，露出搜索记忆的样子。

"结婚前是在栗原福利保健事务所，然后是盐釜福利保健事务所，最后是青叶区的事务所。"

笘篠将每一处的任期记录在记事本中。旁边那一页，则记录着城之内历任职务的时间。两相对照，八九年前有一次服务地点是重叠的——盐釜福利保健事务所。两人曾在那里共事两年。

"您先生有没有提过盐釜福利保健事务所时期的事？"

"没有。就像我刚才说的,他在家里是不会谈工作的。"

"是因为你们夫妻说好不谈的吗?"

"倒也没有特别说好。不过,听其他太太说起来,我很庆幸他不会这样。"

"为什么呢?"

"刑警先生也是男性,听我这么说也许会觉得不太舒服,但专职的家庭主妇忙着家事和小孩,每天都很累。到了晚上累得不成人形的时候,要是丈夫回来又要没完没了地抱怨工作,谁受得了呢?我们夫妻感情能够维系,也许应该要归功于他从不带工作回家……如今回想起来,他真的是个好丈夫。"

离开三云家,笘篠与莲田便将车开往青叶区的福利保健事务所。

"可是,为什么要去那里?"

"因为三云如果有工作上的麻烦要抱怨,职场是他唯一的出口。"

"……笘篠先生又想到什么了吗?"

"我是想,丈夫从来不在家抱怨工作半句,心里肯定累积了很多垃圾。"

"我不是那种会累积垃圾的人,所以不太能了解。"

"我们警察是特别公务员,有太多事不能告诉家人了。城之内和三云却是一般公务员。抱怨应该也和普通人没有太大的差别。"

"什么意思啊?"

"他们两个不是不提工作,而是不能提吧?所以才连同事的名字都没告诉老婆。"

"这样会不会想太多了?"

"会吗?至少可以假设是不方便让老婆孩子听到的事。拿我们来举例好了,好比因为案子实在没有进展而捏造证据之类的。"

"……这个例子实在不好笑。要是在饭桌上说了这种丑闻,从那天起就会被家人瞧不起。"

"那么,为了避免不小心说漏嘴,平常就把在家谈职场当作禁忌,这样的可能性呢?"

"我觉得这好像也想太多了……别的不说,他们两人当时都是在福利保健课那里工作。这方面的工作,真的会发生什么无法告诉家人的丑闻吗?"

笘篠能理解莲田有些顾忌地提出质疑的心情。笘篠也有所自觉,担心这个看法太多疑。然而只要是可能性之一就要查个一清二楚,办案就是这么一回事。

"那我反过来问你,我们警察的工作就是保护国民的生命财产安全,防止犯罪,但至今连一件冤案都没有吗?从来都没有报过假账、对嫌犯没有过度侦讯或非法调查吗?"

"这个,这个……"

莲田支吾了，接着便陷入沉默。

一到福利保健事务所，除所长以外的职员全都在窗口服务民众，看来愿意理会他们的只有圆山。

"三云课长对工作的抱怨，是吗？"

圆山把刚才正在看的文件先搁在旁边。

"如果是中层主管的悲哀之类的，在中午吃饭的时候曾经听过不止一次……不过没那么严重。就是夹在我们一般职员和所长之间左右为难的时候，好像相当痛苦。不过，这在每个职场上都会有吧。"

"不，我指的不是这些，像是在以前的职场上曾经发生过某某纠纷之类，比较严重的。"

见筶篠追问，圆山便皱起眉头。

"和办案有关吗？无论什么职场，都会有或大或小的纠纷吧。"

福利保健事务所内部一查就知道，所以把这件事告诉相关人士应该不成问题。

"您知道城之内县议员遭到杀害的案子吗？"

"知道。不光是地方电视台报道了，也上了全国电视台的新闻。怎么了？"

"城之内先生以前在盐釜福利保健事务所的时候，三云先生也在那里。"

一听到这句话，圆山的表情为之一变。

"这是真的吗……"

"只要查查贵处保管的人事数据库应该就能查出来。"

"一般职员没有查阅职员个人资料的权限……但既然刑警先生调查过了,那一定是真的了。"

"这两起命案或许有关联。"

"或许吧,既然两个人之间有这样的关系。刚才您的问题是建立在这个前提上吗?"

"是的。无法完全否定八九年前他们两位任职于盐釜福利保健事务所期间曾发生过纠纷的可能性。"

"那是以福利为宗旨的职场啊!"

圆山说了与莲田同样的话。然而,笘篠认为这正是推托的好借口。

"无论什么样的工作,都有不得泄露于外的黑暗面。老师也好,宗教人士也好,律师也好。世上有好几种职业被称为神圣的职业,他们虽然号称神圣,但也不是与犯罪全然无缘。只要和钱扯上关系,就一定会有阴影。即使高唱'福利'也一样,难道不是吗?"

一经逼问,圆山就不作声了。

正当笘篠开始反省自己是不是有点逼人太甚时,圆山似乎想起什么似的开口了。

"我不知道这和三云课长遭到杀害有没有关系,但福利保健事务所的确存在着不愿意让外界看到的东西。我们因从事分内的业务而得罪人也是事实。"

"从事分内的业务却得罪人,是吗?"

"我们保护第一课的工作是批核生活保护的申请,但其实还有一项业务,就是担任个案工作员。"

笘篠对"个案工作员"这个词毫无头绪。

"也称作现场业务员或地区负责人员,就是给需要生活保护的对象提供商谈或建议⋯⋯"

"如果是这样的工作,应该不至于得罪人吧?"

"想要生活保护的人虽然是向窗口提交申请书,但申请书上记载的未必全都是事实。也有人为了领款而虚报资产,或隐瞒就业事实。所以实地确认申请书内容也是个案工作员的工作。"

"那⋯⋯也许真的会让存心不良的申请者怀恨在心。"

"不是也许,是确实有。"

圆山有些为难地笑了。

"申请生活保护的人,精神状态几乎都非常紧绷,所以说起妨碍他们申请的个案工作员就像天敌一样。冲突自然会更加强烈。"

说起来是很合理,却也令人难过。虽然不是人穷志短,但和饥饿的人是没有办法讲良知的,是吗?

"然后⋯⋯"

"还有？"

"是啊，很悲哀。这也是个案工作员最糟糕的工作。"

说完，圆山从抽屉里拿出几份文件。

"虽然时下对生活保护的关注都聚集在盗领的问题上，但这才是起始或者说是最前线。"

圆山递过来的文件大小不一，其中也夹杂着看似传真复印件的东西。

"小山町二丁目的津久岛丙吾大白天就一直跑小钢珠店。停止他的生活保护！"

"久野町5-3，国枝家前面停了一辆新车。他一定不合条件。"

"这些，全都是民众的通报。传真、信件、在官网上的留言，当然也有电话通报。"

"说通报，听起来不是很平和啊。"

"有些地方政府甚至还奖励这些通报。宫城县虽然是灾区，但过了一段时间就会反弹。于是，本来完全倾向救济弱者的舆论也会转为偏向'绝不能原谅不当请领'。"

这同样很有道理。就连东日本大地震这般前所未有的灾难，过了两三年的时间，同情和关心也会减弱。善款和重建预算一度集中之后，可以百分之百肯定会有人紧盯这些款项的用途。

原因之一很可悲，有诈领财源之辈——伪NPO[1]，诈骗灾民，不当请领生活保护。钱都是因为救急与善意而筹得的。违法的用途当然会受到比平时更强烈的批判。

"取缔这些不当请领也是由福利保健事务所执行吧？"

"我们会在下班之后再前往个案家。如果愿意的话，要和我一起去吗？"

"跟圆山先生一起去吗？"

"不瞒您说，个案工作员的工作就是我负责的。福利保健事务所的职员的牢骚，其实走到哪里都差不多。我不知道三云课长在之前的单位遇上了什么纠纷，但如果您看了我等一下要做的工作，大概会有个头绪吧。"

"我们同行方便吗？"

"我反而要感激两位呢。在不当请领者当中，有不少是反社会势力和暴力倾向很严重的人。"

笘篠和莲田对望一眼。虽然事情的发展出乎预料，但想想既然两名死者都是福利保健事务所的人，那么了解这份工作的表里两面，对办案有利无弊。

"我想，等您实际看了，就能理解为什么这份工作会得罪人了。"

笘篠他们决定跟圆山走一趟。

---

[1] NPO：指非营利组织。

## 3

下午五点过后,圆山向其他职员打过招呼,便与笘篠他们会合。

"两位可以坐事务所的车吗?不好意思,小车坐起来有点挤。"

开警车造访生活保护受补助者的家,事后可能会衍生不必要的问题,圆山的提议真是求之不得。

圆山没有开导航便开了车。可见这条路他常走,已经记得路了。

"我记得再过去是室山社区吧?"

只要是仙台市内,笘篠大致都有谱,因此凭车子的行驶方向便能猜出目的地。

"您好清楚啊。正确。案主就住在那里。"

不久,车子来到一个社区,六栋大楼相倚而建。笘篠曾为办案来过这个地方几次,因此并不陌生。

这里一般被称为室山团地,正式名称是"仙台第三雇用促进住宅宿舍"。建设之初,原本只提供短期的临时住处以保障外来的就业者,但后来放宽了居住资格,不是就业者也可居住。基于保障短期住处的立意，房租平均二万五千元，十分低廉，但规定租约以两年为期。只不过，负责营运的SK综合住宅服务协会会视新申请租约的情况来续约，因此期限过了仍继续住下去的大有人在。原定2021年度要废止并改为民营，但又将已决定废止的住宅作为救济设施加以利用，提供给因长期不景气而被迫搬离员工宿舍的就业者。

该住宅楼虽是钢筋水泥建筑，但屋龄长，整个社区散发出穷酸与贫困的味道。通路各处都散乱着生活杂物和玩具的垃圾，更增几分萧条。

"笘篠先生好像来过很多次？"

"是啊，为了搜查嫌犯住处来过三次。"

"我大概是一周三次吧。说不定来得比常去的简餐店还勤。"

圆山自嘲地笑了。

"全国各地都一样，这种社区好像都开始贫民窟化了。可是就算想脱离贫民窟又没办法搬到房租高的地方，拖着拖着，住户越来越高龄化，于是贫民窟化程度又更严重了，由此形成恶性循环。"

一旦贫民窟化的倾向显著，住户中自然会出现需要生活保护的人家。

"案主是渡嘉敷秀子女士。她是单亲妈妈，日子过得很辛苦，就是因为太辛苦而做出了违反规定的行为。"

渡嘉敷秀子住的是C栋705号。八层楼高的建筑竟然没有电梯，三人只能沿着水泥楼梯爬上去。

"这年头这种公寓很罕见吧！"

领头的圆山开玩笑地说。这是个光凭建筑本身就能窥见贫困的地方。圆山之所以开玩笑，多半是为了缓和这种悲惨感吧。

建筑物本身发出异味，有点酸，有点甜。

"您有没有注意到有种味道？"

"是啊。这到底是什么味道？"

"贫困的味道。"

圆山不假思索地回答。

"生活拮据，隔天才洗一次衣服，最后连伙食费也越来越省，就会发出这种味道。做我们这种工作，常会遇到这种味道。"

所以是疲于生活的味道吗？

但其实笃篠对这种味道并非完全陌生。

有点酸，有点甜——这种味道和腐臭味非常相似，人死后被体内细菌逐渐分解的臭味。所以这种臭味是生活的腐臭味啊。

圆山站在705号门前。笃篠有些吃惊，因为没料到这年头竟然还有只有门铃和猫眼的门。

按了两次门铃，门缝中才露出一个中年女子的脸。她看到圆山便微微点头，可见她就是秀子了。

只见她扎在脑后的马尾和脂粉未施的脸。双眼凹陷，嘴唇干燥脱皮，毫无修饰。事前听圆山说她四十一岁，但笘篠怎么看她都像五十几岁。

"您好，秋穗妹妹呢？"

"出去了。"

"那正好。请让我进去。啊，这两位是来实地实习的，请不用在意。"

三人被请进门。一进去，刚才的腐臭味就变得更浓了，直窜鼻腔。笘篠怕失礼不敢伸手捏鼻子，但或许眉头有点打结。

玄关很小，站了四个成年人便无立锥之地。秀子一副无可奈何的样子，请三人进了室内。

虽说是两室两厅的格局，但走廊和房间都散乱着杂物，令人感到空间狭小。笘篠等人被请到餐桌落座，但由于餐桌本身就很小，坐了四个人，彼此的手肘都会相撞。

秀子已吃过晚饭，厨房水槽里堆着餐具。从残渣和味道可以猜出她吃的是意大利面。

"请问有什么事？"

秀子毫不掩饰她的警戒。

"这么晚的时间三个大男人找上门来，邻居不知道会怎么想……"

"事情一谈完我们马上就走。请问，秋穗妹妹到哪里去了？"

已经七点多了。虽然不知道秋穗这个女孩的年龄，但这个时间外出，去处自然有限。而秀子坚决不肯透露，绝口不提女儿的行踪。

"我今天来访，是因为收到了有点令人为难的通报，是关于您的。"

"令人为难？是令圆山先生为难，还是令我为难？"

"都是。通报的内容说您在市内的超市站收银台。"

"那只是临时的工作……"

"我们基于工作确认过了，宫城野区的'樱井超市岩切店'，也请店长给我们看过排班表了。你从三个月前就开始全职工作了，对吧？"

听着圆山的说明，秀子的脸渐渐扭曲。

"政府付给渡嘉敷女士的生活保护费，扣除儿童扶养津贴是十一万元。可是，上上个月的打工收入是十二万元，对吧？"

"那个，我不太记得了。"

"渡嘉敷女士不记得，从排班表上也可以大概估算出来。不然，我也可以请超市给我们薪资明细的复本。申请的时候，我跟您说明过吧？当你每个月的收入高于生活保护费，政府就会停止支付。"

圆山虽然是在逼问，语气却极其平稳。

"当然我们很少因为这样就立即停止生活保护，我们会暂停，最多观察六个月。这期间，如果收入果然高于生活保护费就会止付；相反，如果不到的话，就会继续给付。可是啊，渡嘉敷女士，问题不是收入的多寡，而是您对我隐瞒有收入这件事。您答应过我，要是有工作一定会跟福利保健事务所联络的。"

"那是因为，我很忙……"

"很抱歉，在这个情况下，很忙不是理由。渡嘉敷女士，您要知道，就像我以前说明过的，宫城县的生活保护费预算很紧，现状是无法支付必要的金额给必要的人。当然必须将不再需要生活保护费的人从给付对象中移除，把经费拨给新的申请人。这一点您可以明白吧？"

"可以。"

"本来执政党就已经提案要将生活保护费削减百分之十了。再加上现在又因为知名艺人的家人不当请领生活保护，大家都在骂。"

这则新闻笘篠也在电视上看到过。因走红而年收入三级跳的搞笑艺人，传出母亲一直请领生活保护的丑闻。即使本人没有收入，有扶养义务的亲人经济富裕，那么在麻烦政府之前应该先投靠亲人。基于这个道理，该艺人的母亲被质疑是不当请领。

演艺人员的丑闻引爆了媒体对不当请领的报道。

"生活保护道德沦丧！"

"靠不当请领发财"

"霸占社会保障的无产阶级"

"才二十几岁却靠社会救济生活"

首先是《女性周刊》率先抨击了生活保护受领者,然后《写真周刊》与《综合杂志》纷纷站出来追随。一度有人提出应立法惩治不当请领者。

"目前的状况,对不当请领的批判比以往更加猛烈。渡嘉敷女士去工作的事被人通报,也和这种风气有关,还得请您更加谨慎才好。"

"也对,我去当兼职人员的事被人知道了,负责的圆山先生会挨骂。"

"我只是挨挨骂就算了,但渡嘉敷女士的生活保护会被止付。"

秀子的头渐渐往下垂。

"这……只要圆山先生不说,不就没事了吗?"

听到这种几近无赖的说法,就连笘篠这个局外人都不禁心头火起。而圆山仍力图冷静以对,笘篠不禁佩服他虽年轻却能干。

"不当请领就像污渍一样,越是不去处理,时间久了就越难清掉。最好的做法是发现时就马上处理掉。发现时,受领者会被追缴过去不当请领的部分。要是不处理,那笔钱只会越来越大。渡嘉敷女士还得起吗?"

"还得起就不会申请生活保护了。"

111

"说起来，您为什么要这么做呢？不惜瞒着我、瞒着福利保健事务所，也想奢侈一下吗？"

"……这样算奢侈吗？"

"是什么事呢？"

"让女儿去补习。"

圆山的表情顿时僵了。不经意一看，莲田也是同样的表情。

"以她现在的成绩，实在考不上好学校，可是光靠学校上课又跟不上……所以我让她去上评价很好的补习班。"

"那么您工作的收入……"

"她上的是个别指导，一周三次，一次三小时要四万，秋季讲习五万，教材和杂费另计，还得要来回的交通费。再加上她在补习班也有朋友，总不能每天都穿同样的衣服。"

秀子头也不抬地说个不停。从笘篠所在的角度看不见她的表情，但不难想象，她一定是越说越气。

"没有规定说可以扣除补习费。给付金额是将学校的学费考虑在内才计算出来的，无法变更。您可能不会喜欢这样的说法，但补习费无法被认定为不可或缺的必要支出。"

"接受生活保护的家庭连孩子的教育都要被管吗？"

秀子的声音当下尖锐起来。

"单亲家庭的孩子连好好受教育的权利都没有吗？"

"我不是这个意思。"

"现在无论哪里,只靠学校上课根本不够。为了让孩子上好一点的学校,每个家庭都想尽办法供孩子补习。不去补习,功课就注定比别人差。要是进了学力差的高中,将来就没救了。"

"渡嘉敷女士,您这么说也太极端了……"

"一点也不极端。有能力出得起教育费的家庭,孩子的学习成绩就是比较好,这是当然的。出不起的,孩子就只能上学校的课,回家自己预习、复习。有没有请一对一的家教老师完全不同。想要跟上同学,最少也必须和别的孩子一样去补习。"

说到最后,秀子的声音已经变成了尖叫,连圆山也不作声了。

秀子的话不无道理。昂贵的私立高中与公立高中光是上课时数和课程安排便相差许多。光是要让孩子上私立高中,花费就得往上加,但在送进学校之前的前哨战争中,经济能力便已大有影响。到头来,低收入户的孩子还是无法选择他们想要的将来。

学历是不成文的种姓制度。高中毕业或三流大学毕业,难以走上高收入之路。机遇差一点的,连正式员工都当不上。来自低收入家庭的人依旧只能在低收入人群中打滚。这一点多半也和种姓制度一样。

"我会跟那种老公在一起,就是因为我没什么学历,没有机会遇到好一点的人。圆山先生,学历和金钱会决定一个人和什么样的人来往。什么白马王子,那根本是骗人的。穷人家的女儿只有穷人家的儿子会追。这样的两个人凑在一起马上就有孩子，结果孩子也只能过贫穷的人生。"

这番见解虽然稍显武断，但在这个家中却莫名具有真实感。或许是被秀子的气势所迫，圆山尴尬地搔头。

"渡嘉敷女士的担忧我不是不明白，却也不能因为这样就给渡嘉敷女士一家特别待遇。保障制度必须各户平等。"

"不然，你到底想叫我怎么样？辞掉超市的工作去当乞丐吗？"

"乞丐其实是违法的。身为福利保健事务所的一员，怎么会劝市民从事违法行为呢？"

"请你放过我们，我求求你。"

秀子离开椅子，伏跪在地上。

就连笘篠也不禁心生同情，但圆山仍恪尽职责。

"对不起，渡嘉敷女士，您这样只会让彼此尴尬，对解决问题没有任何帮助。您请起来。总之，依照规定，您的生活保护会暂停三个月。"

"怎么可以……"

"渡嘉敷女士有两个选择。您可以维持目前超市工作的所得，不再接受生活保护，或是将收入减少到给付额以下，维持目前的生活。总的来说，应该不必想就知道怎么做对您比较有利。"

圆山说完便站起来，也示意笘篠他们这么做。

"要是有什么事，请立刻与我们联络。我们与渡嘉敷女士绝对不是敌对的。我们是想支援你们母女的生活……"

"够了，给我出去！"

接着，三个男人便被秀子轰了出去。

圆山苦笑着说："我们去下一个地方吧。"

笘篠不禁对他说："我们警察的工作大多是吃力不讨好，但圆山先生的工作也不轻松啊。"

"没办法啊。再怎么设身处地为案主着想也有限度。太过同情，放任他们违规，结果反而会害了他们。所谓的生活保护完全是紧急措施，本来的用意是帮助人们重回社会。"

接着，车子驶向久野町。

"这是有人通报的案件。案主名叫国枝惠二，这个人很难对付。"

秀子就已经很难对付了，还有比这更糟的？

"也不枉我请两位同行了。"

"难不成你说的反社会势力，指的就是这个人吗？"

"说来惭愧，棘手的案子我还是会往后排。因为我基本上是个胆小鬼。"

"不靠警方的力量就无法面谈吗？"

"看状况吧。这次可能会谈到止付生活保护，所以……"

"可是……"莲田插嘴说道，"之前不知道他是帮派分子吗？我记得帮派分子是被排除在生活保护对象外的。"

这个规定连筈篠这些外行人都知道。

首先，生活保护制度的目的是帮助请领者重回社会，但帮派分子无法以文件证明其收入来源，因此无法证明重回社会。

其次，是为了避免以现金支付的生活保护费成为反社会势力的财源。

"申请时，案主申告说已经金盆洗手了。而且，他的手法也很巧妙，是由生活扶助的社福团体职员陪同来事务所的。有这样的人介绍，我们不能不采信。可是后来一查，他本人仍旧是帮派分子，而那个职员也是受到威胁，被迫协助的。但已经来不及了。"

"可是帮派分子还靠生活保护，也太小家子气了。"

"他的话，每个月是领十一万九千元，冬天还有煤油津贴三千元，过年再加一万。帮派那边当然也会有收入，但有这样一笔固定收入，自然也不会想退出吧。"

这一点筈篠也能理解。《暴力团对策法》实施后，他们的资金来源便不断缩小。底层成员中，明天的花费没有着落的人也不少。

久野町是老住宅区，其中木造平房也不少。国枝家也是屋龄相当长的房子，若说住在里面的家庭请领生活保护，也不会有人起疑。

不过停在停车场的车却相当突兀——奔驰C Class，通报里提到的新车指的就是这辆车吧。

"嗯……虽然与案主不相配,却不是新车。是旧款的。"

圆山看了奔驰一眼便低声这么说。

"奔驰 C 180 BlueEfficiency Avantgarde,是三年前的中古车。三百万左右就买得到了。"

"你好清楚啊。"

"因为这种案例相当多。"

圆山叹息着说。

"就算住得破烂,开到外面去的车子却豪华得与收入不成正比。不是基于只养一件宝贝奢侈品的概念,纯粹是打肿脸充胖子。做那一行的开一般轿车不像样啊。案主里也有这种人,所以我对车也就莫名其妙熟了起来。"

"真的有人明明接受生活保护,却死爱面子?"

"我真的觉得人是非常贪婪的生物。"

圆山才二十多岁,有时说出来的话却非常冷酷。笘篠心想,一直介入别人的苦日子,任谁都会变成这样吗?心中不禁感到一丝凉意。

按了门铃,开门现身的是一个一脸穷酸相的女子。

"我是福利保健事务所的圆山。请问您先生回来了吗?"

女子极其厌烦地瞪了他们三人,又回到屋内。

"老公——福利保健事务所的人来了。"

"跟他说我不在。"

"白痴啊,外面听得到啦。"

"嘿!"

"你可别在家里讲那些郁闷的事,小孩会听到。要讲去外面讲。"

"啰唆。"

粗鲁的脚步声随即从后面靠近。

"你也是,烦不烦哪?"

出现在玄关的是个短发的矮小男子,光看眼神就知道是混黑道的。

"国枝先生,我们来访是为了生活保护费的事。"

"不要在门口讲这些。要讲去车上讲,车上。"

原来如此,除了家里,能够保密的就只有车上,是吗?

"那,这两个人是什么阿猫阿狗?"

"算是实习吧……请放心。我们会彻底遵守保密义务。"

国枝大摇大摆坐进了奔驰。圆山坐了副驾的位子,所以笘篠和莲田自然被赶到后座。

"真是辆好车,奔驰的 C Class,是吧?这是怎么回事呢?"

"这是别人的车,有点缘故借放在我这里的。"

国枝骂人似的说。在圆山面前,当然不能说是自己的吧。

"可以让我调查吗?"

"调查什么？"

"只要询问监理所，马上就知道车子是在谁的名下。"

"……别人送的。"

"这么高级的车？"

"在我们的世界，不管是奔驰还是什么别的，和义气一比，都跟垃圾没两样！"

"也就是说，奔驰是国枝先生的了？"

"对啦。"

"那卖掉的话，应该可以卖不少钱。奔驰的中古车市场价钱高又稳定，一年份的生活保护费应该绰绰有余才对。"

"给我开什么玩笑！"

国枝当下翻脸，一把抓起圆山的领口。

"我没有开玩笑，这样的车是无法被认定为生活必需品的。"

"我看你是不想活了。"

"这句话，劝你看看后面那两位的脸色再说。毕竟他们是宫城县警的刑警先生。"

被这样点了名，总不能没有表示。笘篠与莲田同时出示了警察手册，国枝的表情为之一变。

"刑、刑警怎么会跑来这种地方！"

"国枝先生，您还是组员吧。我们的守则里有这么一条：与隶属于这类反社会势力的成员商讨生活保护时，需要警方提供情报、建议指导，以及面谈时得请警方派人同席。"

有两名刑警在总不好发飙，国枝扁着嘴不说话了。

"刚才您抓住我的领口，力气很大。申请时您带了医师诊断书说惯用手不能动，不过看样子已经完全好了。"

"喂，给我等一下。"

"我们朝止付的方向来讨论国枝先生的补助。"

"我叫你等一下，你没听见吗？"

"或者，您要归还至今不当请领的生活保护费？"

圆山的脸上虽有畏惧之色，仍仗着后面有笘篠这两个援军努力把话说出来。

"我就明白对您说了，我们想把您这样游手好闲的人所领的钱，全部转发给其他需要的人。请您还钱吧。"

"呸！那些钱八百年前就用掉了。"

"那么，能不能请您至少在这张纸上签名盖章？"

圆山这么说，从他带来的包包里取出一份文件，是《生活保护停领同意书》。

"您只要在这上面签名盖章，就不会向您追讨已经请领的部分。"

"你少给我得寸进尺！"

国枝抢过那张纸，当着圆山的面撕成两半。

"喂！"笘篠不能不插嘴。

"我劝你不要再做出更不客气的举动。"

有人助阵，圆山再次取出同样的表单。

"没关系，表单还有很多。总之，我先交给您。其实就算没有同意书，光凭福利保健事务所的判断也可以止付的。只是那样的话，怕国枝先生良心不安。"

国枝看也不看笤篠他们，一个劲儿瞪着圆山。似乎是认为只要威胁他，就能够避免生活保护被停掉。

"那么，事情都说完了，我们这就告辞。"

"你给我站住！"

"过几天，您会收到福利保健事务所寄来的止付通知。如果您对内容有所不满，只要依照手续申诉，我们都会诚恳回应的。"

"我叫你站住！"

国枝粗声吼着再次抓住圆山，但笤篠的手一按住他的肩，他就不动了。

"不要闹事。你不怕家人听见吗？"

这句话简直像魔咒。

他放开抓住圆山的手，迁怒般把那沓新的纸朝圆山脸上扔去。

三人留下国枝，下了车。

"不好意思，给两位添麻烦了。"

回到自己车上后，圆山低头致歉。

"好像狐假虎威似的，实在令人惭愧万分，但如果不向国枝先生那么说的话……"

121

"哦,不要放在心上。多亏走这一趟,让我们长了许多见识。现在我们很了解所谓的生活保护不是只有光明面。"

"全国的案主人数已经超过二百万。社会保障费要是遭到削减,这种不当请领的案子会更多,而我们的工作也会更忙。"

圆山自嘲般说道。

"可是,我想您应该已经明白了。就像他们两位那样,即使我们行政部门妥善应对,仍常常遭到对方痛恨。因为对他们而言,生活保护费感觉就像固定收入,一旦停掉就会觉得被政府压榨了。"

"明明是他们自己不好。"

莲田一副愤懑不已的样子忍不住说道。

"做错事还怪别人。"

"三云课长也好,城之内议员也好,只要与我们这份工作有关,就算本人没有印象,也已遭到不合理的怨恨。这种怨恨通常是不管对方是谁的。"

车上的三人一时无语。

4

"利根,这次搬到那边。"

现场工头碓井指着靠近崖壁的瓦砾堆。地面不稳的地方无法使用重机，自然只能利用人力。

利根简单答声"是"，将瓦砾铲进手推车，运往指定的地点。尽管利根不是下盘无力的年纪，但身体还不适应搬运的粗活。当负荷极重时，使用手推车这类重心不稳的搬运工具，除了需要窍门，也需要一定的体力。

搬到一半，车轮卡进路上的坑洞，手推车一下就翻车了。

"喂，又来了啊。"

碓井朝散乱的瓦砾跑来，却不会伸手帮忙。

"你得赶快习惯，不然我就头痛了。"

"……对不起。"

小声回答之后，利根忙着耙起瓦砾。

新闻报道发现城之内尸体那天，利根人在荻滨港。枥谷四处奔走为他找工作，结果录取他的只有在港湾做粗工的活计，和车床的资格一点关系都没有。利根当然没有选择的余地，对方提出的条件他只能全盘接受。

在监狱中虽然也是一天到晚工作，但至少不会如此透支体力。现在领得多，该付出的劳力自然更多，但港湾的劳动让长久以来远离体力活的身体吃不消。

搬着瓦砾，利根想起在监狱里和某个狱友的谈话。这个人曾一度出狱，却不到一个月便又回到同一间牢房。

"结果啊,从这里出去的根本找不到什么条件好的工作。拼了命才拿到的资格真的就跟粘在脚底的饭粒一样,拿下来是最好,但拿下来也不能吃。同样是求个三餐温饱、遮风挡雨,当然是在有知音的牢里比较轻松啊。"

当初听他这么说只觉得事不关己,也感到不以为然,一旦自己亲身经历,却不得不同意。

知道利根有前科的,只有现场工头碓井,但这种事往往传得很快。现在他在工地就已经格格不入了,要是有前科的事传出去,天知道会受到什么对待。

工作了一天回到宿舍。同一栋宿舍的好几个人约好了要去喝酒,但还没领到薪水的利根犹豫再三。

他住的是建设公司整栋包租的员工宿舍。门面一般,里面却极小。居住空间不到两坪,铺了床就更小了。因为这是将本来一间套房硬隔成两间。这么一来,就算房租收得极低,照样有十足的利润,而且低廉的房租也吸引房客前仆后继而来。这种做法好像是源自外国人租房需求大的新宿周边。和这种房子相比,利根觉得牢房好像还好一点。

这里不属于自己。

无论是人还是地方,自己都不受欢迎。

无论是在工地挥汗,还是置身于人群之中,格格不入之感总是挥之不去。如果这是更生人共同的感觉,那么利根已经深深体会到所谓的徒刑是多么残虐，甚至会改变一个人的心境。

第二天是休工日，利根便去了最近的一家电信局办事处。

他听说最近因为网络和手机的普及，使用固定电话的人骤减。可能是因为这样吧，一楼的客人屈指可数。也难怪没有设置号码牌机。

柜台前坐着一位四十多岁的女职员。

"不好意思，我想要仙台市的电话簿……"

"可以呀，我们有很多，请稍候。"

等了几分钟，只见她抱着几本电话簿回来，往柜台上一放，叫利根确认是否都全了。

"那么，请带回去吧。"

她把大尼龙袋往前一推，一副没她事了的样子，视线离开了利根。

"费用……"

"不用钱。"

难道固定电话和电话簿的需求已经少到免费发放了吗？无论如何，想要的东西到手了，利根也没有什么好抱怨的。他将几本电话簿放进袋子里，匆匆离开了电信局办事处。

回到宿舍，利根立刻打开仙台市的部分。

他要找的是第三个人物。在狱中多年的利根想找人的时候，头一个想到的是从电话簿查出对方的住址。只要在104查号台登录在案，光靠姓名就可以知道住址。对方也算是有头有脸的人物，所以他相信这是个有效的调查方法。

利根翻了好一阵子电话簿，确定上面没有他要找的名字便合上了电话簿。

这该怎么解释？难不成那家伙已经不住在宫城县了吗？还是在上次的地震中丧生了，或是迁居至他处……？

左思右想，他决定排除死亡的假设。从家属的感情来推断，不太可能家长一死便立刻在104上撤销了登录。别的不说，照刚刚找的结果，也没有半个与他要找的人同姓氏的女性。

那么，迁居的可能性呢？

这倒是极有可能。姑且不论仙台市，他听说湾岸居民有许多避难之后便没有回到原先的住处。一定也有不少人不愿意再继续住在曾经的灾区吧。

调查这么快就走进死胡同，利根躺在木地板上望着天花板。也许光靠一本电话簿就想找出对方的所在，是他把事情想得太容易了。

在狱中，他从新来的人口中得知这十年信息的流通方式发生了巨大的变化——个人电脑、智能手机等——现在已经是靠个人终端机就能立刻得到必要信息的时代了。

但刚出狱的利根住处尚且不定，对要不要买手机也犹豫再三。而且，在工作稳定之前，他也没把握付得起每个月的费用。

最重要的是，接触新工具使他心生恐惧。自己到底学不学得会？要是学不会，会不会又尝到不必要的疏离感？

这也是生活在墙内的人才会有的隔世之感。墙外的世界变化太快了，甚至让人觉得墙内、墙外时间的流动截然不同。人家说徒刑期限越长，在外的适应能力就会削弱得越厉害，果然是真的。

也罢。就算没有手机，只要去网咖点上一杯饮料，就有网络可用。虽然他不指望能查到所有的个人信息，能得到的线索至少会比电话簿多吧。

他现在可不能因为是假日就虚耗光阴。一做出决定利根便又离开宿舍。

车站前的网咖招牌张扬显眼，远远就知道在哪里。

一进去，店员就说明必须出示证件以办理会员。不巧的是，以前考到的驾照在服刑期间过期了，健保卡之类的又还没发下来。

"这个可以吗？"

利根烦恼了半天，拿出上班地点的员工证，于是虽然多花了点时间，还是办好了会员，被带到后面的房间。

"收费是三小时一千元。过后每三小时再加一千元。即使超过一分钟也会被视为延长，请特别注意时间。"

换句话说，就算待九个小时也只要三千元。岂不是比投宿一些廉价旅馆还便宜吗？一问之下，店员告诉他店里甚至还备有简便的淋浴间。

"有人会在这里过夜吗？"

"我们是不太建议啦……"

跟着苦笑的店员走，只见以隔板隔开的包厢里有人备好睡袋，显然是打算在这里过夜。

"在时间到的三分钟前，我们会以警笛声提醒。"

店员做了说明，打开了电脑的电源，便又回到柜台去了。

像这样坐下来，宛如自己的书房，狭小的空间莫名令人感到熟悉。一想到这或许也是牢中生活的影响，利根不禁有点烦躁。

有多少年没碰电脑键盘了呢？利根以双手的食指输入要搜寻的文字。

"上崎岳大"

他从与"上崎岳大"相关的最新报道搜寻起，一条一条看下去，时间一下子就过了。毕竟找到的资料不仅有日本国内的，连国外的都有。大学教授、运动选手、医师、市议会议员、狮子会会员、钓友……

利根觉得可能是他要找的人年龄都不对，年龄相近的一看照片却又不是。而且所在地不限于东北，连九州、冲绳都有。

找着找着，便发现最近连"图片搜索"的功能都有了。在几度失误下试着以图片搜寻，在关键字中输入姓名，便出现了一大串图片。

然而，最初预定的三小时过后，还是找不到他要找的人。

通知时间到的警笛声响了。由于不熟悉电脑操作，还有好多没查的。利根不得不申请延长时间。

像这样找资料，便更加体会到网络的广大无边。利根敲着键盘，不禁心生畏惧。

无论有没有地位、出不出名，一旦被扔进网络之海，照片便会如此半永久地留下来。或许是因为利根有前科才会这么想，但这和全国通缉有何不同？这些人或许都不在被追缉、被弹劾的立场，但他们竟然坦然公开自己的长相，利根心下有些佩服。至少，就算有人拜托，他也不想被刊在这种地方。

蓦地，他怀念起监狱来。那个被围墙包围的世界是封闭的，狱友知道的顶多是前科和编号。而且在那里，前科也不过是用来排行的材料。

让人知道自己的长相、名字和部门，搞不好连嗜好、兴趣和出身都一清二楚。若问他这就是自由世界吗，只怕他也答不上来。

不久，延长的三小时也接近尾声。他依旧没有得到需要的资料，但看来自己能做的大概就这么多了。他想找的人在网络上也不见踪影。

疲劳感顿时来袭，利根离开了包厢。

走出网咖时，天已经全黑了。

努力了六小时，结果还是没有得到要找的人的有力线索，利根只能饮恨。那个男人在网上也不见踪迹。身为外行人，利根能找的就这么多了。

还有什么办法？——他边走边想，便想起了另一张男人的脸。

应该是放在这里没错。他想到这里便往钱包里找，指尖还真的摸到一张名片。

五代良则。他们是在墙内认识的，但不可思议地合得来，他出狱比利根早，还寄了名片和信来，叫利根出来后去找他。记得他的前科是诈欺罪，虽然是黑道，但他长于智计而非暴力，跟他聊天从来不觉得无聊。

名片上的头衔是"调查帝国代表"。据他信上的说明，这是民间的调查公司。黑道出身的人经营的调查公司，让人很难相信是正派经营，但调查公司这个名称吸引了利根。

其实，利根不是很愿意去找在墙内认识的人。尤其是黑道出身的。即使在墙内是好人，但一旦出来便莫名有了徽章或记号，总觉得有股抹不掉的不安，仿佛跟他们扯上关系的那一刻起便脱离不了那个世界。

但现在的利根需要信息。见个面说几句话应该不至于有什么实际的损害吧。于是利根用公共电话打了名片上的电话。

"喂,调查帝国,您好。"

适度客气的语气,让利根放下一半的心。

"请问,你们那边有没有一位五代先生,我姓利根。"

"利根先生是吗?请稍候。"

过了一会儿,一个不同的声音接了电话。

"喂,我是五代。"

"那个,是我。在牢里待过的利根……"

"啊——!利根老弟吗?你终于出来了啊!"

"你好,其实是有点事想找你商量。"

"找工作吗?利根老弟要来的话,我们随时欢迎。我就中意你的认真老实。"

眼看对方误会,利根赶紧把话题导入正轨。

"不,不是的。最近有空可以见个面吗?"

"利根老弟跟我说什么最近,太见外了。你现在在哪里?"

"在石卷附近。"

"是吗?那你在车站前还是哪里找个地方等我?我这就去接你。"

"这就……你不是在多贺城市吗?"

"很快啦,一下就到了。"

五代只是这么说,便单方面挂了电话。现在想想,五代这个人的脚步确实是莫名轻盈。

利根在对方指定的石卷车站前的圆环等着，只见一辆黑头轿车开过来停在眼前。

"哟，好久不见啊。"

下了车的五代不怕别人的眼光，抱住了利根。他有着一张瘦长的脸和知性的双眼。要是不说，谁也猜不到他是帮派分子吧。

"你什么时候出来的？"

"一个月前。"

"什么？一个月前就出来了？怎么不早点跟我联络啊！"

"因为花了一点时间才找到地方待。"

"要地方我马上就可以帮你准备啊。你就是见外。"

"对不起。"

"不过呢，这么拘谨、不随便也是利根老弟的优点啦。你还没吃饭吧？反正都要吃，你就陪陪我吧。"

说完，半强迫地将利根推上车。到了这个地步，也只能听五代的了。

"你是地震之后才出来的，一定对街头的变化很吃惊吧。"

"是啊。"

"好惨啊。人也好，建筑也好，地面上的东西全都被冲走了。我是地震之后两年出来的，以前的家只剩地基了。不过，本来就是破房子，也没什么好可惜的。"

那住在里面的家人呢——利根没问。五代这个人，如果是别人可以问的事,他自己就会主动提起。

载着五代和利根的车驶入多贺城市内,停在一家舞厅前。

"我认识这里的老板娘。不用客气。"

利根没问五代便随口告诉他。轻松随和也是五代的本事。

两人被带到里面的包厢,而非一般桌位。

"要喝什么?先来杯啤酒好吗?"

"好,就啤酒吧。"

服务生放下啤酒杯,离开包厢时关上了门,店内播放的音乐和公关小姐的莺声燕语便全被挡在门外。

"隔音效果很棒吧。在这里什么都可以谈。"

"好。"

"先庆祝你出来。干杯!"

五代咕嘟咕嘟一口气干了整杯啤酒,利根却只是稍微沾了沾嘴唇。在墙内绝对喝不到的东西之一就是酒,但利根本来就不太会喝酒,因此也不怎么会心生感慨。

干掉一杯啤酒的五代望着利根的脸说道:

"不错吧?"

利根无法判断他问的是店里的气氛还是啤酒的味道,不知如何回答。

"我说的是特种行业做得成,我出来的时候还没有这家店。不过这家店还是比公共设施来得早。电视新闻什么的都不会播,其实在一切都毁了之后,第一个站起来的是食品行业和特种行业。这两个都是活下去不可或缺的。说起来,就是入口和出口。放食物进去,让不满发泄出来。"

"是这样吗?"

"你走出这个包厢就知道了,客人几乎都是来发牢骚、散心的。在临时避难住宅和工作地点不敢说的,就跑来这里说。上面完全不懂有这种需求。一提到重建,马上就想做一些无谓的公共建设。如果他们认真想过,就知道盖好这种娱乐场所才更能招钱。不过,就是因为上面的没想到,才有油水可捞。"

五代露出招牌的笑容。

"那,你找我什么事?"

"五代先生的工作是做哪一方面的?"

"嗯,我的工作吗?很多啊,不过主要是名单中介。"

所谓的名单中介,利根在墙内也曾风闻过几次。就是将高收入人士或股民等有竹杠可敲的人的通信方式做成名单来卖的生意。

"名单的资料是正确的吗?"

"那就要看是从哪里来的了。我们的可是正确无比。因为我们是把银行、证券公司的顾客名单整个拷贝过来的。"

"哦,要怎么弄到啊?"

"很简单啊。在里面工作的员工把资料带出来的。"

五代面不改色地说出大胆的话。

"不过要把正职员工拉进来很难,派遣员工或兼职的阿姨倒是一下就会为钱上钩。大概也是因为自己成不了正职员工而怀恨在心吧。我们会向这种人要公司的客户资料。手续费十万元左右,不过有钱人的客户资料一件最多可以卖到五千元,一下就回本了。"

"这是……犯法的吧?"

"这还用说吗?!完全就是盗窃罪啊,应该也违反个资法吧。偷资料的那些人自己也知道,反正只要没被发现,不会造成任何人的困扰,算是相当稳当的犯罪。"

只要看着笑得快活的五代,就会相信那不是真正的犯罪,真是不可思议。

"不过,你问我的工作内容干吗?果然还是有兴趣?"

"有可能找到某个特定的人的资料吗?"

"什么?"

"我不知道他是不是有钱人,不过我想知道这个男人在哪里。我查过电话簿,也在网络上找过了,一点线索也没有……五代先生的公司能不能找到他的资料呢?当然我会付手续费的。不过可能没办法一次付清。"

"喂,等一下。"

尽管为隔音效果自豪,五代还是压低了声音。

"你这话听起来不太妙啊。"

确实如此,所以利根默默点头。

"这个人是个什么样的人?"

"是我被关进牢里的原因。"

"你现在还恨他吗?"

"怎么恨也恨不够。"

五代望着利根的眼睛,短短叹了一口气。

"所以是要报复吗……?我倒是有点意外。"

"意外什么?"

"我一直以为你不是这种人。他叫什么名字?"

"上崎岳大。'山'字旁的'崎','山岳'的'岳','大小'的'大'。现在应该是六十五岁。八年前在盐釜的福利保健事务所上班,但现在住哪里、做些什么,我完全不知道。"

"所以是曾经在福利保健事务所待过的公务员吗?那只要有几天的时间应该就找得到了。"

"你愿意帮这个忙?"

"牢里兄弟拜托,怎么能不答应呢?"

"谢谢。要多少钱?"

"不用钱。"

"欸?"

"在里面,只有你肯毫不厌烦地听我说话。这次我不收你的钱。那,等你知道这个上崎在哪里,有什么打算?"

这个利根就实在不能回答了。

"你打算为害你坐牢报仇？"

"……如果是的话，你就不肯帮忙吗？"

"没这回事。只是如果我告诉了你，结果害你又回到里面，难免良心不安。"

"我绝对不会给五代先生添麻烦的。"

"白痴，我不是这个意思。好吧，身体是你的，你想怎么做是你的自由。"

五代烦躁地用手指敲着桌面。

"在墙里墙外来来去去是不怕无聊，但总不是好事。"

利根知道五代是担心他，感到十分惶恐。

"好吧。总之，我答应了就会拿出结果的。喏。"

说着，五代把一部手机推到利根眼前。

"这是空头手机。反正你一定没手机吧。我会通过这个跟你联络。事后要用要丢随你。"

"不好意思，什么都要你费心。"

"但是，你要答应我一件事。"

五代勾了勾手指，要利根把脸凑过来。

"要做什么是你的自由，但你可别搞砸了。"

"……我会小心的。"

与五代的碰面就此结束，五代送利根回原先碰面的地方。目送着轿车的车尾灯，利根反刍了五代和他说过的那些话。除了保护司枥谷，外面的人个个都对自己很冷淡，反而是一起蹲过牢的五代还比较有人情味。

啊啊，原来如此——利根忽然懂了。一度服过刑的人之所以再犯率高，就是因为只能像这样投靠一起蹲过苦牢的狱友。

不久的将来，自己也会重回墙里吗？——利根感到心底渐渐发冷。

过了两天，五代联络了他。那是利根的胸口第一次感觉到来电振动，他大吃一惊。

"喂？"

"是我，五代。找到那个人的下落了。"

接到联络时，利根人在工地，所以他慌了。

"请等一下。我现在身边没有纸笔……"

"我等等发信息给你，你再看就好。现在先口头跟你说。"

于是五代说了对方的住址。

"就这样，小心行事。"

说完就挂了电话。利根朝着看不见的人深深行礼。

三云忠胜和城之内猛留都死了。这样就只剩下上崎了。

只要找到他，自己的工作就结束了。

# 穷人之死

## 1

就算行政单位正当应对仍会被人怨恨。

陪同圆山跑了这么一趟,笘篠觉得这次命案的动机隐约可见。

"凶手会不会是被表面的数字排除了……"

笘篠在办公室里这样喃喃自语,莲田立即有所反应。

"表面的数字是指什么?"

"你看看这个。"

笘篠指指自己的电脑。上面显示的是厚生劳动省发表的题为《生活保护受领者动向等之探讨》的报告。

"第二页是过去十年来受领者人数的变化。照那上面说的,平成十六年(2004年)七月有一百四十万人,现在已经增加到二百一十六万人了。"

"曲线的攀升好夸张啊。不过这两年几乎持平不是吗?"

莲田手指指的部分,确实接近平行线。若论这几年受领人数的推移,也是可以视为停滞在了高处。

"不。政府换人做之后,政策之一是减少一成的社会保障费,不是吗?之所以持平,应该是依据这个政策调整了受领人数吧。"

"可是，宫城县算是例外吧。据圆山先生的说法，生活保护率在地震后次年上升，而且县内各地难以维持生计的穷人都流入仙台市了啊。"

"生活保护率的分母是户数。要是户数骤减，就算实际受领的人数不变，百分比还是会上升。"

"啊……"

"先不管宫城县的特殊状况，过去十年生活保护受领者增加得很离谱。渴求财源的厚劳省对这样的情况不可能只是在一旁干着急，而且受领者增加，意味着申请者增加了更多。不难想象，县内的福利保健事务所会以不加审理便拒绝给付的反登陆作战，来遏止受领者增加。"

"那，笘篠先生说的从数字上被排除了，指的是被反登陆作战挡下来的申请者吗？"

"好人三云和君子城之内被杀了。可能的动机也只能是与生活保护相关的不合理怨恨了，现在就到盐釜去吧。"

"盐釜，福利保健事务所，对吧。"

"三云和城之内在当地服务期间，申请生活保护被拒者，或者虽受领却因为个案工作员的报告而被止付者，拿到这些人的名单，一一过滤。"

莲田没有提出任何疑问，跟着笘篠走。

在前往盐釜福利保健事务所的路上，笘篠向莲田问道："你从刚才就一直没作声，在想什么？"

"没有啦……我是在想，即使就像笆篠先生说的，就算假设凶手是被排除于生活保护以外的人，那种杀害方式还是太残酷了。不过，采用饿死这种方法，如果说凶手是穷人，也大有可能，用意是让他们尝尝不吃不喝的痛苦吧。"

笆篠也有同样的想法。原本他推测饿死三云和城之内这些颇具威望的人，凶手一定是对他们恨之入骨，但若动机与生活穷困有关，那么假设犯案是出自不合理的痛恨也十分有说服力。

问题是可能范围的人数与信息的正确性。

九年前起的那两年，盐釜福利保健事务所受理了多少生活保护申请，又挡掉了多少生活保护申请呢？而且就算申请记录还在，也不知至今资料是否还有效。毕竟2011年的地震中有许多人丧生，也有同样多的人移居县外。如此一来，要追查资料也很费时。

"话说回来，笆篠先生，就算那个凶手对三云和城之内心怀不合理的痛恨，为什么这时候才作案？就算可以理解他等了八年仍恨之入骨，但这段时间有什么意义吗？"

"如果是有什么非等八年不可的原因呢？因为某种原因，凶手这八年都无法接近死者。过了八年，脱离了禁锢。"

"所以说，可能是住在国外，或是被关在牢里？"

"对，我想差不多是这样。无论如何，应该都是个执念很深的人。"

这时候,笘篠从车窗一角瞥见一个熟悉的男子。

车子才刚驶离青叶区。那么看到他也没什么好奇怪的。

"抱歉,在前面先停一下。"

"怎么了吗?"

"看到让我有点好奇的。"

笘篠要莲田把车停在下一个街区,两人都下了车,走向一长排连栋的平房。

"到底是什么……"

"嘘!"

往笘篠指的方向一看,莲田赶紧噤声。

从这边数过去的第三间平房,圆山和一个老婆婆就在门口。

一看,圆山正殷切地向老婆婆说明着什么。不一会儿,圆山便催着老婆婆走了进去。

"会不会又是像昨晚那样,在警告要止付生活保护?"

又不是犯罪行为,笘篠无意介入他人的工作。但是,他在意的是,与圆山谈话的老婆婆极为虚弱,衣衫褴褛。

笘篠并不打算这时候才高唱社会正义,但连那种模样的人也要请到社会安全网之外,他个人看不下去。莲田或许也有同感,只见他表情略一沉,望着圆山的背影。

"可是,笘篠先生,就算圆山提出报告,要中止那位婆婆的生活保护,我们警察也没有干预的权限啊。"

"作为警察是没有。可是如果我们现场目击了这个场面以后能造成他的心理压力,也不算越权吧。"

"……原来笘篠先生也会出狠招啊。"

"是因为看出这么做就能对他造成压力我才这么做。虽然圆山那个人作为职员尽忠职守,但我相信他不止如此。"

笘篠和莲田走近两人进去的那户人家。门板很薄,在玄关谈话的内容门外也听得见。

"这种很难的文件我不会填啦。"

"所以呀,佐佐木婆婆,详细的地方我们会填,婆婆只要在这里写自己的名字就好了。"

"那不就成了代笔吗?"

"没关系呀。"

"我实在不想呀。"

看来,是要强迫本人在停领生活保护的文件上签名。虽然要看文件的种类,但若强制过头也可能成为恐吓罪。莲田的表情更难看了。

然而,紧接着屋内传出来圆山的一句话翻转了形势。

"没有什么想不想的。婆婆,您既没有工作,又没有亲人,不是吗?"

"这……"

"我们都查过了。婆婆，您清扫大楼的工作两个月前就被辞退了，不是吗？唯一的亲人——儿子、媳妇又被海啸连房子一起带走了。在这种状况之下还不接受生活保护，您到底在想什么啊！"

"可是啊，接受生活保护传出去很难听呀。"

"电都被停了，还有什么难听不难听的！来，赶快在这张申请书上面签个名。这样下个月起您日子就会比较好过了。"

"可是啊……我还是不太想。"

"为什么？"

"生活保护，就是用除我以外的人缴的税金来付的吧？总觉得好像给人家添麻烦似的，怎么好意思呢？"

"佐佐木婆婆，您错了！"

圆山的声音很激动，语气与他和笃篠他们说话时判若两人。

"婆婆这个年代的人，动不动就会说怕给别人添麻烦，可是事情不是这样的。我们说的生活保护、税金，都是为了像您这样的人才特别规划出来的。税金没有比这更正当的用途了。"

"是吗？"

相对于圆山的迫切激动，老婆婆的语气却宛如事不关己。

"就是。所以不要客气，可以申请。只要申请了，我会想办法让您通过的。"

"实在不好意思……不过，既然福利保健事务所的职员先生这么说，我是不是应该接受这份好意啊？"

"这不是好意，是婆婆的权利。婆婆有权利过最起码的生活。政府援助是应当的。"

"可是毕竟是别人的钱呀。"

"所以啊，这叫作资产重新分配……"

"就跟你说，这么难的事我不懂啦。"

"把剩余资产的一部分分配给有困难的人，政府把这个当作使命在做。所以佐佐木婆婆，您就当作是应该得的，收下就是了。"

圆山想尽办法说服老婆婆的声音，笘篠越听越觉得心酸。

"好了，走吧。看来是我们多事了。"

这么一催，莲田也有所领会般点头。

"笘篠先生的眼光没错。看来圆山这个人，并不只是尽忠职守而已。"

"不，他终究是个只会尽忠职守的人。"

"可是……"

"那才是一个公务员应该有的样子。"

"……就是啊！"

如果从事生活保护受领的职员都像圆山这样，问题就少得多了——才这么想，笘篠便立刻打消了这个想法。

行政单位的人再怎么尽忠职守，只要问题和钱有关，便绝对少不了纠纷。这就是人类的冤孽。

"真希望盐釜的福利保健事务所也那么认真。"

再次上车之际,莲田半发牢骚地说。

尽管笘篠也有同样的心情,却打定主意不抱过多的期待。像圆山那样的职员多半不少。但个人的想法意愿,组织不会看在眼里。在国家急于压低社会保障支出的当下,圆山的作为无异于螳臂当车。

即使同样都是公务员,警察手册依旧好用,笘篠和莲田一将手册亮出来,马上就被带往会客室。接待两人的是生活支援组的支仓。

"八九年前申请生活保护被驳回的案件,是吗?"

"当时,三云忠胜先生和城之内猛留先生都在这里服务吧?"

"对,是没错。他们两位的任期都是三年。城之内先生是组长,而三云先生负责窗口。我也是刚才收到你们的通知才去查的。"

支仓毫不掩饰他的厌烦。

"在被退件的人当中,可能有人基于不合理的怨恨而对他们犯案。"

"说是不合理的怨恨……福利保健事务所才不会做被申请人怨恨的缺德事。这是救助社会弱者的崇高事业。"

不可思议的是,从这男人口中吐出的"崇高"听起来却显得惺惺作态。

"正因为没有道理可言，才叫不合理的怨恨啊。并不是说贵单位的业务有何不妥。"

"这是当然……"

"不好意思，可以让我们看看被驳回的案件吗？"

"您要现在看实在没有办法。毕竟是很久以前的记录了，也不知道还在不在。"

笘篠不禁怀疑自己的耳朵。

"难道那些记录被销毁了吗？"

"文件类的保存年限是五年。考虑到每个月的申请件数，五年都快应付不来了。"

"……还是要请您帮忙查一下。"

"是啊。只是职员都非常忙，需要一些时间。"

说这种话，你自己看起来明明挺闲的啊。

笘篠尽力不让心中的想法出现在脸上。

"申请书是纸本，还是已经数字化了？"

"已经数字化了。"

"那么，应该不需要太多时间吧。"

"我没有说要花时间，而是希望我们以日常业务为优先。"

支仓的嘴角透出傲慢。

虽然不必表现出个人情感，但这时候该是项目小组表态的场面。笘篠欺身向前，正面傲视支仓。

"恕我再次强调,这是办案。必须请善良市民帮助,更必须请从事公职的同人们协助。"

"这个自然,但希望给我们时间。"

这样根本没完没了。

和支仓继续耗下去也不会有任何进展。笘篠切换成例行公事的语气。

"我知道了。那么,还请您尽快帮忙。"

"可以请您提出正式的公文吗?不是现在也可以。"

笘篠心中暗自咬牙。对方的话虽客气,但言下之意是没正式公文就不动手。

"从您的回应看来,似乎不太愿意合作。"

"怎么会呢?我是想同为公仆,按规矩正式来办比较好。"

本来,这种场合依惯例是会发文照会的,但他们明知警方连这点时间都想省,却还采取这种态度。而且照会性质的公文求的纯粹是提供资料上的帮助,就算对方动作慢,或是再离谱一点的,对协助调查置之不理,也没有罚则可以惩处。想要进行强制搜查,就只能请法院发命令。

"是不是有什么不方便?"

"怎么会呢!公家机关就是这样啊,不是吗?"

这时唯有"忍"这个字。

"我们回署里会立刻办。那么告辞了。"

149

自制力不如笆篠的莲田一脸不满，但仍在笆篠的催促下一起离席。满腔愤懑忍到离开市政府，一上车立刻爆发。

"可恶！那是什么态度！狗眼看人低！"

"火气别这么大。"

"可是，笆篠先生，他那么不合作的态度！"

"他们有不方便的地方。"

一听到"不方便"这三个字，莲田脸色变了。

"如果拿出来也不会怎么样，他当场就拿出来了。之所以会尽量拖延，就是因为有一些不妥当的资料禁不起细查。"

笆篠骂着说道。

"而且仙台市有前科。"

"前科？"

"2009年吧。宫城野区的一名女性，说职员逼她签下生活保护停领同意书，请求审查。宫城县以仙台市考虑不周，取消了止付。2013年，另一名女性想请求审查保护费被删减一事，申请文件一度被市政府的窗口拒收。光是媒体大肆报道的就有这么多。没有被报道的案例一定更多。如果这种事会被一一挖出来，他们自然会抵抗。"

"就是反登陆作战吗……？他们是很过分，看来是顾不了那么多了。不过，笆篠先生，亏你记得那些案子。"

"查的啊。不过就像我刚才说的，那些是被报道出来的案子。"

结果，在网络上搜寻得到的案子都是已经解决的，而且都以恢复生活保护和相关人士道歉告终。那么，被葬送在黑暗中的案子呢？

"警方都要求了，却还那么不愿意拿出资料。一定是有什么想隐瞒的吧，即使不是自己负责的部分。组织防卫的心理作祟。"

"那他会老老实实拿出来吗？我很怀疑。"

该死的是，莲田的担忧成真了。回到项目小组，笘篠立刻向盐釜福利保健事务所发文照会，但第二天、第三天都没有回音。他忍不住直接打电话催支仓，也只是听他搬出一些不痛不痒的借口。

过了一周还是没有任何进展，笘篠便只身造访盐釜福利保健事务所。然而，不但柜台的职员让他等了好久，最后还只得到一句冷冰冰的"支仓组长外出了"。

显然是装作不在。

"你说福利保健事务所不愿出示资料？"

一听笘篠报告，东云露出明显不悦的神情。

三云与城之内的接点在于过去服务的单位，这一点笘篠不仅在小组会议上报告过，也向东云个人报告过。因此东云深知那些资料的重要性。他的不悦便是最好的证明。

"对方有什么不方便的地方吗？"

管理官室里只有东云和筈篠两人，是开诚布公最好的场合。

"属下推测，福利保健事务所所进行的反登陆作战中，包含了处置过当的案例。"

"而那处置过当的案例之一，便与这次的命案有关……是这样吗？"

"属下不敢断言，但也认为不能忽视。"

"都死了两个人了。如果真是事实，那他们做的事可能真的很要不得，好比被媒体揭发以后得有一两个负责人下台的程度。"

"很有可能。"

"只是，我有一个疑问。"

"您是说，为何八年前的怨恨伤痛现在才发作吗？"

"不是，那应该是有什么不得已吧。我的疑问是，真有什么恨能持续八年之久吗？"

原来如此，是这一点吗？

"我们公务员和每个月的收入都有保障的人可能很难理解……没有生活保护，就意味着今天也没有饭吃。说来平平无奇，但是关于食物的怨恨是很可怕的。"

"听你说起来真是真实感十足啊。"

"地震发生那天，我忙着在公民馆保护灾民。大概有一整天，救援物资没有送到，虽然才一天，情绪就暴躁起来。在公民馆的人全都处境相同，所以大家还能发挥自制，但要是事情只发生在某一个人身上,还能不能控制得住情绪就很难说了。"

"……原来如此。"

东云似乎很快就明白了。对东北的人来说,那次地震是所有人能够共鸣的悲剧,不须多加说明。

"既然如此,就催他们快交出资料。"

"可是管理官,对方的负责人甚至都假装不在了。"

"他是公务员。那就只好使出公务员最讨厌的手段了。"

东云露出标志性笑容。

"出动县警本部长吧。这是现任县议员遇害的重要案件,这时候不拿威权出来岂不是可惜了。"

若县警本部长直接下令,福利保健事务所也不能相应不理。

"只不过,要强调我们的宗旨是找出嫌犯。别让他们以为我们是要扯出福利保健事务所行使反登陆作战的劣迹,否则他们只怕不愿交出资料。"

这是叫笘篠对他们苛待生活穷困者睁一只眼闭一只眼。尽管不能完全同意,但只要当作办案方针也不至于无法容忍。

"在绝大多数的情况下,威权人士的发言会打击办案前线的士气,难得可以反其道而行。你等着看好戏吧。"

东云愉快地如此嗤笑道。

"区区一个厚劳省的地方行政机关竟然拒绝出示资料。哼,笑死人了。敢拿这么一丁点权力逞威风的人,最好就是拿更大的权力来压他。"

在一旁看着东云讪笑并不是一件愉快的事，但在这个状况下就算了。

事实上，东云向县警本部长进言的效果立竿见影，竟然当天之内所有资料便被送至项目小组。

两个纸箱的资料和一个U盘，这些便是三云和城之内在任职期间，被中止生活保护或申请驳回的所有人的文件和资料。

"竟然退了这么多案子。"

看到实物，莲田傻眼说道。

但笘篠还来不及惊讶便是一阵战栗。一想到整整两大纸箱里聚积的憎恨，便迟迟伸不出手去打开。

## 2

自当天起，笘篠和莲田便夜宿项目小组，细读资料。纸箱和U盘里的生活保护中止与驳回件数，在城之内与三云在职的那两年内便多达将近七百件。

"怎么驳可以驳到七百件啊？！"

莲田万分厌倦地说。

"看圆山先生工作，我也知道福利保健事务所驳回、止付都是有原因的，可是看到这么大的数量，就觉得双方都有问题。"

也难怪莲田会这么说。把文件一笔一笔看过，从中抽出可能有杀害两人动机的案子，还要再确认申请者是否还活着，既花精力也花时间。虽然在东云的安排下增加了人手，但每次细读都能窥见申请者的苦衷，处理的速度也就慢了下来。

生活保护费申请是否会遭到驳回和止付，主要取决于财产的有无与申请内容的真假。

〈申请驳回事由〉
. 没有运用工作能力
. 有豪华的房子
. 有一定数目的存款

〈止付生活保护费事由〉
. 申请不实（虚报财产等）
. 家属关系不实

一方面，堆积如山的文件，是窗口职员和个案工作员拆穿这类虚报的记录。另一方面，笘篠却对备注栏一片空白便一味被驳回的写法产生疑问。

"这些公家单位的文件，被退件也是政府这边的说法，申请人的意见一个字也没写。"

"你是说,这类文件都是随公家写的吗?"

"包括我们警方在内,公家单位制作的文件哪个不是这样。"

莲田没怎么反驳便点头。办案办了一年,能想到的例子太多了。

过滤的工作长达四天。从中选出的,是包括不服驳回而多次申请、曾与事务所人士发生冲突,且本人或其扶养亲属仍在世的个案。

申请者中有些人被驳回一次仍不气馁,来过好几次。笘篠等人将此视为申请者的执念。他们认为若一次驳回便放弃的人,不会恨当时的负责窗口长达八年。

执念深的人当中,当然也有与窗口或个案工作员发生冲突的。若是小争执,事务所方会留下必须小心此人的注记,若演变成暴力事件,也会在辖区警署留下报案资料。

而最重要的是确认申请者本人及其扶养亲属是否在世。就算对事务所再怎么恨之入骨,主角死了自然不可能犯案。

以这三个条件,筛选出了四名嫌犯:

市川松江(七十四岁)盐釜市北滨

濑能瑛助(五十四岁)盐釜市本町

郡司典正(六十岁)盐釜市尾岛町

高松秀子(享年六十二岁)盐釜市港町

"最后一个高松秀子已经死了。"

"是啊。他死后亲人与事务所起过冲突。其他的,本人都还在世。"

"可能是为过世的家人报仇吗……?可是,笘篠先生,如果亲人对本人的感情深厚得要为他报仇,那当初应该就不需要申请生活保护了,不是吗?"

莲田的疑问很有道理,说实话,笘篠也有同样的想法。若是这么重要的家人,在申请生活保护之前由亲人扶养才是最合理的。

"既然都列为候选了,就得去查访。实际上访问当事人,也许能挖出一些申请书上看不出来的内情。"

"可是,不管是拜访本人还是亲人,这都是很久以前的事了。说不定他们连曾经和事务所起过冲突都忘了。"

笘篠倒认为不太可能。就算驳回申请的城之内和三云忘了,被驳回的人恐怕也忘不了。就和打人一样,打人的会忘记拳头的痛,挨打的却不会忘记脸颊的痛。而打人的次数越多,拳头也就渐渐麻痹了。

"还有就是,知道那个人的所在了吗?"

笘篠并没有忘记比过滤嫌犯更重要的事。

"就是和城之内及三云同时期在福利保健事务所服务的人。不能保证他不会成为第三个牺牲者。"

"上崎岳大，对吧？已经查出来了。"

莲田竖起大拇指表示"没问题"。

"从当时的员工名册追查到了现在的住址。是有必要和本人面谈，不过已经先派一个人去盯着他家了。"

一旦查出城之内和三云的关系，笃篠便立刻注意到这两人的上司。

两人于盐釜福利保健事务所服务时，上崎岳大是所长。既然嫌犯找上了那两人，选上崎为第三个目标也不足为奇。不，既然他是他们的上司，拥有决定权，更恨他不也是当然的吗？

"可是，笃篠先生，第三个我看不可能吧。杀了两个人，想来也知道我们县警本部的人会发现其中的关系。那还敢再杀第三个吗？"

"如果是正常的凶手，我想应该是不会白费功夫。一连有两人遇害，不难想象我们会倾全力办案。现在对第三个人动手，无异于飞蛾扑火。"

"但是——"笃篠继续说下去，"这个凶手并不是刺杀或绞杀，而是让死者不吃不喝饿死，最好不要当他是正常的凶手。而且，因为他不正常，所以才会不当一回事找上第三个人吧。"

"……也对。"

"既然知道住址了，就赶快找那个上崎问话吧。两个死者他都认识，也许对导致这次命案的冲突知道些什么。"

却见莲田过意不去地摇头。

"那是不可能的,笘篠先生。"

"哪里不可能?搞不好他自己也有生命危险,却拒绝警方问话?"

"不,不是这样的……几年前,上崎的太太过世后他一直保持单身,现在在菲律宾旅行,见不到人。"

想见的人在国外就没办法了。笘篠和莲田决定等上崎回国,先找四个嫌犯问话。

八年前的事,当事人还记得吗——莲田的疑问在他们找上第一个对象时便一扫而空。

市川松江对于在福利保健事务所所受的委屈记得像昨天刚发生一样清楚。

"那些人打从一开始,就不想让我请领生活保护费。"

松江家宛如废墟,破掉的玻璃窗上贴了塑料袋,地板有好几个地方腐烂凹陷。一时之间令人难以相信这里住了人。

"您还记得当时窗口的负责人吗?"

对笘篠这个问题,松江也是怒容满面。

"一个叫三云的。我到死都不会忘记那家伙的长相和名字。"

"可是,您说他打从一开始就不想让您请领,会不会言过其实了?他也是公务员,应该会让需要生活保护的人请领吧?"

笘篠也很清楚这种问法很不公平，他是刻意激怒松江的。但并不是计划陷害松江。这不过是引出她对三云和城之内的真心话的手段。再加上前几天稍微看过圆山工作的情形仍记忆犹新，他不认为事务所会以片面的理由便驳回申请。

但松江的反应却十分激烈。

"哼！警察也是公务员，你们当然会替自己人说话。公务员是为国家服务，却不愿意为国民和我这种弱势的人服务。"

"我总觉得您有些误会了。"

"误会什么？！要是福利保健事务所的职员愿意为弱势群体服务，就不可能会搞出那种申请书！你看过他们的申请书没？"

笘篠看过几百份生活保护申请书，怀着略感厌烦的心情点头。

"看过啊，一份六张的表格，对吧？"

"那种东西，我这老太婆怎么会写！"

松江骂道。

"什么资产调查，什么自住房屋估价，什么薪资明细，那么难的文件谁会写啊！不是我夸张，数字和文件我从来都搞不懂。"

"窗口没有向您说明如何填写吗？"

"谁会跟你说明啊？我拼命问怎么写，那个叫三云的也只会一直说请按照范例填写。范例是那种有定期收入、有自己房子的，跟我的条件差多了，根本就参考不了。但我还是辛辛苦苦写好了,那家伙还对我说什么'辛苦了',结果却以文件不齐驳回了申请。然后我要重新申请,他却说'曾经申请过的无法修改'。那个坏蛋!既然知道不齐,写的时候跟我说就好了,明知道却不说。"

"他为什么要这么做?"

"这还用说吗?就是想减少接受生活保护的人啊!我、我、我们这种人饿死了,他们也不当一回事。相比之下,他们更怕被公家机关里的高官骂呢。"

笘篠胸口一阵刺痛。

他自认为在办案时从未看轻过被害者或其家属,但也经常无法反抗项目小组或上司的意思。地方公务员法中,有一条是必须忠实遵从上司职务上的命令。即使没有条文,在警察这个阶级社会里也很难反驳上司。就这一点而言,松江的谴责可谓"虽不中,亦不远矣"。

"后来我又去过窗口好几次,一直碰钉子,最后他们还叫了警察。"

"那位三云先生被杀了,您知道吗?"

瞬间,松江愣住了,但很快便一脸愉快地笑了。

"是吗,所以你们怀疑我是凶手?也对,要是我真能杀得了他我巴不得。但可惜的是,我的身体已经做不了那种事了。"

松江看着自己挺不直的腰,呵呵笑了。她连走路都走不稳。

"我连三云在哪里都不知道,也没有精神力气去找他。凶手不是我,这对你、对我都很遗憾啊。"

第二个濑能瑛助也没有忘记三云。

"你说那个烂人死了?哦,是吗?我已经很久没订报了,都不知道,要是知道了,真想喝一杯庆祝庆祝!不过,也没酒就是了。"

濑能边骂边将旁边堆积如山的空罐一一压扁。

"本来这是游民做的工作,不过还挺好赚的。毕竟我还要等很久才能领年金。在那之前,不继续做这个也不行。"

才五十四岁,应该还有其他收入好的工作吧——筈篠本想这么说,却没作声。濑能看起来一条腿不方便,站起来时也摇摇晃晃的,不太稳。

"我年轻的时候出事伤了脚踝。虽然能走,却不能跑,也很难扛东西,做不了需要力气的粗活。"

"这样的话,可以请领身心障碍补助吧?"

"国民年金啊,身心障碍如果不是一级或二级是不能领的。粗活不能做,身心障碍补助也不能领。被公司裁员,日子就过不下去了。所以才忍辱去申请生活保护。那个啊,我可要先声明,原本一直在工作的人要去给政府养是很需要勇气的。我去窗口的时候也是诚惶诚恐的。结果三云那个浑蛋……"

"他对您做了什么失礼的事吗？"

"没有，说话和态度都文质彬彬的哦，所以才更叫人生气。那个王八蛋，动不动就给我说什么'既然您生活有困难，只要能够证明，就能通过申请'。"

笘篠纳闷了。明显穷困便给予生活保护。这句话哪里不对呢？

"我告诉你，有钱只要拿出现金就能证明对不对？出示存折也是个办法。可是没有钱要怎么证明？没有收入来源要怎么证明？可能暗藏秘密账户。可能去打不能公开的黑工。像这种的，要证明'没有'比证明'有'还难。"

证明不存在的事物。这便是所谓恶魔的证明。的确，笘篠也明白这很难证明。

"可是我那时候觉得如果没有生活保护实在活不下去，就硬着头皮去问已经在领生活保护的朋友，填了文件。我想，要是我缺了什么或者写错了什么，窗口人员会告诉我。正常都会这样想吧？我的身心障碍不足以领年金，能找的工作有限，又没有可以投靠的亲人。生活保护不就是为了保障这样的人而设的制度吗？"

濑能的话让笘篠无言以对。

再周全的制度也还是会照顾不到一定数量的人。但以濑能的状况而言，问题却还不到那里，他的怨怼是针对态度而非制度。

"我好不容易弄好了申请书带去窗口。三云那家伙冷冰冰地收了件,根本就不知道我是多辛苦才弄出来的。我那时候就想,啊啊,这就是官僚的面孔。然后过了几天,寄来了驳回通知。我带着那个又去找窗口。因为我听说,如果对福利保健事务所决定的驳回不满,可以申请复审。可是,三云却一副事不关己的样子说,如果是因为说明资料不齐而被驳回,是不能申请复审的。我从没听说过这种事,一时气昏了头,忍不住就闯进柜台,被在场的职员制止,赶回了家。从第二天起,就禁止我出入事务所了。天底下哪有这么不讲理的事?"

虽然不能单方面相信濑能的说辞,但就他的话,怎么听都是事务所方面设法阻止民众申请。可以说是利用申请者的无知与制度的规定进行合法的反登陆作战。这么做本身或许并不违法,但站在申请者的立场来看,确实是很不讲理。

"我想你大概是靠以前的记录找到我这里来的,但实在不巧,我的确是记得三云和他上面的城之内,但我不知道他住哪里,也不知道他在哪里工作。就算知道,我每天光是要过日子就忙不过来了,也顾不得报复。"

不用说,笘篠将濑能从嫌犯名单中剔除。原因是,以濑能那种极具特色的走路方式,现场一定会留下行迹。

"就连现在回想起来,都没有什么事比事务所叫人做的调查更让我火大。不是有人说很讨厌身份证号那些个人资料统统被政府知道吗?那你去申请生活保护看看。身份证号什么的根本不够看。"

第三个人郡司典正倒是以轻松坦然的语气谈起过去。

"反正就是一到窗口，我就知道，啊啊，这些人根本不想给我钱。我本来就很会看人脸色，不过当然啦，公家的人又不是做生意，想什么都会直接写在脸上。"

"但您还是申请了吧？"

"申请了啊。我自己开的制纸工厂倒了，走投无路了。我当时已经五十多了，到处都找不到工作，就这么耗着，存款也花完了，又欠缴税金，真的束手无策。事务所的人个个给人感觉都很差，但我也顾不了那么多了。我想着，要是我说明了自己的实际状况，他们应该会帮忙吧。我那时候还相信国家政府机构是为了国民而存在的。"

郡司家和前两个人的住处相比还算好些，没看到太大的破损。但那栋屋龄很长的木造平房有一丝腐叶土般的味道。过了一阵子，笘篠才想到，那就是生物腐烂时的臭味。

"我到现在还记得窗口那个叫三云的负责人。讲起话来客气过头，脸色却一点也不客气。眼神就是瞧不起人，而且也不想掩饰。怎么说呢，他的眼神就是很冷，看得我自惭形秽起来，心想：啊啊，我已经落魄到被这种人用这种眼神看待了。可是我没别的办法，就默默听他说明。他的说明很仔细，所以很好懂，但我越听越觉得他说的实在太强人所难了。说什么，在完成所有的资产调查之前，连申请都不能申请。"

"我觉得他说得没错啊？"

"刑警先生，你要知道，他们说的资产调查是刨根问底，就差没问到你祖宗八代了。叫你把所有存款都列出来，口袋里的零钱也拿出来。"

郡司自嘲地说。

"我以前是开公司的，为了区分公司的钱和私人的钱开了好几个户头。孩子的学费和付薪水又是另一个户头。多的时候，同时有十几个银行账户。福利保健事务所呢，会一个一个去问。可是银行会有其他优先的业务，不会马上就回答。帮忙查这个一块钱都赚不到嘛。不，银行连有户头这件事都不想让你知道。因为要是一个没弄好，客户会把户头注销掉。虽然里头没多少钱，银行还是不愿意少一个户头啊。所以调查起来当然很花时间。像我，都半年了还查不完，事务所那边竟然以'得不到金融机关的协助，难以继续调查'就驳回了我的申请。你不觉得岂有此理吗？我可是因为经营困难把公司收掉的。无论我有多少户头，里面怎么可能有钱？这种道理连小学生都懂。三云却一味坚持这是规定。我个性算是温和的，却也实在咽不下这口气。我这辈子从来没那么恨过一个人。"

听着听着，笘篠觉得三云这个人的正反两面不由分说地呈现在他面前。一个在职场和朋友间被视为大好人的男人，站在某些立场的人却对他畏如蛇蝎。假如是生活保护的工作促使他成为一个双面人，就代表福利保健事务所的方针便是如此不符合人性。

"虽然气不过，但又不是打了窗口职员就能解决的。只好强忍着火气一再申请，结果三云亲口跟我说，申请多少次都没有用，叫我不要再申请了。我心想，既然在盐釜福利保健事务所没有着落，就又跑到仙台去，结果还是一样。于是我死了心，拿这块土地去担保借钱。只不过每坪单价很低，借不了多少钱，也没什么从业者肯借。"

笘篠向他确认不在场证明时，郡司一脸凄惨地笑了。

"我那时候在住院，不可能是我。"

"您生病了？"

"营养失调加支气管炎。我是突然昏倒被送进医院的，可是付不起住院费，又被撵出来。其实现在还欠医院钱。"

笘篠和莲田最后拜访的是高松秀子的次子高松义男家。

他住在福岛市内，一家四口。高松义男说他本人和妻子都出去赚钱才能勉强维持生计。

"说来惭愧，八年前正好两个孩子都要升学，我实在没有能力照顾母亲。真的不是开玩笑的，那时候的生活每个月都要动用存款。就连五千元的孝亲费都拿不出来。"

高松懊恼地低下头。字里行间听得出亲生母亲生活穷困,自己却伸不出援手的懊悔。

"您也有您的家人啊。"

"实在是没出息啊。所以我也很想帮忙,至少让母亲能得到生活保护。我们也收到了所谓的扶养照会书,我填了我和我老婆的收入、支出和资产明细,申告了以我们的家境无法扶养母亲。母亲也体弱多病,既无法工作,也没有存款,再加上三等亲以内的亲人都没有能力援助,申请应该一下子就过了。"

"听您的语气,看来是没有一下子就通过?"

"是啊,盐釜保健事务所极尽刁难之能事。"

"刁难?"

"我有个大我三岁的哥哥。这个哥哥当然有扶养义务,所以他们说拿不到他的照会就无法受理申请。"

"那么,只要请令兄帮忙就好了。"

"事情没有那么简单,我哥哥十多年前去了东京就音信全无了。我们不知道他在哪里做些什么,也不知道他是死了还是活着。"

"那么就无从照会了。"

"按理说,哥哥就应该不算在内了,不是吗?可是福利保健事务所的道理和我们一般民众的理解差了十万八千里。照公家的说法,就算音信全无,只要没有证明那个亲人没有经济能力,申请就不会通过。你说，是不是很奇怪？竟然故意用相反的道理来解释不确定要素。他们是铁了心不想让人申请。"

高松的话本来应该是令人想笑的，因为那等于是叫人硬去找出音信全无的亲人。

"我去福利保健事务所抗议，他们丝毫都不肯让步，只一直说这是规定。我也试着寻找我哥哥的去向，但十年来没消息的人怎么可能一下子就找到？就在这来来去去当中，我母亲身体越来越差，后来就过世了。如果住得近，我们也能去看她，但离得这么远……我母亲死得很悲惨。医生说她没有食物吃，体力差，才会那么快就走了。听医生这么说的时候，我恨不得痛打自己一顿。"

高松说完，垂下双肩。

"说实话，我恨福利保健事务所的人，尤其是负责窗口的叫三云的职员。毕竟他是我认得长相、知道名字的职员。我母亲死后，我曾去福利保健事务所抗议。可是那时候，他们所长说福利保健事务所的做法一点也没有错。"

"当时是上崎所长，对吧？"

"他还说，告他们等于是把诉讼费用白白扔到水沟里，叫我死心。虽然我整个人气炸了，但所长说得对，就算告上法院我也没有胜算。所以才心不甘情不愿地收了手。"

"可是，您真的就这样彻底死心了吗？"

笘篠这一试探，高松便抬眼看他。

"刑警先生会怀疑我也是当然的，但就像我刚才说的，这里离仙台很远。我是个上班族，能自由运用的时间有限，没有本事去仙台杀了人又马上回来。"

高松说得没错，笘篠也不得不同意。

就这样，虽然查访了四名嫌犯，得到的线索却是零。不，确定四人都不可能行凶，所以甚至可以说是小于零了。

这下嫌犯半个都不剩了。可以追捕的猎物又从可见范围内消失了。笘篠束手无策，拖着沉重的步伐回了仙台。

## 3

"要重新来过。"

回到项目小组，笘篠在已经细读过的资料前这样说道。

"符合条件的四人全都落空了。但是，这并不表示被排除的七百人当中不存在任何一个可能的嫌犯。"

"可是，我不觉得我们设定的条件有错啊。"

莲田之所以会说这种接近辩解的话，应该是不愿意承认排查嫌犯的工作是白忙一场吧。

笕篠的鼻子也嗅出了他们要找的东西就埋在这堆资料里。找不到，只是因为他们挖得不够深。

少了什么——正当他这么想时，另一个可能性浮现于脑海。

"纸箱里的资料和U盘里的对过了吧？"

"对过了。U盘里记录在案的个案和纸本对照过，应该是一致的。U盘本来就是提供对照的。"

"能不能帮我把那个U盘送去鉴识？"

"鉴识……？笕篠先生，你该不会怀疑这些资料本身有问题吧？"

莲田皱起眉头，但并没有退却之意。

"不是怀疑资料，只是很难相信提交这些的支仓而已。"

"……也是，那个大叔假惺惺的，的确让人无法百分之百相信他。"

"资料本身并没有被篡改的痕迹。有问题的话，应该是U盘那边。"

"了解。"

就这样，盐釜的福利保健事务所提出的U盘便送往鉴识课进行分析，而且很快地，当天之内便有了结果。

正如笕篠所怀疑的，U盘中的记录有部分遭到删除的痕迹。

"他胆子真大。"

虽然被笕篠猜中了，但也只是增加了他对支仓的不信任而已。

"县警本部长亲自去说,他还这样,实在是太老油条了。"

"会删除资料,可见他们有多不想公开。"

"既然连上面大头下令都没用,只好再出马去找他了。被删除的有几笔?"

"只有三笔。可是只有日期和流水号,没有具体的姓名和住址。"

笘篠一把抓起挂在椅子上的西装外套,和莲田直奔盐釜福利保健事务所。

他对支仓的印象确实比上次来访时更差了。想包庇自己人的心情,不愿单位出丑的心情,同为公务员,他不是不能理解,但这种做法未免太令人不齿。

"他到底把办案当什么?别拿公家的文书处理相提并论!"

笘篠在便衣警车中自言自语般地骂道,握着方向盘的莲田却是一脸扫兴的样子。

"对那些人来说,办案一定也跟文书处理一样。不,搞不好破了一件杀人案,在他们心里还不如处理好一份悬而未决的文件重要。"

"怎么了?讲起这种厌世的话。"

"没有厌世,我是很积极正面的。那七百份驳回的文件一件件看下来,就会觉得那些人的工作不是受理,而是见死不救。"

莲田的声音听起来一反常态地不悦。

"本来，福利保健事务所是救助社会弱势的机构，不是吗？可是实际上做的却是对弱者见死不救。我对生活保护完全外行，可是看了那么多申请书，也能隐约看得出申请者是在什么样的状况下写那些的。可是他们却因为预算不足而把申请者的申请砍掉了。至少我们警察并不会因为预算就对被害者置之不理。同样被归类为公务员，对我们并不公平。"

笘篠不知如何回答。莲田也许忘了，大阪府警曾被爆料弄丢了约五千起案件的资料而搁置办案。其中三千起已过了公诉时效。只要有这样的例子在，警方纵然对福利保健事务所的处置看不过去，也不过是五十步笑百步。

如果福利保健事务所故意搁置申请案是厚劳省的方针，那么所长及职员也只是依照方针办理而已。但是，这个问题并不是推说整个组织是上意下达就能解决的。那也只是组织犯罪与个人犯罪之分而已。

"话是这么说，要让福利保健事务所的处置成为案件是很困难的。就算退一百步，能适用违反生活保护法好了，一个搞不好，对象就变成了整个国家。"

"你别搞错了，我们的工作不是追捕那种罪恶，要抓的是杀害三云忠胜和城之内猛留的凶手，如此而已。"

对笘篠的话，莲田一副不情不愿的样子，点了点头。从侧面也能轻易看出他不是由衷地同意。

"……被视为好人的三云，被奉为正人君子的城之内，两人外在形象都很好，但实际上做的工作却是顺着厚劳省的意，拒绝生活保护申请者。说真的，我对杀害他们的凶手的痛恨变淡了些。"

"你可别对我以外的人说这种话。"

这无疑纯属个人牢骚，但笘篠仍不忘叮咛。

"要是传进刑事部部长或管理官上头那些人耳里，马上就会被撵出小组哦。"

"一个该杀的人被杀了，实在勾不起我的同情心。伪善的人更不用说了。"

"伪善的人、不屑一顾的人被杀也是理所当然——这种说法是很危险的。这正是干出无差别杀人的那些人渣高喊的理由。你想跟那种人变成同类吗？"

莲田听后不敢接话了。

"我不是站在盐釜福利保健事务所的人那边。我气的是，他们不仅不协助调查，还篡改了资料。我对厚劳省的企图或者公仆的自保都不感兴趣。我只想早点抓到杀害两个人的凶手。"

"那是因为笘篠先生从骨子里就是刑警。"

"没有人期待我做得更多，我也不认为我做得到。把分派给自己的工作在自己的能力范围内做好，你不觉得这才是最应当的吗？无论什么人，无论什么组织，能力都是有极限的。"

这次突袭盐釜福利保健事务所是对的，他们马上就拦下了支仓。他显然自知提供给警方的资料不全，一看到笘篠和莲田便想赶紧离开自己的位子。

"喂，支仓先生，别急着走。"

莲田伸手抓住了他的手。在旁人看来举止轻柔，但实际上却有如钳子，一旦抓住就绝对不会放手。

"何必逃呢？"

"我才没有逃，是因为你们突然跑来。"

"我们突然来，您难道有什么不方便吗？"

笘篠从莲田身后发话挤对。受到莲田的握力与笘篠的话语的双重钳制，支仓动弹不得。四周的人不可能没注意到这番异状，办公区充满了紧张的气氛。

"我们换个地方吧？在这里没办法好好说话。"

支仓从善如流，以先导的姿态领着笘篠他们离开了办公区。好歹在这里也要虚张声势一下，是吗？

"你们这样没有先预约就来，很让人困扰。"

一进另一个房间，支仓便出声抗议，但语气软弱。

"因为上次我们先约了还是见不到您。"

"那是因为我突然有急事……"

"那么，今天也可能会有急事。在急事发生之前先逮到您，您得承认这是个聪明的判断。"

"'逮到'？把人说得像嫌犯似的。这就是宫城县警的做法吗？我要请我们所长表达严正的抗议……"

"县警本部长都亲自要求协助，还提供不齐全的资料，想蒙混过关，这就是贵所的作风吗？"

笘筱一顶回去，支仓便像朵枯萎的花般低下了头。看样子，他并没有持续与警察针锋相对的胆量。

"虽然这不是我们正在追查的案件的主旨，但要是把这当作案情资料的一部分公开给媒体，反应应该不小吧？"

"你们警察还不是一样？"

显然走投无路的支仓豁出去般说道。

"就算负责的人想向右，上面指示要向左就非向左不可。给公家做事，无论哪个单位都一样。你们还不是，要是抓到违反交通的人是议员，单子就开不下去了吧？这跟那是一样的。"

笘筱对于他竟然当自己是一丘之貉大为愤慨，但一想到这个人不扯这些歪理就无法将自己正当化，就懒得跟他生气了。

"的确，大家都是在公家单位嘛。我不会说第一线人员的意见从来不会受到其他方面的妨碍。只不过，我们的工作和福利保健事务所的工作相比单纯明快多了。因为我们是逮捕违法的人。当然，其中也包括伪造文书。"

"伪造文书？"

"伪造文书，也适用于篡改记载内容和意图删除、隐藏。县警本部提出了'搜查关系事项照会书'，贵处回应照会书而送来的资料当中，若有人为蛀蚀或缺漏，便足以视为伪造文书。"

这说法多少有恫吓的意味在，但这种程度应该还在容许范围之内。果不其然，支仓显得一脸苦恼。

"等等……为什么要我一个人负起这种罪责？把驳回的个案资料送过去是所长的命令。请不要乱开玩笑。"

"中间管理职只要是遵从命令就什么罪都没有？开玩笑的是你。要是你认为这种说法行得通，不妨站在法庭的证言台上试试。"

看着支仓的脸色由红转青，笘篠判断该收手了，再威胁下去可能会造成反效果。

"支仓先生，无论什么事都难免有失误或错漏。"

"什么意思？"

"如果有应该补足的资料，请您现在立刻提交。这样就不算是人为删除、隐藏了。"

该交的东西赶快给我交出来——笘篠以言外之意相逼。

"真是一点都不留情。"

支仓以幽怨的眼神看着笘篠和莲田。

"你们都是以这种态度逼迫你们逮捕的嫌犯的吗？"

"您何不亲自一试？"

"……不了。只是，我也希望你们能稍微听听我的苦衷。"

"请说。"

"福利保健事务所要驳回几成申请,不仅是厚劳省的意思,更是国家政策。我们只是末端。"

为了转嫁责任,他搬出来的名头还真大。

"笘篠先生,你知道现在我们国家有多少生活保护受领人吗?"

"我记得好像超过二百一十六万人。"

"一点也没错。而且这个数字以后会只增不减,这你也知道吧?"

"如果不是经济破天荒地繁荣,而且社会破天荒地变成多子社会,应该就是吧。"

"可是,社会保障预算却年年被削减。就算想提高消费税来确保财源,经济不景气也办不到。在最前线的我们要是不调整受领人数,这个国家的社会保障制度就会垮掉。"

"你的意思是,反登陆作战是必要之恶吗?"

"要是申请案全都受理,县内的社会保障预算半年就会爆了。"

他说的笘篠不是不明白,但因为这样就依照上面的命令驳回每一件申请,不禁令人怀疑职员的操守何在。

"你一定认为我一派官僚作风,只会推卸责任,对吧?"

支仓仿佛看穿他的内心般瞪过来。

"你们的工作是逮捕犯法的人,单纯明确。我们虽待在高唱福利的单位,却必须剔除需要福利的人。抱着这样的矛盾工作是什么心情，你们懂吗？"

还以为他会发起中层主管的牢骚，不料支仓却话锋一转：

"2006年5月，厚劳省召集全国福利保健事务所所长举行会议。会中比较了各地方政府生活保护利用率。将人口与产业结构同级的地方政府拿来相比，点名保护率高的，当众修理。简单说，就是批斗大会。"

既然厚劳省要严防社会保障费增加，会这么做也不足为奇。这一点筥篠可以理解。

"在那场会议里，北九州得到了优秀的评价。你也许不知道，第二年，也就是2007年，就在北九州市，有一名男子饿死，死前留下了'好想吃饭团'的遗言。"

筥篠从未听说过，因此大为震惊。换句话说，被厚劳省评为优秀的地方政府底下有人饿死。

"可是厚劳省的态度并没有因此而改变，还是坚决主张控制受领者人数。我们当然不是故意害人饿死，可是北九州市在2006年那场会议中得到表扬的事实一直留在我们圈内人脑海里。"

"……您认为那是正常的行政机关应有的样子吗？"

"那我反过来请问，你认为正常的行政机关的定义是什么？是为了国民，无论多么不合理的要求都要揽下来的组织吗？还是依照中央政府的指示营运，维持行政机能的组织？"

看支仓那厌倦的眼神，筥篠不禁感到一丝同情。

也许他当初也像圆山一样,是个把申请者放在第一位的职员。即使是这样的人,在组织里待久了,身心也会被组织同化。因为,只有那样,待在这里才不会痛苦。谁也不敢保证像圆山那样的年轻人五年、十年之后不会变成像支仓这样。

"很遗憾,我没有足够的才智回答支仓先生的问题。只是我想,得不到关怀的人多半是不会忘记这件事的。三云先生和城之内先生之所以遭到杀害,也不可能完全没有关联。"

支仓已经举白旗投降了。再来,只要提出要求即可,但同情心却破坏了筥篠的心情。

"您提供的U盘解析之后找出删除了几件驳回案件的记录。在此我们姑且称之为不慎遗漏,请问到底有几件?"

"三件。"

很好,件数与鉴识发现的一致。

"那三件个案的申请书,能请您提供正本吗?"

"没有正本。"

支仓语气平板。

"已经拿去销毁了。"

"什么?"

"那三件因为驳回理由微妙,我们很快就拿掉了。从U盘删除却还留着正本,这说不通吧,所以就拿去销毁了。现在应该被工作人员熔了吧。"

竟然干这种混账事。笘篠不禁握紧了拳头。

结果莲田从后面插嘴道：

"这样被当作湮灭证据也怪不了别人了。"

"说什么湮灭证据，太夸张了。那些个案也不会再申请，销毁了也不会造成任何人的困扰。"

我们就很困扰——笘篠把这句话咽了回去。

"为什么您能确定不会再申请？过了几年，生活环境也会发生变动啊？"

面对笘篠一连串的质问，支仓却一副从容的样子。

"那三件个案的申请者本人都已不在世了。生活环境不会再有任何改变。"

"您说驳回理由很微妙，所以在销毁申请书之前您曾经细看过吧？详细内容您也还记得吧？"

"就，姓名住址吧。"

太好了。这样还有追查的可能。

"不过，那三人是因何而死的？该不会都是饿死的吧？"

"怎么可能？其中两人是地震的灾民。"

支仓说得轻描淡写。

"那两人被海啸吞噬了，和有没有生活保护无关。他们没有亲人，又一个人在家，救也无从救起。因为没有亲人，也没有人领取遗体，至今仍不知遗体在哪里。"

"那么，只有一位不同了？"

"那个申请者是八年前去世的。只是她也没有亲人。就这一点看来，状况和在地震中丧生的两人一样。"

笘篠怒火中烧，但在这里大声嚷嚷也不是办法。

"那三人名叫？"

"小冢良助、久保田干子，这两人是地震灾民。最后一个是叫作远岛惠的老人家。"

"您说驳回理由微妙，具体不符资格的事由是什么？"

于是支仓又闭口不言了。

都到了这个地步了，他还想要隐瞒什么吗？

"支仓先生，这三件都是三云先生和城之内先生在担任窗口人员和决策者时申请的吧。事到如今您即使说出来，时效也过了，没什么大碍吧。"

"就我个人或许是如此，可是一旦牵涉到单位的名声问题，我还是不愿意由我来说。"

这是逃避责任，还是支仓自己的逻辑？无论如何，这都是办案的阻碍。

"要是因为您的隐匿引发第三起命案，您也不在乎？"

"欸！"

"事情未必会因三云先生和城之内先生遇害就告终。凶手也没有做出这样的宣言。万一出现了第三个牺牲者，支仓先生要负责吗？"

绝大多数公务员最讨厌的词就是"责任"。一如笘篠所料，支仓脸色立刻变了，开口说：

"三件个案驳回的理由都是资产调查不充分。换句话说，无法证明申请者本人处于生活穷困的状态。而且，这三件在被驳回后都与负责窗口人员发生了冲突。"

要证明穷困的状况，也就是没有资产，比证明有资产要困难得多。这一点，笘篠在亲身查访申请者时听过不止一次。

"事隔多年，他们当时的生活状况究竟如何，也无法得知详情了。"

但还是可以猜想得到。福利保健事务所都把申请书正本给销毁了，想必是穷困得不宜驳回。

"所谓的冲突是指？"

"在通知驳回后，本人到窗口与负责人发生口角或是演变成暴力事件。这方面的详情我也不清楚。"

好猜得很——笘篠心想。这些驳回的个案是他们判断给警方看了会出问题的。冲突的内容肯定也不值得骄傲，但还是有确认的必要。

"当时的暴力事件严重到会向我们通报的程度吗？"

"小冢良助和久保田干子都被福利保健事务所的职员制止了，好像没有造成太大的骚动。但远岛惠则是在发出驳回通知后不久，有个她的男性友人闯进来骂人。"

"男性友人？不是亲人吗？"

"详情我也不知道。只是，他不但伤了当时负责窗口业务的三云先生和城之内先生，后来还纵火，这已经是黑道作为而不叫抗议了。"

支仓的语气中有明显的厌恶之情。

"生活保护变成黑道的生财工具已经很久了。不当给付给黑道分子本人的，再加上不当给付给他们底下人的金额不在少数，全都成了黑道帮派的资金来源。远岛惠的状况也属于这一类。"

"可是纵火……"

"要烧的就是这栋建筑。幸亏半夜没人上班，又发现得早，才没有酿成大祸。"

伤害两名职员再加上纵火，罪状不小。就算福利保健事务所销毁了申请书，那个男性友人的记录还是会留在辖区警署。看了案件记录，应该可以搜集到比申请书上记载得更加详细的资料。

"您记得那位男性友人的姓名吗？"

"我记得他姓利根。"

4

从支仓那里得到的信息当中，远岛惠的那起冲突给筱田留下了强烈印象。生活保护受领的相关冲突看来几乎都是在福利保健事务所内解决，但远岛惠的事却闹上了警局。这个特殊之处令筱田非常在意。

"可是，筱田先生在意的不光是这一点吧？"

莲田说得一副很懂的样子，但他没说错，筱田便没有反驳。

"是啊，去福利保健事务所骂人的不是近亲而是男性友人，实在奇怪。一般朋友去窗口打人还不够，甚至放火烧公家机关来泄愤，未免太夸张了。"

"会不会就像支仓先生说的，那个叫利根的是黑道分子？这年头黑道分子也穷得嗷嗷叫。没了收入来源也会拼命吧？"

话是很有道理，筱田却觉得不太对劲。就算是不劳而获，但为了区区一个月十多万的金额犯下伤害、纵火罪而被关进监狱，岂非得不偿失？

"我猜得出筱田先生在想什么。"

筱田一愣，不禁看向莲田的嘴巴。

"你在想，为了这么一点小钱就纵火不划算，对不对？可是啊，脑筋正常的人才会有这种逻辑。不过，很有筱田先生的风格啦。"

莲田像是随口说说，却让筱田感到有些烦躁。虽说是同事，但一想到自己被一个年纪小上许多的人看透，感觉并不好。

"没了收入的黑道根本一文不值。不管是十万还是五万,对黑道分子来说都是非死守不可的生活费。如果黑道一直在收保护费,那感觉就像有固定收入。没了收入,没钱的黑道分子能做的,就只有行使暴力了。"

据支仓说,闹事的利根是被盐釜署逮捕的。若此事属实,那么回去查警察数据库也可以,但既然人都已经在盐釜了,直接拜访盐釜署反而省事。

虽然没有事先预约,盐釜署的仁藤倒是毫无厌烦之色。

"八年前的侦查资料吗?"

听了笘篠的话,仁藤搔着头,喃喃说道。

"数据库里应该有概要,可是案件记录和正本就很难说了。"

"有什么不方便的地方吗?"

"不是的,我们署的文件仓库是在地下室……你知道,海啸的时候,水淹到了一楼。"

哦——笘篠和莲田都无力地点头。那场地震虽然不至于天崩地裂,但仍对近海的盐釜市内造成了重大的人员伤亡与财物损失。保存在地下室的资料自然也无法幸免。

不只盐釜署,灾区的公家机关或多或少都有损失。公家机关资料数字化的速度较进步的民间来得慢,纸本资料堆在仓库里的例子并不少。2011年的地震便直接冲击了这些资料。

民间的数字化几乎都是委外进行的。处理个人资料的民间单位固然不少,但警察和司法机构管理的资料几乎都是极敏感的,不能相提并论。无法委外的部分,自然只能派给擅长资料处理的职员,所以,电子化的脚步之所以缓慢,有其不得已的原因。

"总之,我去捞捞看。其实我们真的是把泥堆里的资料捞出来清洗烘干呢。"

仁藤对着自己这个不怎么高明的笑话笑着到后面去了。被留在办公室的笘篠和莲田在他回来之前只能干等。

大约二十分钟后,仁藤再度出现在两人面前。一看到他的脸色,笘篠就知道期待落空了。

"两位,很抱歉。虽然部分资料还能判读,但其余的因为无法修复已经销毁了。"

笘篠很失望,但至少资料没有全数销毁。

"残存的有报案记录、被害人的笔录,还有纵火现场的照片,就这些了。"

"那么利根的笔录……"

"很遗憾……不过,这案子有送检,所以法院应该留有检察官的文件。内容应该和我们这里问出来的差不多。"

笘篠对仁藤的话听而不闻,和莲田一起打开了办案资料。因为没有笔录,就其他资料与现场勘查报告来看,当时的状况如下:

二〇〇七年十二月八日上午九点,利根胜久(二十二岁)闯入才刚开始办公的盐釜福利保健事务所,突然殴打了正在进行窗口业务的三云忠胜。三云脸颊受伤,痊愈需要两周。利根也对试图制止他的城之内猛留施加暴力,使城之内受轻伤,痊愈亦需要两周。在场其他职员也试图制服利根,但利根直接离开区公所。这时,三云和城之内曾考虑是否要向辖区警署盐釜署报案。

然而,两人尚未报案便发生了以下事件。同一天深夜,盐釜福利保健事务所所在的区公所后方起火,附近居民通报了警察和消防署。火势立刻便被赶来的消防员扑灭,只起了小火,没有人员伤亡。消防署调查之后,认为是有人在区公所后方的垃圾场放火。

盐釜署迅速进行初始调查。根据福利保健事务所境内架设的监控摄像机影片,以及三云、城之内两人的证词,认定利根为嫌犯,盐釜署于是请人在自宅的利根到案说明。

"讯问的结果是利根承认了纵火的事实,警署将其逮捕。可是没有最关键的笔录,好恼人啊。"

"但实际上利根这个人被送检、定罪了,冤罪或负责侦讯的刑警任意更改笔录内容的可能性是不存在的。"

仁藤的语气听起来有所戒备。

"不，我不是说贵署的侦讯有问题。"

"我也不认为县警本部的人会故意陷害一般辖区。别的不说，我是在利根的案子之后才来盐釜署就任的，不是当事人。可还是会介意。"

虽非当事人，还是不能不捍卫所属的组织——同在公门，笘篠能够理解仁藤的心情，也就无意反对。

"我也不认为当时盐釜署所做的侦讯是单方面的，只是现在的案子若以利根为最重要的关系人，就有必要回溯八年前发生的事来查明动机。而且他本人的主张也好、说法也好，我们也必须知道。"

"我并没有故意隐藏资料，想必当时的负责人也一样。还请两位相信记录散失是海啸造成的不可抗力。"

从仁藤的话中听得出一丝怒意。不用说，现存的记录处处起皱，文字都晕开了。如果只为了破坏某些非特定资料而这么做，所花的心力也太惊人。应该就像仁藤说的，相信当时的盐釜署的办案没有瑕疵。

"没有证据，我们不会怀疑自己人。"

笘篠和莲田道了谢，离开盐釜署。接着要去的，当然是仙台地方法院。

"案件记录地方法院应该全都留着吧。那里又没有遇到海啸，顶多是保管资料的柜子倒了。"

"就算都在，也不知能不能用。"

"欸，笘篠先生，你刚才不是说不会怀疑自己人吗？"

"是不会怀疑自己人啊。但是检察官和法院不见得总是自己人，也不见得会仔细听取、记下嫌犯的说辞。百分之九十九点九有罪这种数字，如果不是有人为操作的成分，我看是弄不出来的。"

笘篠无意批评检察官和法院的工作，但对于他们深信自己的工作是绝对正义却有所迟疑。

"你连这也怀疑？"

"我们的工作就是这样。"

仙台地方法院所在的办公大楼距县警本部车程约十分钟，算是邻居，但并不能因为是邻居便无条件信任。

"笔录也一样，是负责侦讯的人为了将嫌犯送检写的。检察官会仔细斟酌内容，好让案子可以百分之百定罪。我不会说内容造假，但是否将所有真相一网打尽就是另一回事了。"

莲田对于笘篠说不完的忠告显得有点不耐烦，但只要没找出利根的说法，质疑便无法消除。

在书记官室办好调阅过去案件记录的手续，等了一会儿，他们才终于拿到档案。

"仔细想想，原来所有的资料都在离我们不远的地方啊。"

"你是想说白折腾了吗？"

"没有啊……"

"就算是绕了一圈才找到这里，之前的路也不会白走的。"

这不是说好听话，而是真心话。走访盐釜福利保健事务所、盐釜署的过程中，笘篠对于只有被害者一方的说法被看见感到无比突兀。光是这一点，就不枉他们跑这么多机构了。

"起诉利根的理由是放火现住建筑物罪。"

放火现住建筑物罪的法定刑责是死刑、无期徒刑、五年以上有期徒刑。若是现行犯，与杀人罪同等量刑，在众多犯罪中是量刑特别重的。2004年刑法修正前，杀人罪量刑的下限是三年以上有期徒刑，可见放火罪甚至比杀人罪还严重。因为这不但会杀害居住在建筑物中的人，也包含了火势延烧造成不特定多数人死亡的可能性。

"检方求刑十年。虽然有伤害前科却只求刑十年，是因为他纵火的地方是无人的办公大楼，而且火势还小就扑灭了。"

"实际上没有造成什么财物或人员的损失，所以这样的求刑算是妥当吧。从纵火的对象物和犯行的时间来看，大多数的律师都会主张利根并没有杀人的意图，只不过就算理论上没有杀人的事实也有可能判处极刑。"

笘篠看了利根的供述笔录。

供述笔录

户籍住址：宫城县盐釜市新富町大字〇〇〇－〇

现居住址：宫城县盐釜市香津町八丁目〇－〇

职业：无职

姓名：利根胜久

出生年月日：昭和六十年（一九八五年）一月二十八日生（二十二岁）

平成十九年（二〇〇七年）十二月十一日，兹于警署对上述嫌犯告知不必做非任意之供述后进行侦讯，其任意供述如下。

一、我因今年十二月八日晚间十一点左右，在位于盐釜市北演四丁目的盐釜福利保健事务所纵火而受到侦讯。今天我将陈述事件发生当时的状况。

二、当天上午，我因为朋友远岛惠请领生活保护之事心情乱糟糟的。因为她申请生活保护却被驳回了。我去了盐釜福利保健事务所，向负责受理的三云忠胜先生抗议，三云先生说他们只是依照规定行事，根本不理我。我很生气，当场便打了三云先生的脸几下。坐在后方座位的城之内先生来劝阻，我也打了他几下。这时候其他职员都跑来，把我从他们两人身边拉开。我想，要是继续待在这里不是被围殴就是被扭送警局，就甩开他们的手，逃出了福利保健事务所所在的大楼。

三、我回家了，但一想到三云先生的做法和城之内先生及其他职员的态度就一肚子火。我为了让他们知道厉害，便计划要放火烧他们上班的福利保健事务所。但是我并不想烧死在里面工作的人，只是想吓吓他们。我想得很简单，福利保健事务所离消防署不远，就算发生火灾也一定很快就会被扑灭。对于纵火，我并没有特别准备什么东西。我知道福利保健事务所后门是垃圾场，就很单纯地想只要在那里放火就行了。

四、等时间过了晚间十一点，我跑进福利保健事务所，绕到后方。我没有去查他们星期几收垃圾，但那里放了好几袋碎纸机碎掉的垃圾。我解开其中一袋的结，用我带去的小钢珠店送的打火机点着了里面的碎纸。火一下就烧起来，我看塑料袋开始被火融化，就跑走了。

五、第二天，我到福利保健事务所附近一看，建筑物都完好，就知道并没有烧得很严重。自己放的火却这么说也很奇怪，不过，没有酿成大火灾，我真的松了一口气。我看到有警车和警察，所以职员应该也知道发生了人为纵火。我觉得很痛快，离开了现场，心里想着你们怕死最好。

六、可是，监控摄像机拍到了我，第二天盐釜署的刑警就来我家了。说我离开福利保健事务所几分钟后，后面就起了火。现场残留的脚印与我的鞋子一致，所以我明白我无法脱罪，便向刑警先生承认，火是我放的。

七、结果虽然没有酿成大祸，但听说有可能因为风向和空气干燥的程度变成大火灾，我才明白自己做的事是多么不应该。现在我只觉得很对不起福利保健事务所的职员和附近的居民。

利根胜久（签名）指印

以上摘录经朗读并经本人阅读后确认无误，签名盖印。

盐釜警察署
司法警察
警部补　神崎茂雄　盖章

读完一遍，笘篠哼了一声。表面看来是再正常不过的供述内容，但反过来看却正常得太过分，而活像作文一般。

"你好像有所不满啊，笘篠先生。"

从旁边探头看笔录的莲田看透似的对他说。

"没什么好不满的，跟我料想的一样。这份供述笔录最关键的部分一个字都没提到。"

"动机，是吗？"

"对。像这里，真是糟透了，'因朋友远岛惠请领生活保护一事心情乱糟糟的'，让他不惜施暴伤害以至于纵火的动机，就以这么一点抽象的形容带过。纵火那段换成了他对福利保健事务所发生的冲突怀恨在心，但对于最根本的动机却只有单薄的记述。"

"可是，黑道分子的行动原理本来就很单薄啊。"

莲田一再持反对意见并非真的反对，而是想通过推翻反对意见来补充笘篠的推论。两人搭档已有一段时间，笘篠深知这部分的默契。

"关于这一点，报告中完全没有提到利根是帮派成员。资料上明确记录的，只有他二十岁时发生过伤害事件的事实。不是因为行动原理单薄，怎么想都是警方和检察为了自己方便，将供述内容中关于本人心证的部分删除了。"

资料描绘出的是这个名叫利根胜久的男子的粗暴莽撞。但是，这只是因为笔录中没有详述他的动机而显得他单纯无脑。

"第一，远岛惠是他朋友，但究竟是什么样的关系、交情有多深，都没有记载。虽然没有明记他是帮派分子，但因为这段关系没有交代清楚，即使利根不是黑道，也给人留下这个人与黑道相差无几的印象。"

"听你这么说，的确是有这种感觉，但盐釜署和仙台地检为什么要动这种手脚？你该不会说他们和盐釜福利保健事务所勾结吧？"

"没有这么夸张。只是，让利根这个人的心证变差，在法院里兜起来比较有利是事实。眼睛锐利一点的检察官自然会这么想。"

"就算是这样,辩方也会在庭上说明本人的动机才对啊。"

莲田的反驳合情合理,但答案只要看了法院判决便水落石出。

"律师只诉请酌情量刑,并没有积极辩护。被告人利根才二十出头,没有工作。根据记录,也没有亲人。这样的人不可能自费请得起律师。十有八九是公派的法律援助律师吧。"

法院诉讼案件大部分是通过书面交手决胜负。如果这份裁判记录留下的资料是法院审理的全部,那么可以说利根毫无减刑的希望。

"事实上,检方求刑十年,法院便依照求刑判了十年徒刑。从判例通常都是求刑的八成看来,检方大获全胜。律师只不过虚应故事一番而已。"

"可是好歹也上了法院,应该也会考虑本人的意见吧?"

"只有在最终陈述的时候会征求被告主动发言。而且判决文很聪明地没写最终陈述的内容。辩方、检方没有提出任何深入追究被告动机的问题。检方自信满满,辩护律师毫无干劲,法官形同虚设,就像是观众一样。"

"可是利根好像乖乖接受了判决,也没有控诉的样子。如果他有更深的动机,难道不会控诉吗?"

"如果是不会影响量刑的动机,控诉也没用吧。"

无论如何,仅就判决记录完全看不出利根本人真正的想法。

"笘篠先生，要是直接去问负责侦讯的神崎刑警呢？"

"这我早就在考虑了。姑且不论神崎会不会说真话，既然记录上没有，我们就一个个去问当时的关系人。只是，在那之前，还有一件最重要的事。"

"什么事？"

"最要紧的是，利根胜久现在如何。确定判刑之后，他被收监于宫城监狱，但应该后年就会出狱了。我想知道他的动向。"

回到县警本部，笘篠便利用数据库搜寻利根服刑的资料。

结果，惊人的是，利根已经假释出狱了。他赶紧再查出狱者情况，是九月二十四日出狱的。

徒刑十年能八年就假释，这意味着利根是模范受刑人的事实。然而，在墙内的模范受刑人来到外面，不见得会继续是模范。

"笘篠先生，九月二十四日的话，是三云下班后失去联络那天的一周前。"

"是啊，我知道。"

也难怪莲田会语气大变。与盐釜福利保健事务所闹翻，过了八年，不难想象当时是福利保健事务所职员的三云仍在福利保健事务所服务。接着就要看利根的调查能力了，但宫城县内的福利保健事务所就那几个地方。不出几天就能查出三云在青叶区的福利保健事务所服务吧。

利根执着于三云和城之内的理由尚且不明，但至少他脱离了枷锁，从最重要的关系人升格为嫌犯，这点是确然无疑的。

"既然是假释出狱，那利根应该有观护志工。马上查出观护志工的所在。"

"了解。"

莲田的声音有些紧张。

"这会是利根的报仇吗？因为三云和城之内害他在牢里蹲了八年。"

"不合理的怨恨，是吗？"

"他看起来是个性子火暴的人啊，这种人一定也会记仇的。"

连见都没见过就认定别人性子火暴，笘篠对此无法苟同，但累犯的行为模式固定得惊人，所以也不能怪莲田的判断太武断。

笘篠很快便着手安排与神崎的面谈，但弄到一半莲田便跑过来。

"不行啊，笘篠先生。"

"怎么了？看你一脸不高兴。"

"接下利根观护志工的是一位姓栉谷的先生，一问之下，利根好像已经跑了，联络不上。"

# 家人之死

# 1

"王八蛋！"

四月，某一天的黄昏时分，利根胜久走在马路上大声咒骂。刚刚才错身而过的那个中年女子以看狗屎的眼神看着利根。

"看什么看，老太婆！"

骂都骂了，情绪却一点也没有得到发泄，反而更暴躁了。反正一定是以为自己是小混混什么的，而无力反驳实在气人。

利根在这个冬天迎来了成人仪式。会场里有些同学染了金发，穿着羽织裤，打扮花哨，但他们到头来都会在本地随便找个工作，在本地随便成家，与自己不是同类。这一点他有自知之明。

自己与当地格格不入，即使试着融入也会被拒绝。既然不受祝福就只能离开这里，但现在他没有向外飞的翅膀，除了窝在这里也没有别的办法。

王八蛋——利根又喃喃骂了一次，虽不知骂的是谁，却无法不骂。擦身而过的行人、穷酸的街道、脚底下的马路，甚至自己，全都是浑蛋、王八蛋。

要是有钱，要是有肯接纳自己的地方，他早就一脚踹开这个烂地方远走高飞了。

利根在盐釜这个地方土生土长,却对当地谈不上有感情。也许家人在的时候多少还有,但高中快毕业时与母亲分开后,就连是否曾有过这种感情都不记得了。

但利根还是留在这里,因为没有能够接纳利根的地方。这也是当然的。没钱,没学历,无亲无故,只有前科,这样的人谁会愿意接纳?

但是有前科根本错不在己,明明是对方找碴儿才会打起来的——利根正想着,一张熟面孔从马路对面走过来。

"好久不见——"

站在面前的男人不怀好意地笑着,就是他害利根留下了前科,名字好像叫须藤。

脑中警铃大作时已经太迟了。利根回头时,另一个男子挡在他身后,断了他的退路。

"这么简单就找到了,Lucky!"

须藤以迫不及待的神情靠过来。

"说得好像在找我似的,有事吗?"

"这还用说吗?那时的事得做个了结。"

一点也不愿回想起来的记忆复苏了。

几个月前,利根在常去的简餐店里坐在喝醉的须藤旁边。不知道是谁碰到了谁的手肘,还是谁的口水喷进了谁的盘子,总之，就是这种芝麻小事，也足以让喝醉的流氓和血气方刚的笨蛋大打出手了。

"了结？我都被抓了，也上过法院了。早就已经了结了吧。"

"了结的只有你。我可是脸都丢光，没办法给组里的人做榜样。都是你趁我喝醉了，占我便宜。"

并不是因为对方醉了才对利根有利，黑道兄弟也不见得人人都有好身手。这些人几乎都很会唬人，而利根只是比须藤习惯打架而已。须藤一定是因为在挨打中失去意识才不这么认为吧。

"被抓了上了法院？那你为什么还在这里？缓刑可不算了结。"

须藤步步逼近，缩短了距离。从他的脸色和动作感觉得出他真的要动手了。

利根心想，不妙。

他知道须藤有多少斤两，加上后面那家伙二对一，他也有把握不会输。

但他犹豫了。之所以把对方打到失去意识还只是缓刑，是因为利根是初犯，而对方是混混。这次要是再闹出伤害被举报就难逃坐牢。事到如今，法院和坐牢也没什么好怕的，但他可不想因为须藤这种混混就落到吃牢饭的下场。

"我现在没时间奉陪。"

走为上策——利根这样判断。

但是，对方的动作比他的判断早了一步。正当他往后退了一步避开时，膝盖后方一阵剧痛。

利根膝盖不禁为之一软，紧接着右肩被什么东西砸了。在他跌倒之前，眼角扫到身后那个人手中握着警棍之类的东西。

"是吗？你没时间，我帮你找时间啊。你就陪陪我吧。"

利根的手被须藤和另一个人抓住，不由分说地将他拖往小巷。他试图甩开，却因为右肩使不出力气而束手无策。

"要你作陪，当然要送点礼物给你。你喜不喜欢就再说了。"

须藤边说边往利根的侧腹撞。语气骇人，可见他的"礼物"不小。

"要帅是很要命的。我看你好像还挺会打架的，但是呢，我会让你每次照镜子，都回想起敢让兄弟丢脸会有什么后果。哎哟哟。"

须藤的指尖直捣他的心窝，胃里的东西差点逆流。利根就这样跪下来，下巴被结结实实地踢了一记。

"接下来换我。"

正要往后倒，另一个男人踢了他的背。利根支撑不住，趴倒在柏油路面上。

"要是你以为这样就结束了，可就大错特错了。"

须藤的脚往利根的背上压来。

恐惧与愤怒同时一拥而上，他完全没有任须藤他们为所欲为的意思。然而一直单方面挨打，抵抗能力便会从身上溜走。败就败在让对方抓住了先机,打架取决于最初一击。利根虽知道这条经验法则,却因害怕留下前科而一味规避,是他的失策。

"再打下去,就会换你进警局。"

利根虽想以这句话来牵制对方,却只听须藤哼了一声,踢了他屁股一脚作为回答。

"我们跟你不一样,一点也不怕条子和坐牢。有前科就是镀了金。我不会要你的命,但至少要给你一辈子都忘不了的纪念。"

脊椎和肋骨被用力压住,利根高声尖叫。

"喂,有好工具了!"

另一个人兴冲冲地对须藤说。一看,那家伙手中拎着砖块。

"这东西正好。"

他打算用砖块砸烂自己的手脚吗!

利根急着想起身,但立刻就被制住,须藤的脚在他背上,此刻他活像只被压扁的青蛙。

"就让你选好了。双手双脚你要选哪一个?"

"哪一个都不要。"

"太贪心了哦。"

话还没说完,他第一下就直击右肩。

还没感觉到痛,就无法呼吸了。

右耳确实听到骨与肉碎掉的声音。

想叫,却因为胸口被压住叫不出声。

"须藤,你的脚放开。我来砸这家伙的背。脊椎断了,让他当一辈子残废。"

"好,你来你来。"

背上的压力骤减,但双肩却被踩住了,这下不但无法动弹,整个背还暴露给敌人。

"一——二!"

利根不禁闭上眼睛。

然而下一秒钟砸下来的不是砖块而是水。

咦!

须藤他们也同样吃惊,两人都惊声大叫。

"什么东西!"

"谁干的!"

一个足以盖住他们声音的大嗓门响彻了四周。

"失火了!失火了——!"

或许是听到叫声,邻近的窗户纷纷打开。

"失火了?"

"哪里?"

"哪里着火了?"

他们从窗户探出头,看着利根与须藤他们。

总不能在众目睽睽之下作恶。湿漉漉的须藤他们咒骂着扬长而去。

利根就在这时失去意识。

睁开眼时,利根躺在一个陌生的房间里。可以确定不是医院的病房。天花板处处都有漏雨的水渍,闪烁的日光灯似乎随时都会熄灭,还有硬邦邦的被子。这种地方不可能是病房。

"你醒啦。"

有个老婆婆从头上探身看过来。

年纪大概超过八十了吧。整张脸爬满深深的皱纹,眼窝凹陷。素着一张脸,口臭也很重。

"这里是哪里?"

"我家。你就倒在我家门前。"

头顶凉凉的。只怕是流血了,利根战战兢兢地伸手去摸,确实是湿的,但不是血,只是一般的水。

"抱歉啊,也泼到你了。不过你可别见怪,那种场面要是不泼水,根本架不开。"

说得像拿水泼正在发情的狗似的,利根不禁笑了。但一笑,全身便痛得要命。

"你还是别动的好。你右肩好像脱臼了,别的地方也被打得好惨。"

是啊,自己是被须藤他们狠狠折磨而失去意识的。

"该不会大喊失火的也是婆婆您?"

"因为就算喊有流氓在闹事,或是喊叫警察,也不会有人理。要把附近的人吓出来,喊失火最有效。"

无论外表如何,这个婆婆似乎颇有智谋。

"把我搬进来的也是婆婆吗?"

"我这样的老人家一个人可搬不进来。"

"我也帮忙了哦!"

房间一角有人出声,利根便转头朝那个方向看。那边房间里一个看似小学生的少年探出头来。

"是婆婆的孙子吗?"

"不是。是邻居的小孩,叫官官。"

"大哥哥好重,是我和惠婆婆两个人一起搬的。"

"惠是我的名字,那你呢?"

"利根,利根胜久。"

叫官官的少年一副兴致勃勃的样子来到利根枕边。

"我也看到了,大哥哥都没有抵抗那两个人呢。"

一想到被这样的小鬼看到那难堪的模样,利根就觉得丢脸极了。

"好酷哦。"

"欸?"

"因为大哥哥看起来很强啊!其实一下就能解决那两个人,对不对?可是你都没出手,好酷!"

207

原来事情也能这样看啊。

利根轻轻摸了据说脱臼了的右肩，上面绑了绷带，绑得非常漂亮，没有凹凸不平。

"是婆婆帮我治疗的吗？"

"只是紧急处理一下。我想应该不会太严重，不过还是给医生看看比较保险。"

"好熟练啊。"

"别看我这样，我以前可是护士，还算宝刀未老吧。"

"原来您有护理师执照啊，那就不怕找不到工作了，真好。"

"到了我这把年纪，什么执照都跟废纸一样啦。"

惠呵呵笑了。她笑得很快活，令人心生好感。

"不过呢，你的身体很结实，右肩也只是脱臼跟擦伤而已。你是做什么的？"

"在工厂做工。"

"很棒啊。你要是肯待着，就再躺一躺吧。反正这个家里就只有我和官官两个人。"

利根就是这样遇见远岛惠的。

"不能让家人担心，先跟家里联络一下。"

她说得直截了当，利根也答得直截了当：

"我没有家人。"

利根打从懂事开始就没有父亲了。据母亲说，他是到外地去赚钱就这样断了音信。而母亲也在利根高中毕业时有了男人，离开家了。利根的学习成绩不起眼，便在当地一家小工厂上班，现在住在三坪大的老员工宿舍。

"嘿嘿，没家人倒是跟我一样。真巧。"

"惠婆婆也是吗？"

"本来是有儿子、儿媳妇的，出了车祸连孩子也一起上西天了。"

"……抱歉，都是我乱问。"

"怎么会呢。"

"不过，邻居小孩怎么会一直待在这里啊？又不是亲戚。"

"旁边隔两户就是他家，他妈妈工作很晚才回来，就暂时待在我这儿。"

是做晚上的工作的吗——利根偷瞄了官官一眼，但他本人似乎毫不在意，听着两人谈话。

"就算我回家，妈妈也比我更晚才回来。"

一开始就没有母亲，和虽然有母亲但日常生活几乎见不到面，究竟哪一个比较寂寞？利根开始这么想，但很快便发现想了也是枉然。拿别的孩子的处境和自己相比，有什么好安慰的？

"不过，你没家人那正好。今晚就睡这里吧。"

"可是……"

"你放心，我已经没有拿伤员来慰藉自己的'兴致'了。"

"我不是那个意思……"

利根想坐起身来,但丢脸的是上半身不听使唤。

"吃的你不用担心!"

官官从旁插嘴。

"多大哥哥一个也应付得过来。"

官官说,晚餐的食材是由他的母亲提供的两人份。想来是对长时间帮忙看顾孩子的惠一点最起码的谢礼。

"正好是晚餐时间。大哥哥也吃了再走嘛。"

明明才刚认识,官官对利根说起话来却一点也不怕生。但一点也不让人觉得轻浮随便,倒显得一脸聪明。

刚认识的惠和官官,年纪虽截然不同,但不可思议地竟不会令人感到烦闷。既然他们热情邀约,利根也就决定接受他们的好意。

利根一说"那就打扰了",官官便兴冲冲地走进厨房,拿出食材。

"喂喂,行不行啊?"

利根问的是"你会做菜吗",但官官丝毫不以为意。

"放心,还没过期。"

官官拿刀切菜的声音听起来有些生涩,但听了一阵子却也很安心舒适。

"来,让您久等了——!"

利根由他们两人合力扶起来，就坐在被窝里吃饭。托盘上有可乐饼、高丽菜丝，以及味噌汤。

"这个可乐饼啊，是限时特价，一个才五十元，超便宜的。不过这可是车站前的肉铺卖的，很厉害的哦。"

利根听着官官超出年龄的精打细算，咬了一口，大为惊艳。这的确不像五十元的东西。面衣酥脆，内馅松软。旁边解腻的高丽菜粗细不一，反而稚拙可爱。

"我是那种不太会打扫和做菜的人。"

"看得出来。"

"被别人救了还这么失礼呀你。官官来我这里之后，看不下去，煮饭就由他负责了，自然而然他就分担了家事。"

利根的右手还没办法用，只好以不熟练的左手来吃饭。再没有比这更不方便的事了，但奇怪的是，他竟然没发脾气。

然后他忽然想起，上一次像这样有人同桌吃饭，已经是四年前的事了。

到了第二天，须藤他们造成的伤，肿胀和疼痛都消退了一些。

"谢谢照顾。"

利根道了谢，惠脸上却没有半点笑容。

"这不重要，你可要好好去找医生看看。"

说实话，医药费对利根而言也不是说出就出得起的。但他实在不敢明说。因为他知道，要是说了惠一定会插手管。

"我会的。倒是昨晚住了一晚又让你们请吃晚饭……"

惠没让他把话说完。

"哦,原来最近的年轻人连别人的好意都是用钱来还的啊。"

"不是的,我没这个意思。"

"受人恩惠就要还给别的人,否则世界会越来越小。"

"怎么说?"

"好意或者体贴这种事,不是一对一的,不然不就跟中元、过年送礼一样吗?如果我和官官为你做的让你很开心,你就要同样对不认识的陌生人行善,这样一件传一件,整个社会就会越来越好。不过呢,倒也不是发愿去做或是硬要别人接受好意,只要记得有机会就去做,这样就够了。"

利根望着惠的脸好一会儿。

"……干吗?一脸痴呆地看着别人。"

"头一次有人跟我说这种话。"

"那一定是因为你身边没有啰唆的大人。你妈妈要不是比我更不爱说话,就是太宠儿子了。"

不是。她既不是不爱说话也不是宠儿子,她只是对儿子不感兴趣。比起继承了血脉的孩子,她对能够满足自己身为女人的男人更加感兴趣。

"怎么了,发什么呆?"

"待在惠婆婆家里的时候,官官都做些什么?"

"自己念书，自己玩呀。"

"那我偶尔来陪陪他。"

陪官官，连利根自己也觉得是绝佳理由。那天也是傍晚来到远岛家，两个人果然也都在家。

"啊，胜久哥哥。"

利根心想，不知不觉就被喊起名字来了，但奇怪的是，感觉并不差。

"怎么？又在哪里挨打了吗？"

惠的刀子嘴说话听起来也舒服。

"没受伤就不让客人进门啊？这个家。"

利根将手上提的袋子直接拿出来代替打招呼。

"这是做什么？"

"昨天的谢礼。"

"我说的话你都没听见吗？想还就还在别人身上。"

"这样好像背了债似的，不赶快还一还，我心里不舒服。"

"咦？那不是车站前肉铺的袋子吗！"

官官从一旁将袋子一把抢过，立刻翻起里面的东西。

"炸肉饼！胜久哥哥好舍得哦！"

"一个二百元。"

"有三个，是要我连胜久哥哥的晚饭也一起准备的意思？"

利根一时答不上来，正支吾的时候，官官拉住他的手。

"站在门口多挡路,快进来吧。"

"这里又不是你家。"

"没关系、没关系。"

结果,惠专心看她的电视,利根则是和官官玩对打游戏。虽然不是第一次玩,但已经有好几年没碰了。在找回手感之前,他输得体无完肤。

"至少也要赢一次,好不好?胜久哥哥年纪比我大呢。"

"啰唆,出社会的人怎么能只顾着玩?"

"我也是被规定一天只能打两个小时啊。"

在他和官官的拌嘴中,晚饭时间到了。利根自己都很意外,他竟极其自然地融入了餐桌,毫不突兀。在这两人面前,便会陷入好像以前就是这样围桌吃饭的错觉。

## 2

惠的房子本来住的是一家四口,所以旧归旧,一个人住还是太大了。话虽如此,非亲非故的利根也没有住下来的理由,傍晚起,和官官在惠家待上六个小时便成了常态。在这里也没特别做什么,三个人吃过晚饭,看看快十二点了,利根便送官官回家。说是送回家,官官家不过就隔着两户,其实形同解散的口令。

利根头一次看到官官时，以为他是小学生，后来仔细听他说话，才知道他已经上初中了。因为有一张娃娃脸，看起来比实际年龄要小。

"说实在的，有点气人。"

走出惠家，官官撇起嘴。

"我在班上是最矮的，大家都'小不点''小不点'地取笑我。要是我也像胜久哥哥长得一脸不良少年样就好了。"

"一点都没有被称赞的感觉。"

"是称赞，好不好！胜久哥哥被两个人围攻都没认输。要是我，一定马上就投降了。"

"你希望自己很会打架？"

"当然啊！"

"劝你不要。很会打架只会惹上莫名其妙的麻烦，没有任何价值。"

"这种话只有很会打架的人敢讲。"

由于是连栋的平房，官官家的构造和惠家的大同小异。

"到这里就好了。"

来到门口，官官没来由地语气慌张地说。

就连迟钝的利根也发觉了。因为平常黑漆漆的屋里亮着灯，看来他母亲先到家了。

正当官官说着"那我进去了"要开门的时候，一个四十来岁的中年女子从屋里出来,眼睛和官官长得一模一样。

"哎呀,你回来了。你就是胜久哥哥吗?我儿子平日里好像受了你不少照顾呀。"

利根听官官说过,知道他母亲名叫久仁子。年龄也听说过,所以隐约将她想象成长得与官官很像的慈母。

但久仁子本人与利根的想象大不相同,她不像个母亲,更像个慵懒性感的半老徐娘。

"谢谢你经常从傍晚照顾官官到这么晚。对了,不如进来喝杯茶再走吧?"

久仁子开着门,朝着他娇笑道。

声音活像带着黏性的丝,笑容宛如妖异的捕蛾灯。

利根不禁要点头时,不经意瞥见了官官的神情。

官官的脸上闪现着不安与厌恶。

"不了,都这么晚了,告辞了。"

"这正是大人的时间呀!"

"二十岁还是小鬼啦。"

偷瞄一眼,官官看来松了一口气。可见利根的判断是对的。

"我走啦。"

转身背对他们母子挥挥手。利根故作从容,其实巴不得赶快离开。

利根早就知道久仁子因为夜晚的工作而晚归,但亲眼看到她的那一瞬间仿佛同时看清了她的工作内容,也明白了官官羞赧的原因。

家家有本难念的经。利根形同天涯亡命人一样孤独,对于至少还拥有两个至亲之一的官官不免心生羡慕,但看来是他错了。任凭别人再羡慕,当事人本人想隐瞒的关系也只是重担。

不,等等。

真的是这样吗?自己会不会只是不愿意承认那个小弟弟比自己幸福?

利根试着回想自己母亲的长相,想了好一会儿才总算拼凑出来。

他惊讶的不是他忘了,而是需要相当多的时间才想得起来。

虽然没有问过惠和官官怎么想,但利根本身并不讨厌这奇妙的共同生活,像家人一般,却又不会显露出彼此讨厌的一面,相处愉快,不会觉得不舒服。有时候感觉简直就像租了一家人,但即便如此,和他们在一起总好过一个人在简餐店吃饭,在公寓里形单影只。

假如他们三个是一家人,那么惠不仅是母亲,也身兼父职。她会问官官和利根今天一天遇到了什么、做了什么,有好事就一起开心,不好的事就说"吃过饭早点忘了",这个部分是母亲。

"明天你们也得要奋斗,肚子饿怎么打仗呢?"

说着用力往两人肩上一拍,豪迈大笑,这部分是父亲。

从最初被抬进来那时起,利根就知道,惠的生活十分拮据。她年迈又没有工作,早就失去丈夫,虽曾任护士,但碍于就业年限不符合规定而无法领取年金。因此日常生活费只能靠存款支应。

年老又贫穷,普通人会在日常生活中渐渐失去光彩。然而,远岛惠这名女性或许是生性坚毅,或许是天生乐观,总是生气勃勃的。既然活着,不开心岂不吃亏——看得出,这是她的信条。心细如发的豪杰,这是利根和官官对她一致的看法。利根至今从未见过她这类人,光是这样便令他深感好奇。

有一天,惠一反往常一脸担心地对官官说:

"官官,你今天一脸快死掉的样子。"

"我哪有——"

官官搞笑着否认,但惠没有这么容易被糊弄。

"要是出了什么事就说出来。告诉我和你胜久哥哥,不用担心会传出去。"

"真的没有啊!是惠婆婆想太多了。"

官官卖力解释,但演技太差,脸上就写着他在说谎。

"我怎么会想太多?活到我这把年纪,眼前的人说的是不是真话,我一眼就看得出来。来,说吧。到底发生了什么事?"

惠一再逼问,官官只是嘴巴动来动去,不肯出声。

"惠婆婆,就到此为止吧。"

利根委婉劝说。自己在官官这个年纪的时候，就算撕了他的嘴也不肯说出丢脸的事。十五岁的少年，既是孩子又不是孩子，是脆弱与自尊同在的小大人。

"既然你胜久哥哥这么说，那就算了。要是有什么事，要马上跟我说哦。"

"不是跟妈妈说？"

"母亲确实是很强没错，却不是万能的神。有时候反而会跟母亲闹脾气，不是吗？其中有些问题就是越亲近的人越无法解决。"

不顾还继续支支吾吾的官官，惠悄声对利根耳语：

"你等等去那孩子家门口看看。"

所以官官烦恼的根源就在家门口吗？说到这，从两天前，官官就不让利根送他回家了。中间只隔着两户人家，送他回家并没有多大的意义，但官官向来没有丝毫厌恶之色，这时候的拒绝令人在意。

于是利根等官官照平常的时间离开惠家，过了几分钟再绕到他家门前。

官官拒绝利根送他回家的理由一目了然。

他家门口大大地写着"泡泡浴"和"狗杂种"等文字。

从字体就看得出是小孩子的涂鸦，但写的内容却不是小孩子的恶作剧能说得过去的。

在看到这些文字的瞬间，利根就感到火气往上冲。

这和久仁子是不是泡泡浴女郎无关。拿官官本人无可奈何的事来针对他、侮辱他的行为，令人感到不像孩子的阴险。不，也许该说是孩子气十足的纯粹恶意。

凑近一看，涂鸦上有试图擦掉的痕迹，但字是用油性喷漆写的，擦不掉。

这时候，门突然开了。

"你在干吗！"

官官怒气冲冲地跑出来。表情就是被人看到丑态的样子。

"别大声嚷嚷。"

"你不说没人知道！"

利根竖起食指放在嘴唇前，官官却还是控制不了怒气。

"你想让你妈妈知道你在意这些吗？"

官官的语气顿时弱下来。

"……我也不想让胜久哥哥知道啊。所以才……"

所以试图擦掉涂鸦的是官官吗？

"你现在也一副快死的样子，原因就是这个吗？"

"说什么快死了，太夸张了。"

"死又不是只说身体，这里也会死的。"

利根拍拍胸口，官官垂下眼。

"胜久哥哥不适合讲这种话啦。"

"是谁搞的鬼,你心里有数吗?"

"是有几个人,可是我没有看到他们涂鸦。"

"有哪个笨蛋会在屋里的人看着的时候写啊?当然是趁你们睡着的时候干的。"

"要找出犯人吗?"

"不找出来,同样的事就会一直发生。而且就算把门上的字擦掉,也会一直留在你心里哦。"

官官沉默了一会儿,终于抬起头来。那双走投无路的眼睛,让利根心疼不已。

简直像是被抛弃的小狗。

"……别露出这种表情。"

"咦?"

"别露出自己是世界上最不幸的人那种表情,看了就生气。"

"对不起。"

"别轻易道歉。你平时的霸气都到哪里去了?"

利根把官官的头用力乱搓一通。

"幸运或不幸都看你自己。受了伤不处理,就会从那里继续溃烂下去。要是你想填平伤口,就需要适当的治疗。你怀疑的是一个人吗?"

"有三四个。"

"既然这样,我们联手也不算占便宜。"

"要报复?"

"是啊。做法多的是。不过共同点是,无论选什么方法都会弄脏自己的手。不弄脏自己的手却要整对方,那就是卑鄙小人。你宁愿被讨厌,也不愿被瞧不起吧?"

官官怯怯地点头。

"可是我自己无所谓。"

"欸?"

"我受不了的是我妈妈看到涂鸦的表情,我从来没看过她那么难过的样子。"

利根想起久仁子的态度。有点难以想象那个久仁子会在官官面前哭。肯定是表现出比哭更让儿子难过的样子。

这时候,两人听见背后有人的动静。

"真是的。叫别人不要大声嚷嚷的人自己大声说算什么。"

只见惠又好气又好笑地站在那里。

"我家房子盖得再差,总比在外头大喊大叫来得好些。赶快进屋去吧。"

"真要这样吗?我们是要使坏哦。"

"也算是管教坏孩子啊。"

利根与官官对望一眼。看样子官官并没有异议。

三人再次回到惠家。

接下来的三天是准备时间。他们用酒精擦掉门上的涂鸦,当天看似中学生的三人一伙便在官官家门前驻足。

"可是啊,个个看起来都不像坏孩子,才更加令人讨厌。"

惠看到了那三人,一脸苦涩地说道。这三人再怎么有小聪明也还是孩子,压根儿想不到有人正在监视他们吧。而正因为是孩子,要不是玩腻了,或是惨遭教训,否则同样的把戏会一玩再玩。

"反正在学校一定也一样坏吧?那些人。"

利根一问,官官猛摇头。

"不会,在学校班主任盯得很紧,他们才不会不打自招呢。至少有人盯的地方他们都不会对我怎样。"

"哦,表面上很乖,是吗?"

"可是,他们看我的眼神就是瞧不起我。"

换句话说,在有人的地方绝不会脏了自己的手,是吗?

尽管也承认自己孩子气,但利根就是对那些素不相识的中学生生气。他并不想充什么正义之士,但别人以不讲理的动机欺负弟弟,他也不会忍气吞声。

弟弟?

不,不对。那不是你弟弟,只是朋友——脑海中的另一个自己发出警告,但利根充耳不闻。

"可是啊,"官官有些腼腆地说,"就算是一对三,成年人介入中学生吵架会不会不太好?"

"如果是光明正大吵架的话，是不太好没错，可是谁叫他们要耍阴的。既然这样，要是有人敢说什么，就像惠婆婆说的，只能回答说是管教了。"

利根也很清楚，这是把自己的行为正当化，也不否认这么做很孩子气。但总不能默默吞忍。如果不亲手帮忙，就出不了这口恶气。

利根他们构思好计划后的第三天晚上，那三人组采取了行动。利根在附近看守，十二点刚过他们就现身了。

涂鸦者知道门口的涂鸦被擦掉，当然不会就这么算了。应该会再做同样的事——惠的判断没错。

人分成两种：一种是怕黑，一种是会因为黑暗而亢奋。那三人是后者。趁着深夜，那三人贼笑着接近官官家。从他们偷偷摸摸的样子可见，他们对自己做过的事、接下来要做的事是坏事，是有自觉的。

三个人各自摇着喷漆罐互相看着，似乎是在讨论接下来要写的文字。明明做着幼稚的事，脏话的词库却丰富得需要先讨论筛选，是吗？

不久，三人便开始在门上写字。

但利根对他们写了些什么不感兴趣。一直在屋顶上守候的他，拿起旁边事先准备好的罐子往下倒。

"呜哇——"

"这是什么?"

"好恶心!"

他倒的是未经稀释的油漆。颜色也选了鲜艳醒目的粉红、黄色、绿色。油漆黏糊糊地裹上他们的头发和衣服,只怕要洗上好几次澡才能洗掉。而味道应该到明天都不会散吧。

"和你们用的喷漆是一样的。"

利根在屋顶上对他们说,三人才总算发现他的存在。

"你、你是谁!"

"干吗做这种事!"

"干吗做这种事?我还想问你们呢。我只是做你们之前做的事而已,只不过油漆喷在不一样的地方。"

利根在屋顶上嘲笑三人。他可不打算和那些人站在同一个高度说话。

"记清楚了,做坏事一定会报应在自己身上。"

三人头也不回地跑了。

第二天,那三人的父母就跑到官官家理论。

"你到底给我做了什么好事!"

"我儿子是担心同学才来探望的,竟然被从头泼了一身漆。"

"我儿子被友情背叛,失望得都哭了。"

"你们家是怎么教小孩的?"

"洗澡洗了半天,身上的油漆还是洗不掉。衣服也都不能再穿了。你们会赔偿吧?"

"赔偿是一定要的,除此之外也要精神赔偿。这几个孩子受到的精神上的痛苦,不是安慰一下就能平复的。"

这群父母口沫横飞冲着久仁子骂。而久仁子则是让官官坐在一旁,不知所措。久仁子根本不知道利根他们的计谋,整件事对她来说宛如晴天霹雳,她也只能缩着身子挨骂。

"还有你,你跟这次的事有什么关系?你是第三者吧!"

这群父母的矛头终于指向实际动手的利根。当这些人闯进门来的时候,利根就和官官母子一同坐在进门的地方。

"哦,官官说他被霸凌,来找我商量而已。就是守望相助嘛。"

"什么守望相助?你有什么证据说我儿子霸凌?"

"在别人家门口用喷漆写'狗杂种'什么的,再怎么善意解读也是霸凌吧?"

"那你就拿出证据来啊!"

"是是是。"

说着,利根不慌不忙地拿出一台小小的数码相机。那是他向工厂的老板借的。在这群父母的注视下,他将拍摄的照片在屏幕中展示出来。

"三名'犯人'的犯案现场,这是你们家的孩子,没错吧?我看我们凭这个就可以跟你们要赔偿了吧？"

这群父母的脸色由红转青，逃跑似的离开了。

"不过，怎么偏偏都是些没担当的笨父母啊。这是为自己的孩子撑腰呢，好歹该多坚持一下。"

第二天，听闻这件事的惠在利根和官官面前哈哈大笑。

"不是啦，惠婆婆，就算是儿子，证据明明白白摆在眼前就哼也不敢哼一声。现在学校对霸凌又管得很严。"

"其实不是管得很严，是很怕霸凌的事实暴露出来。"

当事人官官此时也一脸神清气爽地参与对话。

"小学的时候也是这样。班主任每个月都要问一下'我们班上没有霸凌吧？'然后全班同学回答'没有——'，就结束了。明明就不可能没有，可是像例行公事似的问了，老师才会放心。"

听官官这么说，惠不禁伸出舌头。

"老师这个职业也快堕落了。官官上的中学都这样了，要是我们没管，还得了？"

"就算他们恼羞成怒，我们手上也有照片当证据。他们不敢再对我出手的。"

官官得意地秀出数码相机。

那时候，拍下三人涂鸦现场的就是官官。他从捕捉到犯案瞬间的三天前就一直和利根一起监视，想必加倍欢喜。

但这次提案的是惠。既然被喷了漆不甘心，就"以其人之道，还治其人之身"——惠这样教他们两人。

"泼他们一头油漆算是处罚得恰到好处。再严厉一点,就从被害人变成加害人了。所以呀,官官,你要趁现在和那三人和解,这种事越早越好。"

官官显得很意外,问道:

"都闹成这样了,还要跟他们和好?"

"制造敌人不如结交盟友。人就是要盟友多才强大,而没有多少人敢与强大的人为敌。你觉得哪一边比较轻松?"


3

对利根和官官而言,惠扮演了父亲的角色,同时也是母亲,但正如同有些事不敢对亲生母亲说,有些事他们也不敢找惠商量。这对利根来说,就是工作方面的事。

利根当时在"登坂铁工所"工作。社长登坂是个富有爱心的人,利根与小混混发生暴力冲突,他不仅没辞退利根,在法院开庭时还赶来旁听。

"我有前科,为什么您还肯让我留下来?"

利根这么问的时候,登坂以有些为难的神情这样回答:

"因为利根你在铁工所里又认真又绅士,没麻烦到任何人,打架也是在下班时间发生的,我没有理由要你走啊。"

他住的是搭建在铁工所旁的宿舍,房租非常低廉。薪水虽然不多,但利根对老板的为人印象极佳,所以很喜欢这里。

只是,有爱心的人不见得都善于经营。不,也许会热心助人的人都不适合当老板。登坂便是一个很好的例子。从气氛就能感觉出"登坂铁工所"的周转一天比一天吃紧。车床机老旧了,他也迟迟不引进新机具。稼动率降低,登坂也不以为意,这便意味着订单本身减少了。

尽管从气氛中隐约感觉到经营越来越困难,但利根进公司日子还短,也帮不上忙。才抱着毫无根据的希望,相信登坂一定会渡过难关,头一个灾难便降临铁工所——第一次跳票。

连社会经验不多的利根好歹也知道跳票意味着什么,就是付款资金不足,无法支付应付的面额给债权人。就算第一次设法筹出来了,要是六个月之内又发生第二次跳票,银行就会停止交易,无法获得银行融资。换句话说,便是事实上的破产。

登坂不顾大多数员工的担心,第一次跳票虽延迟仍付清了。但他的付款方式正是踏入无间地狱的第一步。

"有人看到我们的窘境于心不忍,伸出了援手。"

登坂笑容满面地向员工报告。他为筹钱不断奔走,但银行和客户都见死不救,直到最后一刻,他遇见了"救世主"。

"他把银行也不愿意借的大笔资金低利融资给我们。实在太感谢了。"

登坂恨不得跪拜似的介绍了一个姓神乐的男子。神乐年约六十，温和的笑容令人印象深刻，他以菩萨般的眼神环视在场的工作人员。

然而，神乐不仅不是菩萨，根本就是夜叉。融资的第二天，神乐便出任"登坂铁工所"的常务董事。他是提供资金的金主，这件事本身并无不自然之处，问题在于登坂没有看人的眼光。

不到一周，神乐便过度干预经营，他以"经营太随便""营销能力不足""先行投资方向错误"为由，从外部找来"足以信赖的人才"。这些男人个个神貌可疑，相比安排他们在办公桌前敲电脑，在赌场打赤膊杀红眼还更合适。于是铁工所的经营权便眼睁睁地落入神乐那一派的人手中。不久登坂与员工便得知神乐是地方暴力团组织的事实。

这是典型的掠夺。

登坂成为名副其实的傀儡老板，只会对神乐唯命是从。登坂的命令其实就是神乐的命令，员工也只能按照神乐的意思行动。

"掠夺"与"侵吞"是同义词。要不了多久，他们便强制原本的员工加入暴力团。

"只是登记个名字而已，不会要你们去做危险的工作的。就像幽灵社员一样。"

有员工听信了神乐的花言巧语，当然也有人因害怕而离职。

员工人数减少了，神乐立刻从组织里拉人过来补充，于是铁工所里神乐的色彩越来越浓。

但这两条路利根都不能走。

利根本来就讨厌帮派分子。不成群结党就连马路都不敢走，这种人怎么看怎么可悲可笑。自己之所以会留下前科，也是小混混挑起了争端，这也是让利根讨厌黑道的原因之一。

因此，利根完全无意成为神乐的手下。只是他无处可去，所以也没有离开铁工所的念头。不加入黑道，继续现在的工作——紧紧抓着这一丝利己的可能性，利根一直顾左右而言他，不愿表态。

就在这时候，利根被神乐叫去。

"利根啊，能不能表明态度呢？"

神乐以初见时同样的菩萨面孔问道。

"不如就登记为我们的同伴吧？我们不会亏待年轻人的。"

"不了，怎么说啊，我不太适合粗暴的工作……我的个性适合与机器为伍，请您饶了我。"

"说什么不适合粗暴的工作。喂喂，说谎是不行的哦。或者你是谦虚呢？我听说你身手十分矫健。"

"那是空穴来风。"

"怎么会？我们的准构成员找你打架，反而吃了大亏，可别说你已经忘了哦。"

利根心下微惊。原来在简餐店找他麻烦的须藤，是神乐组里的准构成员吗？

"我们子组织挺多的，你没发现吗？"

"……您打算拿我怎么办呢？在工厂里盖我布袋吗？"

听他这么说，神乐一脸遗憾地摇头。

"怎么会呢？这么做有什么好处？我们想要的是人才，不是泄愤的对象。这么做，只会让你更痛恨罢了。无论什么组织，都是越大越有分量。我们现在的首要任务便是找人。"

据神乐的说明，来自西边的广域指定暴力团宏龙会正不断扩大势力。神乐要在东北坚守地盘，就必须趁现在扩大组织。

"你跟那个叫须藤的如何大打出手我都听说了。如果对方是个头目确实会成问题，小角色就没什么好追究的。更何况，你一个普通人，竟然有那个胆量和身手把我们的兄弟打得鼻青脸肿，值得嘉许。"

因为打赢流氓而获得称赞，让人一点都高兴不起来。

"我不适合。"

"那可不是自己能决定的。任何事都要讲素质，而且大都是由他人决定的。利根，你很适合的。我至今看过无数兄弟，可以跟你保证。"

"不好意思，我当一般员工就好。"

利根再度表示拒绝，当下神乐的眼神就变了，那一瞬间菩萨面具被摘下来了。

"你没有选择的余地。"

"咦?"

"要是你认为辞掉工厂的工作就逃得过,那就大错特错了。不对,本来你就不能擅自辞掉工厂的工作。"

"我也有选择职业的自由。"

"不,你没有。"

神乐的嘴角上扬得不能再上扬,简直像要咧到耳朵了。

"我好歹也是常董,对员工的工作情形和薪水支付都了然于心。利根每个月的薪水是预支的吧。不过,也不只你就是了。然后,就算到了发薪日,也只是抵了上个月预支的份,所以又预支一个月份。"

"那是……我刚进来的时候有很多非准备不可的东西,登坂社长好意让我预支的。"

"现在是由我负责,以前怎么样我不管。预支就是融资。所以以后要算利息。我们这个世界的利息一般是十一,依惯例是十天一成。"

"十天一成……"

"十五万的薪水一个月的利息是四万五千元。一共要请你付十九万五千元。"

计算很简单,连数学不好的利根都明白。发薪日到了,他也只付得起本金，十一的利息便直接加进本金，然后负债便以滚雪球的方式增加。

"还有，之前一直特别优惠的宿舍房租也要提高。考虑到与工厂在一起的地利之便，提高五成应该不算过分吧。"

"什么！提高五成！"

光是预支薪水的利息就还不起了，再加上房租骤涨，那迟早得搬出去。

"你要说我太蛮横，是不是？我可是把话挑明了，公司福利的条件和规定，是工厂决定的。我们可没有那个闲工夫一一斟酌考虑员工的需求。"

神乐冷酷地说完之后，却以别有深意的神色将脸凑近利根。

"不过呢，无论什么组织、什么公司都有所谓的阶级存在。换句话说，就是分为能得到特别待遇的人和得不到的人。"

"特别待遇？"

"视贡献多寡而给予特别待遇——本薪、奖金、福利。这是当然的。"

"您的意思是说，只要成为组员，就有特权？"

"当然，我们不能亏待发誓效忠组织的人啊。预支的部分一笔勾销，十一的利息和房租调涨也会让你暂缓。"

说得好像有多少好处似的，结果就是维持现状。但总比背债和生活穷苦得动弹不得好多了。

"员工当中想必也有人把我们参与经营当作大难临头，但并不是所有人都是灾民。聪明人会躲在暗处避难，有眼光的人会转祸为福，趁机发财。不同的应对方式会大大改变一个人后来的境遇，这在社会上就叫作处世之道。"

利根不知道神乐这个人在他们组里居什么样的地位，但只要是站在一般人之上的人，就算黑道也是这样的吗？说的话尽管内容乱七八糟，却莫名有说服力。

"再说，光是听到黑道就以有色眼镜来看待是不好的。我想很少人知道，在灾难时率先提供物资的就是我们。毕竟我们有储蓄，有资金，也有执行能力。"

神乐的话不仅是将他们的行为正当化，也听得出当中坚定的自负。也许强盗也有三分理，但利根越听越觉得自己的价值观有被动摇的危险。

"不是我爱说，但发生意外灾害时，一般人只会采取个别行动，反而会妨碍救援和重建。真正能发挥功用的是警察和消防，还有黑道。都是平日便建立起指挥系统的集团。"

"灾害时供应物资也是所谓的任侠吗？"

"哦，利根，你年纪轻轻倒是懂得不少嘛。那事情就简单了，善行和沽名钓誉之间界限很模糊，世人的眼睛首先会被招牌和头衔蒙蔽。同样救灾救难，穿着制服就是勇敢的义举，披着黑道纹章的人就被说成伪善，别有用心。"

这个利根倒是可以理解。

"总之呢,民众啊,社会上的这些人,是最无知又最自以为是的。无论有没有黑道的头衔,只要问心无愧就是男子汉。所以,不过就是登记个名字,用不着犹豫不决,烦恼半天。"

只要冷静分析便知道他是套上了一篇歪理,但从神乐口中说出来的"道理"就像海绵吸水般顺理成章又直入人心。回过神来,利根甚至点了好几次头。

"……可以给我时间考虑吗?"

"哦,可以啊。毕竟人人都有选择职业的自由。不过没办法太久,明天之内要给我回复。"

事情一谈完,神乐便挥手示意他可以走了。但最后不忘补上一句:

"你别忘了。被头衔绑住的人,终究是眼界窄小。"

那黑道的世界有多大?——这句话都已经到嗓子眼了,利根在最后险些说出来的时候,把话吞了下去。

只要稍微想想,就知道哪一边对生活有利。名不副实,体面比不上生活的安定。别的不说,对单身的利根而言,体面根本一文不值。

然而,那一瞬间,惠和官官的脸忽然在他的脑海中闪现。

利根也知道转行当黑道并不正派,但一旦事关生活就另当别论了。正如神乐指出的,如果只是换个招牌,目前不也没有任何问题吗？而既然没有问题，就不必找惠和官官商量。

利根大概是生性不会说谎、藏心事吧。那天三人围坐在餐桌旁时，惠忽然问他：

"胜久，你工作上出了什么事吗？"

冷不防被问到，利根慌了。

"怎么突然没头没脑问这个？"

"不是啦，我看你这两三天浮躁不安的，今天跟官官说话的时候也心不在焉。"

"就是啊，就是啊。"

官官也一脸世故地点头。

"一起打游戏也一点都不专心，超明显的，你真的以为那样还不会被发现？"

"你啊，没有你自己以为的聪明，也没有你自己以为的深藏不露。说吧，到底发生了什么事？"

"说嘛！说了心情会比较轻松。"

在两人联手逼问下，利根才一点点说起"登坂铁工所"被神乐他们强抢的事，以及自己被胁迫成为组员的前因后果。

说了会比较轻松果然是真的，事情根本没有解决，郁结的心头倒是轻快许多。

"那你打算怎么办？"

全听完之后，惠以责问的眼神看着利根。利根还没回答，她好像就已经看透了他的心。

见利根不作声,惠便拿筷子往桌上用力一摔。

"你!要屈服于那个人的威胁进黑道,是不是?你这笨蛋!"

"我哪里笨了!我已经走投无路了。再说进黑道也只是名义上,又不会真的到街上去打人。"

"所以说你笨!进去是很简单,但要脱身却是比死还难。一旦进去了,就不能再过正派的日子了。"

"照你这么说,反抗他们也一样不能过正派的日子啊!"

"生活不是只有吃喝拉撒睡。你相信什么?要守护什么?有些无形的东西比有形的东西更重要。"

"听你在那里扯。"

惠有些激动,利根的话也就尖锐起来。

"无形的东西能填饱肚子吗?"

"你现在要做的事,就跟什么都没想,只为了好玩就去玩火犯险一样轻率无脑。"

被骂轻率无脑,利根更加恼羞成怒。

"你说的这些才无脑,我也是烦恼了很久才决定的。"

"既然会烦恼,就不应该做出那种决定。你要知道,无论有什么理由,黑道绝对没有好下场。他们会养成习惯,永远都选轻松的路来逃避,然后变成一个无论走到哪里都只会威胁恐吓,其他什么都不会的半吊子。因为只有威胁恐吓别人的本事,迟早都会被关进牢里。在牢里又全都是些半吊子，于是就更堕落了。你现在要选的就是这种路。"

自己暗自担忧的事被别人戳穿，感觉并不好。利根气急了，一时嘴快：

"给我闭嘴，你又不是我妈。有什么资格管我！"

他心想"糟了"，却已经管不住自己了。

"摆起母亲的面孔说什么大道理。惠婆婆，你别闹了。你这辈子过得多清高，我是不知道也没兴趣。可是，如果到最后要过这种穷困潦倒的生活，也太悲惨了。管他是不是流氓，总比过这种日子好多了。"

利根说完，现场的空气冻结了。

官官尴尬地垂着眼，惠则是以怜悯的眼神看着利根。

利根待不下去，把还没吃完的饭碗一放，离开了惠家。

还好他们两人都没有追出来。

第二天利根一进工厂，就被叫进神乐的办公室。

"期限到了，回答我吧。"

守时虽是美德，却也令人厌烦。利根心中闪过一丝不安，不知往后能不能跟这个人好好相处。

"很烦恼吗？"

"还好，因为我好像没有选择的余地。"

"没有选择的余地,可见这就是你的命运。别担心,凭你的资质,不要说成员,当个头目也不是梦。"

能当头目是吗?

就算黑道不是好东西,但只要有了一定的地位,也许会好一点——然而,利根心中马上便又出现那两人的脸。将来不论他是当上"若头"二头目还是"若中"少头目,那两人绝不会替他高兴的。

进了神乐的组,就不能再出入惠家了,自然也会和他们两人分开。往后组就是自己的家了。

就在利根强忍着心痛要说"请多关照"的时候,突然,办公室的门被打开了。

"给我等一下。"

惠就站在那里。

"老太婆要干吗?你是什么人?"

"那边那个笨儿子的母亲。"

惠从愕然无语的利根面前走过,来到神乐面前。

"母亲?我倒是头一次听说利根有家人。"

"不管你是不是头一次听说,我就是他母亲。事情我听说了,你要这孩子当你小弟,是吧?"

"说什么小弟,多吓人。请说是伙伴。"

接下来,两人要鸡同鸭讲了吗?利根这么想,但惠却采取了意想不到的行动。她突然伏拜在神乐面前。

"求求你。放过我儿子,别叫他去当流氓。"

"喂喂,老太婆。"

"我不懂艰深的大道理,也不知道你们的世界是什么样子,我只知道这孩子要选的是一条歹路。"

被一个年过八十的老婆婆在面前下跪,就连神乐也显得万分不自在。

"我说啊,老……伯母,你的担心我也不是不明白。但利根已经满二十了,都成年了,得尊重他本人的意愿。"

"二十岁跟孩子没两样。你二十岁的时候是有多聪明?"

惠天不怕地不怕,继续说下去。

"……要是真聪明,现在也不会做这一行了。"

"可是,这孩子还来得及。"

"你说得太夸张了。世上就是有不当黑道就活不下去的人。能不能请你不要剥夺这些人的求生之道?"

"那你的意思是说这孩子只能混黑道了?你有证据证明他在别的圈子活不下去?"

"我没这么说,但人总要看适不适合。利根他是很有前途的。无论什么企业都一样,一旦遇到看好的新人就不愿意放手。要是被别的公司录取了,也要叫他全部拒绝,来自己公司,这是吸纳人才的常道。"

结果，惠再次采取意想不到的行动。只见她从怀中取出一把美工刀，将刀锋一格格推出来，抵住自己的脖子。神乐看似不为所动，脸色却明显变了。

"伯母啊，你以为这么做流氓就会怕了吗？"

"我看你才是，你以为我只是吓唬你吗？我已经活够了，这条命随时随地没了都不足为惜，要是能在这里盛大结束我可是求之不得。只是呢，你们收拾起来可就辛苦了。警察也会跑来吧？"

神乐与惠互相瞪视。片刻后，神乐先移开了视线。

"害我兴致都没了。够了，带你的笨儿子回家吧。"

"多谢了。"

"哼。最后竟然连命都不要了，我就不奉陪了。"

4

利根逃过了当小弟的命运，却不是所有问题都获得圆满解决。

慑于惠以死相逼的气势，神乐不追究利根预支薪水的利息，但也没忘记要利根做个了结。

"既然你不愿入组，就要请你和其他员工一样离开。我不能放一个拒绝我们的人在身边。退职金我会扣掉你预支的薪水付给你,赶快把东西收一收给我走。"

就这样,利根被赶出了"登坂铁工所"。于是他开始求职。扣掉预支薪水的退职金实在不多,在找到工作之前,利根便借住在惠家。

"不能因为待得轻松愉快,大白天就在家里发懒,不然我就一盆水当头泼下去。"

惠凶巴巴地警告,眼神却满是笑意。但这也只到利根说出下一句话为止。

"我会付生活费的。"

从惠直接去找神乐那天起,利根想了很多。那时候,要不是惠低头恳求,自己现在会怎么样?要是当时就成了神乐的小弟,还能笑着迎接每一天吗?

这个时间正好官官不在,有些令人害羞的话也讲得出来。

"谁要那种东西?等你找到工作,又得买好些东西,得先存点钱。"

"……同居人付生活费是应该的。"

"你也真是笨得可以。那种钱是有工作的人从薪水里面拿出来的,不是给一个失业的人拿来说嘴的。我告诉你,我可是还有不少存款,还养得起像你这样没脑子、不会思考的人。但我可不许你在家发懒,至少要帮忙打扫家里。"

"惠婆婆。"

"嗯？不服气吗？"

"谢谢。"

只见惠瞬间皱起眉头，但立刻就别过脸。然后背着利根，骂似的说：

"无聊的话少说，快去打扫。"

利根天天跑就业辅导中心，回到家就打扫。傍晚官官来了就跟他打游戏，偶尔听听他的烦恼。官官不敢对同学和母亲久仁子说的，在利根面前却能轻易开口。

"胜久哥哥啊。"

"干吗？"

"你现在在找工作吗？有设条件吗？"

"跟一个中学生抱怨也没什么用，不过我告诉你，找工作可是很不容易的。"

没证照、有前科，没笑脸、有凶相，这种人在求职的时候，怎么敢提条件？利根现在便没有设定地区、职种、福利等任何条件。

"你好好记住，在学校成绩越好，找工作的难度就越低。"

"胜久哥哥，我跟你说，你这个法则现在根本不管用了。"

"你说什么？"

"现在这么不景气，连四大国立大学毕业的都有一堆人找不到工作。现在学校成绩已经越来越不重要了。也不是因为这样我才这么说，不过我觉得胜久哥哥可以提一个条件啊。"

"什么条件？"

"像是……找这儿附近的工作。"

"啊……不行不行。要求这种条件，连家庭代工都找不到。"

明明年过八十却不知长了什么千里耳，惠听到他们的话，插嘴说道：

"官官应该也知道，这儿附近难道有人发招聘广告吗？"

惠的话所言不虚。

几天后，以前在登坂铁工所的前辈找利根到他现在上班的公司，和以前一样都是铁工厂。由于是员工介绍，面试很顺利，而且这位前辈不知道利根有前科，这对利根更加有利。只是工厂位于距此相当远的香津町，利根若被录取了，无论如何都要远离惠家，在工厂附近租房才是实际的选择。

2007年4月，利根搬到香津町的公寓。

新职场对利根而言可以说是新天地。虽然是只有十六名员工的小铁工厂，却相当忙碌，几乎人人都很勤快，有种舒适的紧张感。或许利根的个性适合这种气氛，他觉得待在这里如鱼得水。

只是，待得舒服与实际收入不见得能兼得。工作虽忙却是小企业，利根是新人，所以薪水也低。再加上租的虽是四坪一间的廉价公寓，房租加上水电费仍是一笔不小的开销。因此不吃早餐成了利根的生活常态。

刚开始上班的时候，利根仍天天到惠家报到，但交通费累积起来便成了负担。搭公交车来回，也不能像过去那样待到深夜十二点多，自然而然就变成只有周六晚上才去惠家。工作累了一整周的时候，甚至连这一趟都懒得跑。

原来出了社会的孩子越来越少回老家就是这样吗——利根没有一天忘记惠对他的恩惠。一个人在房里吃着便利商店的便当时，总是会想起三人围在桌边的感觉。

每周一次的到访，渐渐变成两周一次，最后变成一个月一次。利根没有停止回去，无非是因为他把那里当自己的老家。

"感觉好像没断奶的长男哦。"

一个月不见，利根被官官这样说。

"一出社会就急着离家，结果却因为待起来舒服就每个月回家一次的长男。"

"……是不是想吃吃长男的铁拳啊？老么。"

"打这么可爱的弟弟，手痛，心更痛哦！"

不久，连官官也没办法天天去了。由于之前那件事，久仁子领悟到自己的工作会对儿子造成不良影响，便换成白天的工作，官官无法再像以前那样频繁出入惠家了。

虽然见面的频率降低了，三人的关系却没有太大的变化。

变化的是屋里的状况。当初利根认真打扫，三人共同生活时并不显眼，现在却渐渐显得荒凉了。

当两人开始较少前往惠家时，利根和官官几乎同时买了手机。官官与母亲、利根与老板和同事联络都必须用到手机。

最先发现异状的是官官，他立刻打电话给利根。

"前天，我去了惠婆婆家。有点怪怪的。"

"怎么个怪法？"

"垃圾少了很多。"

"这有什么好奇怪的？我们都不像以前那么常去了，垃圾当然会减少啊。而且也许是惠婆婆现在在认真打扫也不一定。"

"不是的，是厨余少得异常。像是菜渣、鱼骨、内脏之类的，全都没有。"

"所以啊，那很可能是因为惠婆婆认真打扫……"

"不只厨余，装熟食的盒子也很少。我有一阵子常常一个人吃晚饭，所以我知道。就算是一个人住，也会产生一些厨余的。"

"你去的时候是不是垃圾车才刚收过厨余？"

"胜久哥哥，那边是星期二收厨余。我是星期一去惠婆婆家的，应该是垃圾积得最多的时候。可是，我绕到后门却只有一点点厨余的味道。胜久哥哥，你记得吗？惠婆婆家的后面是朝南的，垃圾会受到阳光直晒。这么热的天，垃圾直接被太阳晒着，只要有一点厨余就会臭得不得了。"

"看你这么坚持，一定是还有别的理由吧？"

"……调味料减少的程度也很奇怪。"

利根暗自佩服官官,竟然连那种细节都注意到了。

"食量减少的话,也不太会用到调味料吧。"

"就是相反才奇怪呀。调味料少了很多,盐、糖、酱油、油都是。"

"会不会是口味变重了?"

"惠婆婆口味很清淡的。"

一股无形的不安掐住了利根的脖子。

利根在相隔一个月后来到惠家,惠一如既往显得十分快活。

"看你气色不错,工作也很忙吧?"

利根随口附和,若无其事地扫视屋内一圈。

后来官官又说"我觉得惠婆婆家好像在慢慢腐烂"。利根今天来访的目的,有一半是亲眼确认官官的话,现在一看,的确有那种感觉。

到底是哪里不同,利根也说不上来。只是和三人在一起的那些日子比起来,感觉得出有一丝很像腐烂的味道,只不过不是东西腐烂的味道。

是人,以及其生活本身烂掉的味道。

仔细观察,官官所说的"怪怪的地方"便隐约可见。

首先是打扫不彻底。餐桌上四个角落积了一层灰,屋里也很杂乱。以前收在固定地方的小东西、传单、面纸盒等,都四处散落。

"惠婆婆，我就知道我一不在你就会乱放东西。"

利根故意开玩笑，惠也配合他。

"什么话啊？一个人住，无论男女多少都会有点邋遢啊，又不用在意别人。"

"如果惠婆婆不介意，那我还是回来住这里……"

"你是说你要每天从这里到香津的铁工所去上班吗？你现在的工作就已经早出晚归了吧。算了吧。"

"那我不搬回来，可是你要告诉我。"

"告诉你什么？"

"你都有吃饱吗？"

只见惠的脸一垮，立刻转身背向利根。

"惠婆婆就是这样，只要遇到对自己不利的问题就别过头去。"

"别说得像你什么都知道似的。"

"那我要怎么说你才肯老实回答我？我和官官都很担心。"

"担心是我的事，轮不到你们来担心我。"

见她说起话来还是一样盛气凌人，利根稍微放心了些。

"那我不担心，可是你要老实告诉我。"

"跩什……"

"我和官官遇到困难的时候，都一五一十地说出来了。只有惠婆婆不肯说，也太不公平了吧？"

"……你们要尊重老人家的威严。"

惠一旦拿定主意就不会让步，继续追问反而只会让她把嘴巴闭得更紧，利根便不再追究了。

然后趁惠离开起居室的时候，他伸手去翻五斗柜。同住时，利根就知道惠把银行存折收在那里。

惠婆婆，原谅我。

利根在内心暗自合十着打开了存折。

果不其然，存折的余额不到五位数了。六千七百二十五元，这就是惠的全部财产。这个月还没有扣款，要是再扣掉水电费，余额会再减半。

存款终于见底了。厨余的量之所以减少，是削减了伙食费。调味料之所以少得很快，是以重口味来弥补少量食物。

以前，利根曾听惠亲口说，她虽拥有护理师执照，缴纳保险费的年数却不满规定的二十五年，因此无法请领老年基础年金。所以无业的惠除了靠存款过活，别无他法。

而当存款用尽，便束手无策了。

开什么玩笑？！

利根匆匆出门。目的地是最近的超低价超市。自己虽然也只是勉强度日，但总比现在的惠好一些。钱包里有多少钱全部拿来买食材放在惠家。自己回公寓以后，随便煮个家里有的袋装泡面就行了。

"突然跑出去，去哪儿啦？"

门口传来惠的声音。

"买东西啊，买东西！"

利根扯着嗓门说。不这样，只怕话说到一半就会哽咽。

一看到利根买来的大量食材，惠的脸上混杂着不快与安心。

"这么多，两个人怎么吃得完？你是要分给官官家吗？"

"抱歉。太久没买了，没把握好分量。"

趁着做简单晚饭的时候，利根查看了调味料剩余的分量。这些果然也和官官说的一样。一字排开的调味料每一个都很少。冰箱里没有食材，米却不断变少，可见正如利根所想，他害怕的事正在发生。

只靠少许配菜根本不够，就在白饭上撒各种调味料配饭吃。电费也必须节省，所以只开餐桌上那盏灯，一个人吃着单调的晚饭——光是想象这幅情景，利根心中便觉寒风阵阵。

"我吃饱了。不好意思，我明天也要早起，先回去了。"

利根意思意思只吃一碗，便匆匆离开了。及早离开，一来是为了今天做好的饭菜可以让惠吃久一点，再者也是为了和小弟交换情报。

利根敲敲门，低声一叫，官官立刻就开了门。官官往惠家看了一眼，便赶紧把利根拉进家中。

"我去看过了。"

"我没说错吧?"

"比我预料的还糟。我尽量多买了一些食材,可是……抱歉,我现在手头也很紧。"

这句话才说完,后面便传来久仁子的声音。

"怎么啦?有客人吗?"

官官一脸过意不去地摇头。

"我也是。我妈妈黏得好紧,明明住得这么近,要去看看却不容易。那个……也不能多做饭菜分给惠婆婆。"

"其他邻居不会帮忙吗?"

"这里的人,门都关得紧紧的,根本没有那种风气。我以前一天到晚泡在惠婆婆家里是特例。"

那么,要是有个万一,谁会注意到惠的异状?

不用分吃的也没关系,拜托你定期去看看惠婆婆的状况——这样拜托官官之后,利根返回了自己的工作场所。当然,他心中是打算只要时间允许,就往惠家跑的。

然而,铁工所的稼动状况却由不得他,拥有十六名员工的小工厂也几乎每天都要全力运作。利根必须在一天之内消除累积了六天的疲劳,迟迟无法去探访惠。保险起见,他打电话到惠家,惠家的电话果然因为欠缴费用被停掉了。

既然联络不上惠本人,只好联络小弟。

"惠婆婆怎么样?"

"……好像挺严重的。"

不知是不是利根太敏感,觉得官官的声音很消沉。

"胜久哥哥买的食材好像早就见底了。证据是米和调味料又狂减。光线暗就看不太出来,可是在亮的地方看,她脸色有点紫紫的。"

"只是不吃脸色就会变紫吗?"

"我妈妈说,人如果一直都很穷苦,脸色就会变成葡萄的颜色。"

营养不良再加上心痛,脸色变成那样也不奇怪。

"然后啊,我家最近可能会搬家。"

原来声音消沉是这个缘故啊。

"我妈妈找到新工作了,说公司有单亲家庭也可以住的宿舍……对不起。"

你不必道歉的啊。

"要搬去哪里?"

"但马町,离这里很远。所以我也没办法再继续守着惠婆婆了。"

利根仿佛能看到电话那头的少年垂头丧气的模样。

这次到惠家,距离上一次竟有五周之久。明明傍晚已过,屋里却没有灯光。利根敲了门,屋里也有人应。

"哦,好久不见啊。"

一见到出现在门口的惠,利根心都碎了。

蓬乱的头发,更加深陷的眼窝,干燥得随时会起屑的皮肤。而且正如官官所说的,她的脸色暗沉带紫。

利根再也无法忍耐了。惠会怎么想,他也顾不了了。这时候该说的不说、该做的不做,自己会后悔一辈子。

"去申请生活保护吧。"

奇怪的是惠竟然没有反唇相讥。

"就算你生气骂人我也要说。没工作、没存款、没有可以投靠的亲戚、没有年金,只能等着饿死。你现在马上到福利保健事务所去申请生活保护。"

"生活保护啊……我很不喜欢福利保健事务所和市政府区公所那种地方。"

"这时候还讲什么喜不喜欢的!这可是事关自己的死活!再说,接受生活保护是国民的权利。"

"那像我这种的大概不算国民吧。"

惠自嘲地说。

"去年吧,我迟缴了医疗保险费,被公所叫去,他们讲话很难听。说什么收入才十万的人一样在缴医疗保险费,叫我不要因为年纪大又没有亲人就要赖。从那以后,我就觉得他们那里是高门槛,我踏不进去……"

"付不起医疗保险费跟接受生活保护是两回事吧。"

"可是，生活保护是从别人缴的税来的啊。之前我都没缴什么保险费，现在因为自己日子过不下去就要国家照顾，实在太自私了。"

"别跟储蓄存款搞错！"

利根不知不觉提高了嗓门。

"国家是你不跟它要，它一块钱都不会给你的。不申请会死的！"

就算利根力劝，惠的话却感觉不到一丝热度。

"可是啊，义务我都没尽到却只要享权利，总觉得不太对啊。"

那个豪迈爽朗的惠，遇到国家的补助却消极得像是换了一个人。如果这就是所谓大正出生的典雅和矜持，拜托赶快丢掉。为了这种无谓的尊严而没了命，算什么？

"你是想和循规蹈矩一起殉情吗！生活保护就是为了惠婆婆这样的人设立的。惠婆婆不用，谁来用？"

"可是……"

焦急渐渐转化为带着热度的怒气。

"没有什么好'可是'的。听好了，惠婆婆，明天一大早就到盐釜的福利保健事务所去申请生活保护。既然你说门槛高，我就陪你一起去。要是你说你不写申请书，我就算硬拉着你的手也要你写。"

"你可别这么做。我又不是小孩子。"

"就算要拿绳子套在你脖子上,我也要带你去。"

"你会不会太粗鲁了?要是官官看到,不知他会怎么说。"

"我和官官都不要你死!我们都当你是亲妈!为什么你就是不懂!"

利根吼了之后才惊觉,但已经太迟了。

惠似乎为难着不知如何反应才好。

唉,算了。

惠要怎么看待自己和官官都没关系,只要她能得到最起码的生活保护,别的什么都不重要。

终于,惠用挨了骂的孩子般的眼神瞪着利根。

"什么带我去,你明天也要上班吧。要是为了这种理由请假,叫我良心怎么过得去?我可不要欠这种人情,你不要跟来。"

听她恢复了一如既往的毒舌,利根才稍微安心了。

"一定要去哦。"

"你还真啰唆。"

## 5

下一周,利根来找惠,一进屋顿时说不出话来。

门没上锁是常有的事。利根劝她说这样实在太不小心了,她本人则说"反正小偷进去也没东西可偷,再说也没有人会看上这种房子",把他的话当成耳旁风。

房间一角堆积如山的垃圾袋挡住了光线,外头日上三竿,房间里却很昏暗。这是利根熟悉的家,他摸索着按了柱子附近的电灯开关。

灯没亮。

以为是接触不良,试了两三次结果还是一样,利根才总算想到,是没付电费被停电了。无奈之下,利根只好原地站定,等到眼睛习惯昏暗。

眼睛终于可以辨视房间的每一个角落了。

屋里更加荒废了,蟑螂和一些小飞虫堂而皇之地在地板上堆积的尘埃中逛大街。没有一处有打扫过的痕迹。

异味也变浓了。有股不像食物而更像生物腐败的臭酸味,甚至带着一丝甜味。而且再加上腐叶土的味道,形成一种刺鼻的臭味。

不见惠的人影。

"惠婆婆。"

利根叫了一阵子,才听到后面房间传来微弱的声音。声音来自惠的卧铺。利根从声音听出不寻常,赶紧去找她。

惠在被窝中缩成一团。

"惠婆婆,你生病了吗?"

结果被窝里传出一个闷闷的声音。

"我在吃饭,你走开啦。"

裹在棉被里吃饭?

利根更加怀疑,毫不客气地掀开棉被。

那真是个奇妙又骇人的光景。

只见惠伏着,一心一意地动着嘴巴。但是,她手里只有一包面巾纸,看不到任何像是食物的东西。

"惠婆婆,你到底在吃什么啊?"

看了转过身来的惠,利根明白了。

惠的嘴角露出了面巾纸。

一掀起棉被,更强烈的腐臭味便扑鼻而至。是湿抹布放上一个星期的那种味道。这下,利根便知道惠已经有好一阵子没洗澡了。

"你在吃什么?"

明明要多体恤惠一点的,语气却忍不住冲起来。

"你看不出来吗?"

"面巾纸不是给人吃的。"

"怎么会?你看,超市卖的那种雪白的是不行,不过路上发的那种香香的面巾纸咬了就会甜甜的。"

惠边说着,仍不忘把面巾纸送进嘴里。利根一把抓起她的手，硬抢走她的面巾纸。

"你要对别人的食物做什么!"

"我特地带吃的来给你,吃我的!"

利根从拎在手上的塑料袋里取出袋装泡面,八份装五百八十元,说是伴手礼未免寒酸,但利根已经尽力了。

一看到袋装泡面,惠的眼睛便发出异光。

"惠婆婆,你一直窝在被窝里,是哪里不舒服吗?"

"一动肚子就会饿啊。什么都不做一直躺着,既轻松又省钱。"

"照你这么说,尸体岂不是最轻松。"

"那还用说吗,死是最轻松的。"

利根一边自责自己把话题拉到灰暗的方向,一边赶忙走到厨房。饥饿会使人暴躁。只要一杯汤、一口拉面下肚,身心应该会稍微平静从容些。

厨房也是惨状横生,虽然没有厨余垃圾,却与上次利根来时相差无几,也就表示惠没有吃到足以弄脏餐具的食物。而且因为没有打扫,无论是餐具还是水槽,都产生了大量霉菌和蟑螂。地板上一块一块小黑点,是老鼠屎无误。

厨房里臭味也很严重。不知是不是剩饭腐败,排水口发出一股臭得让人掩鼻的味道。

利根设法找出了锅子,但锅子表面很脏。他扭开水龙头想先洗干净再说。

他一度担心没水,但幸好水龙头流出了水。

没看到洗碗精和碗刷,利根只好徒手洗了锅底,才总算盛了水。

他把锅子放上瓦斯炉,扭瓦斯炉的开关时,利根又是一阵错愕。

点不着。和打开电灯的开关一样,无论扭多少次都只打出空虚的"咔滋咔滋"声。

"电和瓦斯都被停了。"

不知何时,惠站在身后。

"不过实在很了不起呢。同样都寄了催缴单来,但水还没停。人家说水和安全不用钱的,还真是这样呢。"

惠撕开袋装泡面,万分感激地取出里面的东西。

"那,我就不客气了。"

惠便在利根的错愕中啃了干的泡面。

"惠婆婆。"

"反正吃下肚就会消化,一样啦。"

只见她当场坐下,"咔嚓咔嚓"将面咬碎,但面似乎硬得出乎意料而不容易吃。

利根心想至少要喝点东西,翻了冰箱,但里面只有番茄酱和蛋黄酱等调味料,而且也几乎都空了。

早知如此，更该多买一点东西来的。

不，现在还不迟。钱包里应该还有两千元左右。虽然还有一周才会发薪水，就算一天一餐，自己年轻，应该也撑得住，但对年迈的惠而言，这可是攸关生死。

"我去买东西——"利根说完便要离开厨房，却被一只骨瘦如柴的手抓住。

"不用了。你自己日子也不好过吧。"

"可是……"

"我不想再麻烦你了。"

"不想麻烦我，就麻烦国家！你看看你！一定是没有去申请生活保护，对不对？"

利根一责怪，惠便尴尬地转过身。

"什么'不想让国家照顾''没交保费又要申请太自私'，我不想再听你说那些废话。事关你的性命，拜托你认真一点，对活着执着一点。"

结果背对着利根的惠小声说了什么。利根听不清，便绕到正面抓住惠的肩。虽然觉得这么做有点粗鲁，但他不这么做，别扭的惠就不肯说实话。

"……了。"

"你说什么？"

"我去公所申请过了。"

"你申请了,然后呢?结果还没下来吗?"

"在窗口被拒绝了,说别这么轻易就依靠社会保障。"

"怎么可能!"

"他跟我说来窗口之前,应该还有别的地方可去……"

从这里开始,惠说的话就颠三倒四、不得要领。也许是处于这种生活状况,判断力和记忆力都靠不住了。

于是利根下定决心。

"好,那明天你跟我一起去。"

惠的反应很迟钝。

"跟我一起去福利保健事务所的窗口。惠婆婆要是讲不清楚,我就从旁帮忙。"

"我不想去了。"

惠像个幼儿般扭着身抗拒。

"窗口的人真的就只会讲些难听的话。我都这把年纪了,还被讲得那么难听……"

平常气势比人强的惠会如此抱怨,肯定不会没有理由。可是,利根不相信一个国家公务员会对这样一个老太太口出恶言或加以愚弄。

惠在福利保健事务所到底被说了些什么?利根认为无论如何都得陪她去一趟,也好确认。至少现在自己能做的,就只有这么多了。

"我想请一天假。"

利根打电话这么说,一开始上司不肯,但利根苦求了十分钟之后,总算勉强答应了。

早上九点半,利根哄着不愿去的惠走进了福利保健事务所。看了需填写的表格,自己首先吃了一惊。从亲属关系、资产,乃至目前的收入,确认项目一大串。不知是幸运还是不幸,惠几乎没有什么资产,表格并不难填。利根不是亲属,要是代笔填了不知事后会被说什么,所以当然要惠亲笔写。

然后他忽然想:像惠这样的老人家要是还有零星的工作,勉强算是有资产的话,申请书上要填的地方就更多。要求老人家亲笔填写这种文件,真的能算社会福利的一环吗?

总算写好了申请书,他们坐在等候用的长椅上等。除了惠和利根,还有很多等候申请的人。数一数,有十几人之多。利根手上的号码牌是十八号,必须等十几个人才会轮到惠。

不是每个申请的人都申请得到——利根尽管涉世不深,却也有这种程度的认知。但他认为,看了惠现在的模样,申请一定会通过。一闻就闻得出已经两周以上没洗澡,也没好好吃饭。由于要外出,好歹穿上了比较好的衣服,但从皮肤的光泽和走路的样子应该就能完全看得出,她过着穷苦的生活。要是惠的申请不通过,那么无论什么处境的穷人来申请都不可能会通过。

等了两个小时,终于轮到惠了。惠由利根半扶半抱着走向窗口。

窗口的职员别着"三云忠胜"的名牌。

"远岛惠女士,是吗?……咦?您上周也来过吧。那时候,我应该请您撤回申请了才对。"

"现在又来了。"

惠还没开口,利根便插嘴说道。

"电和瓦斯都被停了,已经撑不下去了。请核准她的申请。"

利根抢在当事人之前出声,三云以怀疑的眼神瞪他。这人给人的第一印象虽是客气温和,但一旦说起话来却露出阴险与猜疑的面孔。

"请问您是哪位?远岛女士的亲人吗?"

"邻居……不,是以前的邻居。"

"那个啊,陪同仅限于亲人或监护人,所以可不可以请您到旁边稍坐?"

"这位先生,我虽然不是很清楚,但所谓的生活保护是要保障国民最起码的文明生活吧?那就请你们核准惠婆婆的申请,她的生活实在说不上文明。"

三云不理利根的申诉,别过视线直视惠。

"远岛女士,上次我也说过了,生活保护这个制度,是让真的没有办法的人利用的。还能工作或是还有其他收入的人来申请,我们也很为难。"

"所以惠婆婆她……"

"远岛女士,您有个弟弟在大阪吧?那么,您先去找找您弟弟如何?"

利根说不出话来。

他曾听惠说过,她有个弟弟,小她六岁,去大阪讨生活之后就断了音信。

"这太强人所难了。那个弟弟已经快二十年都没有联络了,连一通电话、一张贺年明信片都没有。你叫她怎么找?"

"局外人麻烦不要插嘴。我说,远岛女士,令弟是去大阪讨生活的吧。大阪的经济比我们这里景气。没有回来,就是因为大阪容易生活,令弟一定也生活宽裕。这样的话,当然是先去请您弟弟照顾您才对呀。与其指望不知会不会核准的生活保护,我想去找令弟才更有建设性。"

"我和我弟弟没联络……"

"哪里的话,亲姐弟血浓于水。只要远岛女士有心,马上就能联络上的。"

听到一半利根就傻眼了,而后转为愤慨。三云的话句句都建立在臆测和过度乐观的预期上,不仅不具建设性,根本就站不住脚。

"虽然叫作社会保障制度,可是大原则还是家人彼此互助。国家只是补助不足的部分。要是动不动就给生活补助金,结果反而可能造成家人之间的裂痕呢。"

担任窗口的三云自顾自说完,显得志得意满,一副深信自己这么做,惠就会接受的态度。

"你说够了没!"

利根已忍无可忍。

"听你在那里放屁!去外地讨生活没回来,就是因为外地也很苦,没钱回来。要是有,至少会寄张贺年明信片吧!别的不说,都杳无音信二十年了,怎么可能二十年后还愿意照顾年迈穷苦的姐姐!"

"我已经说过好几次了,无关的第三者请不要插嘴。"

"反正你就是不想受理惠婆婆的申请吧!你只是提出那种强人所难的要求把事情推掉。这根本是政府的蛮横!不是蛮横,就是怠职!"

"你太没礼貌了。"

三云丢出这句话,便将拿在手中的惠的申请书撕成了两半。

"你做什么?!"

"在柜台做出破坏、骚扰行为或恐吓、中伤职员者,请立刻离开。"

"慢、慢着!你刚才不是说我是第三者吗?那为什么要撕惠婆婆的申请书!什么都是你在说!"

利根的老毛病就是说话的同时也一起动手。他站起来,隔着柜台抓住三云的胸口。

"你认真点审查行不行？"

"来人啊！来人啊！"

警卫和柜台内的其他职员听到三云的声音凑过来，转眼间利根就被人从背后架住。一旦对职员动手，无论有什么理由都不管用，利根和惠被赶出了大厅。

"都怪我不好，惠婆婆，对不起。"

被强制赶出区公所后，利根低头道歉。自己放话说要帮忙，结果却帮了倒忙。

惠虚弱地笑着摇头。

"没关系啦，胜久，你别放在心上。你是为了我才凶他们的啊。"

利根在更加感到抱歉的同时，对窗口人员的处理态度火冒三丈。

"他们那些人，一定都是那样就在窗口把申请挡回去的。"

"会吗……？"

"国家要收税金，说收就收；要付钱的时候，不申请就拿不到。要申请，还把申请书弄得那么麻烦，让人很难申请。"

和惠走了一阵子，利根虽愤恨未消，却也大大后悔。自己气社会保障行政、气窗口人员的态度，都帮不了惠。现在应该想的，不是向福利保健事务所或窗口负责人讨回公道，而是如何才能让惠通过申请。

"现在我们知道福利保健事务所拒绝申请的理由了。只要让他们同意远在他乡的弟弟没办法资助你就好了。"

"是吗……"

"是的。他们的心也不是铁打的。今天是因为我在,碍了事,只能由惠婆婆自己去跟他们讲明白了。"

利根边说边把一份新的申请书交给惠。这是他临被赶出区公所时拿的。

"现在是两次没过,但俗话说'事不过三'嘛。我们这就回家一起写申请书吧。"

"已经第三次了,一下就能写好的。"

其实,无论惠如何陈情,利根对福利保健事务所会不会核准也没有把握。但人心总是肉长的,他相信他们不会让如此形容枯槁的老人连吃三次闭门羹。要是这样还是不行,那么也许最好考虑把惠接过来。

利根把申请书给了惠,和她道别。

这是他最后一次看到活着的惠。远岛惠在三周后——2007年12月6日——被发现死于家中。

死因是饿死。

是官官通知他7日的报纸报道了惠的死讯。当时,利根奉命到札幌出差,无法与没有电话的惠联络。

他实在无法相信，但脑海的一隅也感到，他一直害怕的预感应验了。

后悔与自责、悲愤与冲击在利根心中翻腾，根本顾不上思考。

刚到连栋屋，只见惠家四周被黄色胶带封锁了。官官泫然欲泣地站在门前。

一看到利根，官官便扑进他怀里，脸埋在他胸口，闷声哭了。

利根这才终于意识到，惠的死是事实。

"是……是隔壁的渊田先生发现的……说里面传出来的味道臭得不得了，进去抱怨……"

所以门一样没锁吗？

"发现惠婆婆……看起来实在不像活人，就叫了警察……"

"听说是饿死的？"

"是警察说的。说已经被停水好几天了。"

可恶！

利根握紧拳头。要不是官官紧紧拽着他，他就要不顾一切乱打一气了。

"惠婆婆现在在哪里？"

"应该是在盐釜的警署。"

利根转身要去警署，官官说他也要去。虽然不常在一起了，但在利根心里官官仍是家人,所以没有拒绝。

两人向盐釜警署的人解释了一下,没想到对方轻而易举便让他们去看死者了。想必是因为惠没有任何称得上亲人的人吧。

利根和官官被领到太平间看惠的遗体。

惠的身体宛如枯木。皮肤变成茶色,肌肉和脂肪全都没了,头发好像一碰就会脱落。

面孔简直像不认识的人,脸颊和眼窝深陷,发黑的嘴唇皲裂得很厉害。

"据检视官说,不吃不喝的状态持续了约十天。如果只是不吃还好,但连续十天没水喝,一定会死。"

同行的警察难过地解释给他们听。

官官再也忍不住了,紧抓着惠的尸身开始呜咽。

利根看着他,一步也动不了,懊悔和无力感贯穿全身。

"解剖之后,从她的胃里取出了一大堆面巾纸。一定是没有别的东西可以吃了。"

听着警察的说明,利根只觉得胸口好紧,呼吸困难。临死之前只有面巾纸可吃,吃着吃着口渴了,却连润喉的水都没有。嘴唇皲裂就是这个缘故。

"……没有得到生活保护吗?"

"好像是申请了。保护驳回通知就掉在她本人卧倒的地方附近。"

申请是受理了，结果却被驳回。

看到决定通知书时，惠有多失落、多绝望，光是想象就令人心惊胆寒。

"要是因为得不到生活保护而饿死，能对福利保健事务所问什么罪？"

"对福利保健事务所吗？不可能，不可能。有通知书，就表示审核过她的申请。民众不能介入审查，而且也不可能以任一申请者未获社会保障制度这个理由就起诉相关人员。核准申请是他们的工作，驳回也同样是他们的工作。"

警察说，无亲无故的死者在焚化后，将埋葬于无名氏墓地，费用由税金支出。这一点让利根感到无比讽刺。申请不到的生活保护费和焚化、埋葬尸体的费用一样都是税金。既然如此，为什么不肯把预算用在让人活下去的这边？

官官还在哭。

利根有点羡慕。他目前的状态还无法那样哭泣，因为愤怒自内心深处一拥而上，他必须用尽全部心力才压抑得住。

福利保健事务所所做的事竟然无法问罪。

既然如此，就由我来惩治他们。

第二天，12月8日，利根在区公所服务时间开始的上午九时许，闯入了盐釜福利保健事务所。

排队根本不在考虑之内。他推开在场的申请者,直奔柜台。坐在窗口的同样是上次的三云。

"你要做什么?请依照顺序排队。"

"我是远岛惠的亲人。你忘了吗?"

"你不是亲人吧。"

"惠婆婆死了。事情上了报。"

看来三云并不知道,显得很吃惊。

"病逝的?"

三云完全置身事外的口吻更加刺激了利根的神经。

"是饿死的!因为得不到生活保护,连水也被停了,饿死的!"

压抑至今的怒火和暴戾之气一齐爆发了。利根跳上柜台,一把抓住三云的胸口。

"是你们害死惠婆婆的!"

"这是你存心找碴儿。我们是依据规定办公的!"

"你们的规定,是规定如何对穷人见死不救吗!是规定如何不把税金用在人民身上吗!"

"税、税金是国家的资产,要公平、公正地用在人民身上。"

意思是,惠得不到生活保护是公正的判断吗!

砰。

这次,手动得比脑子还快。利根的拳头直接打在三云脸颊上。

哪里公平、哪里公正了？！

他朝着几乎毫无抵抗之力的三云的脸猛打。每次挥拳，都觉得自己的罪少了一分。

"还不住手！"

利根的手突然被拉住了，一个从里面赶出来的上司模样的人来劝架，他胸前别着"城之内猛留"的名牌。利根条件反射般地挥动另一只手，左拳找上城之内的鼻尖。

在骨肉碎裂的触感中，城之内的鼻子夸张地喷了血。

其他职员也全都扑上来，但利根敏捷地从他们的手中钻出来，在千钧一发之际脱离了区公所。

虽然教训了三云和城之内，但利根的怒火当然不可能就此平息。毕竟惠是被他们害死的。而那些厌恶地甩开她拼命求救的手的人，却在暖气充足的办公室里悠哉地办公。

仿佛惠根本不曾存在。

仿佛自己一点错都没有的样子。

利根并不想再去打人。但如果不采取其他报复，惠就太可怜了。他想代替再也不能出气、再也不能投诉的惠，把伤口刻在他们心头。

想让他们尝尝在这么冷的天气，没有暖气、在寒风中发抖的滋味。

晚间十一点刚过，利根来到福利保健事务所所在的区公所附近。路上没有人，不会有人来盘查自己。但利根还是张望着四周进去了。

利根绕到后方，便立刻看到垃圾场。暗夜之下，垃圾袋依旧是白的，应该是碎纸机的垃圾吧。

利根朝其中一袋伸出手，解开了结。里面果然是满满的碎纸。

往口袋里掏摸，他摸到了百元打火机。大概一年前，利根随意走进一家小钢珠店，机台的钉子看起来很容易中奖，他便买了五百元的珠子试玩，结果玩了很久。这个打火机就是当时的奖品之一。

几乎没有风，正好。利根点着了一部分的碎纸，加上本来空气就很干燥，火瞬间就烧了起来，转眼便熔化了塑料袋。

垃圾从塑料袋熔化的地方掉出来，替火苗开了道。短短数分钟内，垃圾便燃起了火焰。

利根确定火势已成，便转身跑出区公所。无论火势再大，四周都没有可燃物，所以没有爆炸的可能。隔着大马路就有很多住家。火势一大，居民一定很快就会发现、通报吧。反正他也知道大楼不会被整个烧光。他也不打算整个烧光。

红艳艳的火舌朝着漆黑的天空往上爬。

# 恩怨到头

# 1

担任利根观护志工的栃谷贞三据说是退休的警界前辈,笘筱和莲田拜访其位于仙台市内的住家时,也感觉得出是自己人。

"县警搜查一课的笘筱先生和莲田先生,是吗?"

尽管已是迟暮之年,栃谷也曾是对付凶恶犯的刑警。一听到两人所属的单位,似乎便瞬间察觉了来意。

"利根做了什么吗?由搜查一课的刑警出动,那就不是诈骗或盗窃了。"

莲田送来别有意味的眼神。虽是警界前辈,但身为观护志工就是站在假释犯那边的人了。这眼神是在问可以透露多少。

这种时候,笘筱会将负面因素也用来作为谈判的筹码。

"不,现在还没有确定他做了什么。"

"所以是嫌犯之一吗?"

"这个嘛,是的。但幸好栃谷先生是我们的前辈。"

"怎么说?"

"既然您曾经戴过警徽,应该比一般民众更能理解我们的工作。想必您不会因为身为观护志工便藏匿利根的消息。"

"好个狗眼看人低的说法啊。"

栉谷毫不隐藏他的不悦。这份率直，对笘篠而言也是绝佳材料。如此直接表露感情的人，是最好的询问对象。

然而栉谷也不是个任凭别人看低的角色。

"我的确干了多年的警察，也对职业有一定的情怀，但我已经退休了。就算是老东家，也不至于到现在还拿情义套交情吧。"

"观护志工的任务是透过保护观察更生人，防止其再犯，不是吗？其中应该也包含与警方密切合作才对。"

"不能忘记尽早协助其重回社会的目的。我不是吝于向你们提供情报，只是你们也得说明需要情报的原委。"

所以要give and take[1]吗？

对一个已经回归一般民众身份的人泄露办案机密，事后一定会出问题。在这种状况下，栉谷的警界前辈背景也不是什么有效的免罪符。因此，栉谷的要求无法照单全收。换句话说，只能以话术和谈判技巧来钓出情报。

"彼此交换情报如何？条件是，绝对不说假话。"

"可以。"

"那么我先开始。现在，利根胜久被列为两起谋杀案的参考人。有必要请他本人提出不在场证明。"

"两起谋杀案，这么说死者之间是有关联的了？"

"一次回答一个问题。那么，现在换我来问。您现在和利根

---

1 give and take：利益互换，此处指笘篠等人与栉谷交换情报。

联络不上了,那么他目前在哪里工作?"

"我听他说,他被建设公司录取,目前是在荻滨港那边做搬运的工作。"

"第二个问题。我们找利根,是因为他与死者之间有接点,并不是有证据指向他。那么,他找到工作之前,是在府上暂居吧。他有手机吗?"

"没有……我本来想,他找到工作后应该会需要,要买一台给他的。不过他被建设公司录取以后,曾跟我联络说朋友借了他一台手机。"

"第三个问题。利根与死者的接点要追溯到过去。那么,请您告诉我,您与他中断联络的经过。"

"交给我们照顾的人,我们必须定期关心其状况。我打了他给我的手机号码,却没人接。去问公司,对方反而抱怨他两天前就无故旷工。"

笘篠再次望进栉谷的双眼。要看穿一个老人——而且是警界前辈——的谎言并不容易,但笘篠选择姑且相信栉谷的话。

"栉谷先生,这个问题不是情报交换,所以不用管交换条件。我要请问的不是观护志工,而是退休警官栉谷贞三先生。您认为利根胜久有再犯罪的可能吗?或者您认为他已经重新做人了?"

被问到的栉谷仍旧露出不悦的神情。

"不是我要说,这实在不该是一个现任刑警该问的问题。本来再犯罪的可能和是否已重新做人就是两个问题。"

笘篠一时之间难以明白他的意思。

"不去碰轻狂莽撞的事和接近犯罪的事，认真工作，每天勤勤恳恳地过——说这叫重新做人应该没错。照这个说法，利根确实是重新做人了。不，我想他的个性本来就是这样。这件事和再犯罪什么的是两回事。我不是只针对有前科的人，就算过着普通日子的普通人，也会阴错阳差着了魔，然后犯下罪。有前科和没有前科的差别只在于门槛的高低而已。"

这不是让人劈头否认性善说。不愧是多年来担任观护志工、看过许多更生人的人才有的真知灼见。

"为保险起见，我们得向您要几根利根的毛发。"

笘篠命莲田去利根用过的寝具上找。只消将一个枕头套翻过来，要采集一两根头发应该不成问题。若是与三云和城之内的监禁地点采集到的任何不明毛发一致，便是利根曾经在场的有力物证。

"话说回来，栉谷先生。既然他曾在这里暂住，那么想必要利用公共交通、在外饮食，当然也需要一些现金吧。但利根却没有固定的职业。"

"他会去打单日的零工。"

"您没有借他一些钱吗？"

"我要借利根多少钱是我的事。"

"我们没有责怪您的意思。只是，金钱上的借贷关系是建立在彼此的信赖关系上的，而且是借了他就当成是送他的关系。您对利根的偏爱显然超过了观护志工的立场。"

在笘篠的注视下，枥谷微微垂下眼。

"利根是个认真老实，懂得别人伤痛的人。"

"既然如此，请您帮助我们，不要让他再继续加重罪行。您还知道些什么？"

听了笘篠这一串话，枥谷皱着眉头，露出苦涩之色。

"笘篠先生，我当刑警的时候也常用这种手法，这种初级的、肤浅的手法。"

"我也这么认为。初级又肤浅，所以运用范围才广，也更容易打动对方的心。您应该也知道的。可能会去冒险的人由警方看着才是最安全的。"

枥谷瞪了笘篠好一会儿，最后泄了气般叹气。

"假设利根真是凶手好了。一个假释犯杀了人，杀两个和杀三个还不是一样？这样你怎么能说他安全？"

"不是人数的问题。无论状况如何，我们都能将他从最糟的状态中救出来。"

枥谷再度陷入沉默，但这次的沉默并不长。

"……听他说朋友借他手机的时候，我当然问了对方的名字。因为手机不是可以随便借人的东西。他说，借他的人姓五代。"

才刚出狱的人不太可能很快就交到新朋友。能够轻易将空头手机给人，那么十有八九是在墙里认识的人。这样警方也就查得到了。

笘篠他们临走之际，枥谷有点啰唆地再三强调：

"我至今接收过很多更生人，利根是真的很认真老实。我想你应该能明白的，笘篠先生，很多人往往因为个性认真才会犯罪。"

"但是，他被起诉的罪名是暴力和纵火啊。"

"那一定是有缘故的。"

枥谷神情恳切，那是父亲才有的神情。

回到项目小组，他们开始搜寻与利根同一时期收监于宫城刑务所的出狱者中有无姓五代的人。这是相对轻松的工作。

五代良则，三十六岁，现任"调查帝国"这家公司的代表。公司的名字就很可疑。应该做的也不是什么正派生意——笘篠这么想道，与莲田一同前往利根目前任职之处。

枥谷所说的利根目前任职之处，是荻滨港附近一家叫作"大牧建设"的公司，办公室和员工宿舍就在港边。所谓的员工宿舍是极其简陋的建筑，空间也很小。

他们来到办公室，告知来意后，一个姓碓井的工地主任出面。碓井五十来岁，头发花白，隔着工作服也看得出肌肉强健，但相貌却极其温厚。

"利根是三天前开始旷工的。时间到了却没到工地，我就去宿舍想把他叫起来，但房里一个人都没有。"

碓井一脸有怨无处诉的样子。

"以前曾经发生过类似的情形吗？"

"没有。他没有工地的经验，好像很不习惯，但工作态度很认真。像这样无故旷工的事从来没发生过。"

"他有没有提过要去哪里，或是要去找谁？"

"这我就没听说了。利根很少跟同事一起去吃饭、喝酒，我也没听说他跟哪个同事特别熟。"

碓井惭愧地垂下头。

"工地这里知道他有前科的，就只有我一个。他当初到底做了什么啊？"

从他的样子，可以想象利根在职场上受的是什么样的待遇。且不管前科，他与生俱来的认真老实受到赏识，主管对他也是相当器重的。

笘篠不提利根的嫌疑，请他带自己去看利根的房间。这个每走一步，地板都"吱吱"作响的两层楼建筑，虽然有空调，但两坪一间的房间，人躺下去大概就满了。

"好空啊。"

用不着莲田特地说，里面只放着最基本的生活必需品。两人联手找，却找不到利根曾收集三云和城之内相关资料的痕迹，只采集到粘在利根被窝里的毛发。

离开宿舍之后，笘篠和莲田开车前往五代的公司所在的多贺城市。

五代的公司是复合式大楼的其中一个房间。一楼所挂的楼层标识上，唯有"调查帝国"闪着庸俗的金光，仿佛展示着代表人五代的为人。

五代良则给人的第一印象，说好听是外向，说难听点就是轻佻，与笘篠从公司招牌中得到的感觉相去不远。

"哦，搜查一课的刑警先生找我有什么事呢？"

"要二课或组对你才会满意吗？"

"哪里，也不是那样啦。"

五代老油条似的笑着，带两人进会客室。没有无谓的敌意，可见他很聪明。

"'调查帝国'吗？我不学无术，可以请你告诉我吗？你这家公司做的到底是什么生意？"

"简单地说，就是卖名单的。"

五代大言不惭地说。姑且不论取得资料的途径，卖名单本身并不违法。就算经手的是个人资料，只要依照当事人提出的删除要求（选择退出）来行事，便可提供或贩卖给第三者。

然而，第三者能从正当渠道得到的个人资料根本不值钱。被称为名单中介的从业者绝大多数都会再加以整理，将信息分类以商品化。

个人资料当中有价值的,进价当然高,取得渠道也大多是违法的。只不过进货的从业者自然会撇清,推说是提供者的问题。

笘篠仔细观察了会客用的沙发,是真皮的高档货。

"看来你境况挺不错的嘛。"

"这就证明了世人开始认清个人资料这个东西的价值了。所以像我们这种微型企业也才有商机。"

这多半是他的真心话吧。五代颇为得意地搔搔鼻尖。

"你还记得在宫城监狱的利根胜久吧?他应该跟你一起待了五年。"

"记得,那是我少数的狱友之一。"

"哦,在那种地方不是应该有更多朋友吗?"

"怎么可能,我也是有权利择友的。"

五代一副"别小看人"的语气,倒激起了笘篠一些兴趣。

"能不能说说你择友的标准?"

"第一是认真,第二还是认真,和脑子好不好、是帅哥还是宅男、懂不懂得钻营都无关。顺带一提,我想交的朋友,和想跟对方成为生意伙伴是同样的意思。"

"认真是这么值得赞赏的要素吗?"

"当然啊!无论是公务员还是黑道人员,认真的人在质疑命令和指示的内容之前,会先努力执行。要是想扩大组织,追求业绩，就要聘请认真的人。成长速度惊人的新兴团体情况也差不多，看就知道了。他们的成员绝大多数都是认真的人。"

笘篠不禁听出了兴趣。利根是个认真老实的人，这一点桉谷也说过，但认真的价值观如此因人而异，倒是出乎笘篠意料。

"换句话说，利根也很认真？"

"也不是，在利根身上意思有点不同。"

五代轻浮的语气中出现了一丝厚重。

"利根确实是很认真，也确实是好用的人才，但他不只是这样而已。怎么说呢，有他在身边就能放心。"

"放心？"

"不管自己多偏离轨道，有利根就能修正……说是罗盘，会不会太夸张啊？"

"恕我直言……"

"你是要说，黑道还谈什么离轨，对吧？刑警先生，流氓和混混里也是有正派的人和不正派的人。应该是说，无论改做哪一行，那份正派就是不会消失。利根就是有这种正派。所以无论是在里面还是出来以后，和他说话就是轻松愉快。"

"你的意思是，利根不是工具？"

"如果当他是工具，一定也是很好用的工具。总之，他对我来说是这样一个人。"

五代话说得虽轻浮，谈到利根时却有一定的热度。笘篠认为这个部分或许可以相信。

"给了他空头手机的是你吗？"

"手机？哦，因为他没有啊。以后要联络什么事也不能没有手机，我就给了他一台。我说，刑警先生，这年头拥有空头手机，把空头手机送人，也不构成犯罪吧？如果您只是要谈这些，就请回吧！"

"要是你以为手机是空头的就什么都查不出来，那就大错特错了。你给他手机，是为了通知他某个人的消息吧？"

"这全都是刑警先生的想象。"

"不是想象，是经验法则。而且通常不会错。"

"那我真是有眼不识泰山啊。"

"你知道利根是因为什么罪服刑的吗？"

"我记得好像是打了两个福利保健事务所的职员，然后跑到区公所纵火吗？"

"那两个人都遇害了。"

五代的脸色骤变。

"五代先生，你刚才说利根不是工具，是吧。既然如此，你告诉我，利根盯上了谁，到哪里去了？"

"哎哟哟，我也是有沉默权的。"

"刚出狱的利根着了魔似的犯案，若是你，对其中的缘由也略知一二吧？"

五代看着笘篠不开口,像是在观察,好探出笘篠的真意。

"要是不加以阻止,利根必定会犯下第三起命案。你也不希望利根的立场变得更糟吧。会悔罪的人才会重新做人。不然我问你,利根在里面的时候对自己所做的事后悔吗?如果不后悔,一定会重蹈覆辙。"

仔细盯着这边的五代忽然笑了。

"刑警先生,我回答你这个问题。利根即使被送进牢里也没后悔。他的态度是,自己的行为虽是犯罪却是正当的,所以他才甘愿坐牢。利根现在也是在做他相信的事而已,我想。"

五代露出冷笑说。原来如此,既然是思想犯的一种,阻止也没用,是这个意思吗?

笘篠采取突袭战略。

"上崎岳大。"

一听到这个名字,五代的表情就僵了。

"你果然有反应。他是遇害那两人的前上司,所以我们锁定了他,看来我们没有猜错。"

"前上司。光是这样就锁定他吗?"

"因为这是两名死者的共同点。利根闹事时的笔录上没有提到上崎的名字,说不定就是故意不说,好等出狱后算账。"

"他不是这个意思。"

五代的语气变了。

"利根对他打了那两个人又放火烧区公所的动机是怎么说的？"

"他为了一个名叫远岛惠的朋友请领生活保护的事去盐釜福利保健事务所抗议。在那里打了出面处理的两个人，这样还不够解气，就放了火……不是这样吗？"

"在里面他也是这么跟我说的。闹事的时候，利根才二十出头。我以为是因为他血气方刚，下手不知轻重。可是呢，他出来以后好像还是放不下以前的事，我就去查了一下。刑警先生，这些你知道吗？"

谈话的风向变了。

"你是说笔录上的记录之外的理由？但是，就是因为有那份笔录，利根才被正式起诉、判刑的啊。"

"是检方隐藏了真正的动机。因为公开了显然对他们不利，我可是花了不少工夫才查到的。我想盐釜福利保健事务所拿出全部资料的时候一定一千一万个不愿意吧？"

五代的话句句都说中了。盐釜福利保健事务所的态度，说得再委婉都算不上配合。

"我不清楚为什么动机没有全部写在笔录里。但只有少数内行人才知道，当时盐釜署署长和盐釜福利保健事务所的上崎所长交情匪浅。"

"所以你是说，利根供述的内容对盐釜福利保健事务所不利？"

"反正隐瞒了部分动机也不影响利根的罪状。既然如此，没有必要刻意让一些对上面不利的事情暴露出来。检方应该是这样判断的吧？这种事常有啊。"

五代说得一副久历江湖的样子，笘篠却得努力才能维持冷静。莲田似乎也一样，毫不掩饰他的困惑。

"利根真正的动机是什么？"

"问这做什么呢？问了就会放过利根吗？"

"放是不能放的，但逮捕后的待遇可能有所不同。"

笘篠正面直视五代。

"你想救利根吗？"

"救得了的话是很想救，他本来就不是个适合待在牢里的人。"

"那就告诉我。既然利根的动机有正当性，就没有必要隐瞒。"

"你要我怎么相信你的话？你和盐釜署的刑警又有什么不同？"

"这次的案子已经死了两个人了。这么重大的案子一旦成为悬案，你知道有多少人会丢饭碗？我也逃不掉。有哪个傻瓜会拿自己的饭碗来保区区辖区，而且是八年前的丑闻？"

五代的眼睛狡狯地闪烁着。想来是在脑海中飞快盘算吧。

"那么，你愿意公开盐釜署隐瞒的事啰？"

"不在笔录里陈述就无法证明动机，那就无法提起公诉了。"

"好吧，既然如此，我就告诉你。而且，我也觉得你应该值得信任。"

于是五代说出了八年前的事。

五代的话，给笘篠带来不小的冲击。利根曾有个"家"一样的归属，由远岛惠扮演母亲的角色。双方没有血缘关系，难怪没有记录在正式的官方文件上，以及远岛惠的生活保护申请三度遭拒，最后活活饿死。

饿死。

笘篠不禁与莲田对望。

这就与三云和城之内为何以那种方式遭到杀害产生了联系。

"那是报仇吧。"

"没错。为了替远岛惠报仇，让那两人以同样的方式死去。"

五代听着两人的对话，露出嘲讽的笑容。

"把福利保健事务所的课长和县议员饿死？这报仇倒真是很符合他认真踏实的个性。"

虽然绝不是感到佩服，但笘篠也有同感。

"当时他们的职位分别是，三云担任窗口人员，城之内担任课长，上崎担任所长，对吧？"

"所长对申请核准与否握有生杀大权。若利根认为远岛惠是因为他的判断被饿死的，最后的目标当然会是上崎。杀害方式自然也不用问，一样是饿死。"

莲田好像发现了什么，对笘篠耳语道：

"可是笘篠先生，上崎去菲律宾旅游了，不在国内。"

"他要回国了。"

五代都听到了。

"警方对上崎有多少了解？"

"上崎自盐釜福利保健事务所退休后，担任了一些小单位的荣誉职务。"

"是啊，典型的退休官空降民间嘛。那，他现在在做什么？"

"应该没有特别做什么。菲律宾旅游也是同好团体的员工旅游……"

"是个叫'宫城名人俱乐部'的团体。"

五代话中带刺。

"简单地说，就是功成名就的人道貌岸然的社交场所。不过呢，他们非在那里道貌岸然可不是没有原因的。"

"你好像知道什么内幕啊。"

"俱乐部里有很多资本家，我们也承办过那里的名册。真是败絮其中。"

五代的嘴唇嘲讽地扬起。

"他们退休后过着逍遥自在的日子，但下半身还生龙活虎，又有大把的钱可以挥霍。这么一来，只会做一件事。但毕竟大家都是名人士绅，总不能就近纵情欢乐，所以就组团到国外旅行。俱乐部的名称就是一股浓浓的色情味。命名真是老人味十足，毫无品位可言。"

"……所以是买春团吗？可是我们询问的结果是，他们一团应该是下周才回国。"

这是莲田向旅行社确认过的,消息确凿。五代还是没有停止不怀好意的笑容。

"火烧屁股啦!喏,电视新闻不是最近才报道过现任校长和议员什么的跑到菲律宾买春吗?所以当地警察就积极起来。"

原来嘲讽的笑容是针对那些色老头吗?

"且不说赚外汇这种事,没有哪个国家会喜欢'买春天堂'这种名声,所以菲律宾开始瞄准为买春而来的观光客。'宫城名人俱乐部'就是因此紧急缩短行程,提早回国。"

竟然连这些都查出来了——笘篠暗自佩服,五代似乎看出他的心思,露出有些自豪的笑容。

"术业有专攻嘛。我有朋友在当地兼做那方面的中介,消息来得也快。"

"那么上崎什么时候回国?"

从马尼拉到仙台必须转机。只要知道是哪一班飞机,就能在仙台机场守株待兔。要是利根会去,当场逮人也不无可能。

"若是刑警先生有所期待,那就抱歉了,我只知道是预定明天回国,哪一班飞机我就不清楚了。毕竟是临时更改行程的嘛。这方面,我想由警方洽询机场会比较快。"

五代忍不住愉快地轻声笑了。

"当场抓住利根是刑警先生的工作,但就地逮捕一群下半身还热气腾腾的老先生，也是可能的嘛。我很期待，就麻烦刑警先生了。"

笘篠将得到的情报一五一十地向项目小组报告了。电话那头刑事部部长的声音听来十分振奋。

"预定十一月十二日回国是吧。好，这就向机场洽询。"

"请稍等。请问两个现场采集到利根的毛发了吗？"

"还没有收到鉴识的报告。毕竟里面有兽毛，不明毛发不少，分析对照很花时间。"

"将利根列为重要参考人，纯粹是我个人的感觉。只有状况证据，还没有物证。这样还要逮人吗？而且，也没确切的证据证明利根会去机场。"

部署警力当然好，但要是利根没出现，就会白忙一场。笘篠担心届时的责任归咎，但刑事部部长的回答前所未有地爽快。

"不用担无谓的心。我可不会傻傻白忙一场。我打算与菲律宾警方合作来检举买春团团员。这么一来，万一没逮到利根，绑了有辱国家颜面的色老头，部署警力就能交代得过去了。"

意思是绝对不肯吃亏吗——这倒是很有那位部长的风格，手段精明老练。

通完电话，笘篠让莲田将车停在路肩。

"怎么了吗？不是要回县警本部？"

"和菲律宾警方交涉是县警本部长和东云管理官的工作。仙台机场就交给部长安排。"

"话是没错啦。"

"那你觉得我们可以做些什么？"

莲田愣住，一脸茫然。

"你觉得五代全部知情吗？"

"不就是因为知情才告诉了笘篠先生吗？"

"我不是这个意思。首先，利根不可能向五代坦白一切。就连远岛惠的事，五代也说是他自己查出来的，不是吗？这就表示，利根很可能还有别的事没有告诉五代。"

笘篠边说边回想起五代的样貌。试想如果自己是利根，是否会对他毫不隐瞒地吐露一切——不行，五代虽然可靠，却不是个值得信任的人。他肯定是很能干，却无法让人安心托付自己的性命。

"没告诉五代的事……他当然不会说是他杀了三云和城之内吧。难道笘篠先生对'利根是凶手'的推论有所怀疑吗？"

"不是的。观护志工栂谷先生和五代都说利根是个认真老实的人。这种人在图谋杀害一个人的时候，会在绑架之后立刻下手吗？你想想三云和城之内的案子。"

莲田显然大吃一惊。

"监禁场所吗?"

"不光是这个。准备绑缚的工具、计划如何搬运、事先勘察,光是这些就需要好几天。"

"他现在正躲起来准备……"

"没错,也有可能会放烟幕弹。上崎会搭哪一班飞机回国,利根无从调查。虽然他也有可能一整天都候在机场,但等上崎回到自己家门前再绑架更确定。"

"可是他家也配备警力了啊。"

"那等警卫松懈再动手就行了。你忘了吗?上崎现在独居,而且是个老人。这些都是从住家绑架的有利条件。"

老实说,刚才刑事部部长的话真是顺水推舟。既然无论如何都要有交代,那么就由笘篠他们来针对利根没有前往机场的状况另做准备。

"监禁三云和城之内的地方有共同点。首先,很少有人经过。其次,四周没有监控摄像机。利根最近才刚出狱,所知的地点有限。我们列出几个他可能会去的地方,先下手为强。要是我们自己无法全部涵盖,就请求支援。枛谷家和'调查帝国'四周当然也要投入人力。"

笘篠立刻向项目小组提出这个建议,东云也同意依照这个方针来办。一得到首肯,笘篠便命莲田再次前往枛谷家。

"你是说利根会再回那里?"

"不，利根刚出狱，比较熟悉的地方应该就是栃谷家附近了。我想确定那边有没有符合条件的场所。"

"三云的尸体是在若林区荒井香取被发现的，城之内是高森山公园，这两处就都是利根熟悉的地方。会不会是他在纵火被捕之前去过啊？"

"看来有必要清查利根过去的生活经历。这部分就交给部长安排。总之，我们从能排除的地方一一排除。"

开车到栃谷家附近，笘篠仔细看车上的导航屏幕。这附近沿路上虽有零星民宅，后方却是一大片杂木林。若是有小屋，就会是绝佳的监禁场所。

利根二十岁时考取了汽车驾照。驾照虽然在服刑期间过期了，但只要开赃车，就能将掳来的人带至监禁场所。

笘篠向刑事部部长报告时，也提及了这个可能性。此刻他们应该正在查询县内失窃车辆。

如此一来，能撒的网全都撒下了。再来就只需等利根上网。

不，真是如此吗？

难道没有遗漏什么吗？

笘篠一边紧盯着导航看，一边再三问自己。

"要不要去访查附近人家这一带有没有小屋之类的建筑？如果连附近的人都不知道，来这里日子很短的利根应该也不会知道。"

"就这么办。"

笘篠采取莲田的提议，两人一户户拜访民宅。或许是近来从事林业和在杂木林中工作的人都变少了，一直没有遇见能够明确说出有无小屋的人。笘篠心中越发不安。

笘篠不断思索着不安从何而来。随即他蓦地明白了。

原来是自己开始对利根产生某种同理心了。

## 2

上崎岳大将于11月12日回国——利根在8日接到了五代的通知。

利根花了好几天查，连是生是死都查不出，更遑论住处，五代却连预定回国的日期都查出来了。所以是内行人才懂门道吗？

然而，接下来的事就连五代也没办法了。上崎岳大12日会抵达仙台机场，但搭的是几点的哪一班飞机，就凭五代的调查能力也查不出来。看来，只好一早就在机场埋伏，在入境大门口等了。

话说回来，气人的是上崎出国的目的，偏偏是买春团。什么"宫城名人俱乐部"啊！取个高尚的名字，做出来的行为却是有违人道。但这些猪狗不如的人在地方上却被视为名士，奉为上宾。地方上的愚民要是知道了上崎的真面目，真不知会是什么表情。

利根回想在监狱里学到的一些事。

没有任何学校比监狱更贴近社会。因为不是死刑犯，一群人聚在一起就大谈自己的前科和"辉煌史"。其中也有不足为信的，但大多数都是前辈的犯罪学座谈。讲师构思下次的犯罪倾向和对策，而听讲生则是将失败的例子铭记于心，增进自己的技巧。这种地方号称是更生设施实在可笑，根本适得其反。要是真的有心让走上歧路的人改过向善，让他们与好人为伍才是正道。

总之，利根也以听讲生的身份参加了不少座谈。在"难能可贵的课堂"上学到了人命的轻贱。杀了一个人，只要不是理由太夸张，绝对不会被判处死刑。换句话说，只要做好人生中有几年要在监狱学校住校的心理准备，杀人这个工作一点也不会不划算。如果对象是上崎那种猪狗不如的畜生，甚至反而是功在社稷，普度众生。

利根不是不知道，饿死远岛惠的不是某个人，而是盐釜福利保健事务所的方针政策。

但实际上，论起驳回生活保护申请的人，就是负责窗口的三云、课长城之内，以及当时的所长上崎。他们当中只要有一个人肯核准申请，惠应该就不至于那么凄惨。一这么想，对那三人的憎恨便在他心中沸腾。

被关进宫城监狱之后他常会想，无论是死刑犯还是一般囚犯，只要还活在狱中，就是由税金供养的。而另一方面，救助像惠这样的穷人的钱款，同样来自税收。

入狱之后利根深切感受到，受刑人中其实有不少人实在没有道理以公家资金来养活。他们以凌辱女人并反刍她们的尖叫泪水为乐，互相炫耀强抢的金额总数，吹捧杀人、伤人那一瞬间的快感。这些人服刑期满放出去肯定会再犯。

另一方面，有些人若没有公家的接济，连日子都过不下去，成为社会负担的亏欠和内疚让他们对申请生活保护踌躇再三。他们受到奉命削减生活保护费的公务员无情的对待，也只能隐忍。

用来养一群明知会再犯的犯人的，和不愿拿出来救济人微言轻的穷人的，同样都是税金。法律和扭曲的信条保护了不值得保护的人，却对非保护不可的人视而不见。

利根极为愤慨，这是多么不合理！收入要纳税是国民应尽的义务，不得不缴，但既然缴了，国家同样也有义务将这些征收来的税金以最合理的金额发放到最合理的地方才对。或者，他们相信穷人该受保护的顺位还在监狱里的罪犯之下？

利根越想越无法接受，于是憎恶痛恨的矛头又指向那三人。就算是省政府的命令，但直接面对申请生活保护者的是他们。只要其中有一个人拿出身为人的人性，惠就不会饿死了——到头来害死她的仍旧是那三个人。

若要等上崎回国，利根也必须有所准备。准备工作并不是在港口劳动之余做得来的。

而且他不仅需要时间，也需要资金。然而，手头的资金因这几天的调查已几乎见底了。距离月底的发薪日还有三周以上的时间。

在工地与碓井擦身而过时，利根鼓起勇气问道：

"请问，能不能预支薪水？"

"你说什么？"

碓井的脸立刻垮下来。

"喂，今天才几号啊？你明明才来没多久。该不会都拿去赛马、赛艇输光了吧？"

"不是，我不赌，是临时有急用。"

"……是女人吗？"

利根懒得另外找借口，就随便附和几声。于是碓井似乎答应了，露出勉为其难的神色。

"我会帮你准备，你快去上工。"

碓井这个人说话、态度都很粗鲁，却也通情达理。想必是这个部分，让他成为一个深受作业员信赖的工地主任的吧。这样好像在利用碓井的好意，利根有些内疚，但世事不能两全。

利根搬完货回到办公室，等着他的碓井把一个信封推给他。

"拿去。"

一看，里面是数张一点折痕都没有的新钞。

"按规矩，预支不能给全额。你就先拿这些钱看着办吧。"

"谢谢。"

"明天起在工地可要多帮忙。"

碓井只留下这句话，便别过头走了。

目送这个有几分老大味道的男子离开，利根在心中暗自合掌致谢。明天起自己的作为非但不能多帮忙，反而会造成麻烦吧。怎么赔罪也不够，但现在他别无选择。

回到自己的房间，利根再次环顾室内。

一张小矮桌，一个坐垫，没有什么像样的家具，能提供娱乐的只有一台薄款电视，连一本杂志都没有。从这个房间只怕很难推测住在里面的人的性格吧，利根事不关己地想着。

房间会这么冷清，是因为利根没有什么私人物品。唯一的一台电视也不是为了娱乐或打发时间买的，而是想看新闻或节目会不会播出他要找的人。

和惠、官官一起生活的时候，他的物欲并没有这么淡薄，对汽车、摩托车等也感兴趣，会买成人杂志，也会想要买潮服、听好听的音乐。要是手头有余钱，一定也会尽情地买吧。他之所以没有这么做，唯一的原因就是穷。

但入狱之后他就变了，对女人、车子、衣服全都丧失兴趣，吃的东西只要不像呕吐物就无妨，音乐也是，已经漠然到只要不是噪声就不以为意的程度。

他自己分析，一定是因为失去了最重要的东西。最重要的没了，其余的有了也跟没有一样。无论买多少东西，也不过是补偿。正因为自己心知肚明，才不会产生物欲吧。

说到这儿，以前栉谷曾说：

"一个人摆在房间里的东西都是烦恼。"

意思是，一个人的欲望和执念会投射在东西上化为有形吧。若套用这句话，那么利根身上就看不到烦恼。

大错特错。

自己只有一个烦恼，一个巨大无比的烦恼。只是他藏起来不愿让别人看出来罢了。事实是，另一股热情代替了他所欠缺的物欲占据了房间。

此刻，他需要的是几天份的换洗衣物和现金，以及五代给他的手机。有这些就够了。

带着上崎回国前应准备的东西，利根再度环视房间。

他不禁惨然一笑。

即使把需要的东西全部带走，房间的样子也没有丝毫改变。也就是说，自己需要的东西真的少之又少。

利根背起装有换洗衣物的小背包，走出房间。他原以为对曾经住过的房间多少会有些留恋，却无感到连自己也惊讶。

走向大门时，利根与两个同事擦身而过，但他们两人对利根都没有做出任何反应。简直当他是空气。

这也难怪。利根虽然进了公司，却回避与同事接触。并不是因为讨厌他们，而是生怕自己往后的行为会给别人带来麻烦。

三云和城之内已死，最后换上崎——他不知道警方对于三人之间的关系掌握了多少，但当死者增为三人，可以肯定的是，焦点一定会聚集在利根的暴力、纵火案上。到时自然无法指望有平稳的生活。所以他早就料到无论如何这个工作都做不久。

他深深感到，执念真是个可怕的东西。政府也不愿照顾的一个老妇人之死，在八年后的今天仍成为祸殃。这只能以远岛惠的怨念仍在世间徘徊来解释了。

而背负着这份怨念的不是别人，是他自己。所以利根非离开这里不可，非舍弃平稳的生活不可。他对这家公司没有留恋，是因为使命感更强的关系吧。

在牢里，五代就取笑过他。

五代说，利根就是在一些莫名其妙的地方认真，所以会吃亏。以前听着没有什么感觉，如今却觉得果然有道理。利根早就认为五代这个人看人的眼光有独到之处，而他看自己也没有看错。

一走出公司宿舍的大门，强风就逼得他闭上眼睛。一到十一月中旬，风就开始刮人了。东北的冬天近在眼前。

利根关上公司宿舍的大门，面向正面轻轻行了一礼。这是最起码的礼貌。

出了宿舍，利根便搭电车前往仙台站。从仙台站换乘仙台机场线，二十五分钟就会抵达机场。当然，现在去了机场目标也不会出现，所以还是潜伏在仙台站附近比较安全。

利根抵达仙台站时，已经是晚间八点多了。要是深夜在车站四周徘徊，遇上警察盘问也麻烦，利根便决定找今晚的落脚地。

当然不能在公园露宿，但商务饭店又太贵。在车站前闲晃时，他看到了胶囊旅馆的招牌。

坐在柜台的是一个看起来二十多岁的年轻男子，但就一个旅馆从业人员而言，却给人轻浮之感。

"我想过夜。"

利根一问价钱，对方回答说是一晚两千元。那么住三晚就是六千元了。

利根也问了要办理什么手续。本来担心必须出示身份证，结果只要在住宿名簿上登记即可。他原先打算要是不得已就出示员工证，但对方说只要先付款就不必出示证件。利根当然不反对。他先付了一晚的钱，拿了房间的钥匙。

利根沿着柜台指示的走廊走去，不久便来到设置着左右两排双层胶囊舱房的地方。这里已经有好几名旅客，从走廊看过去，舱房仿佛是巨大的微波炉或宠物店的笼子。

利根很快便依钥匙上的号码找到了他的胶囊。那个房间是上层，下层已经有人了。下层的人不太友善地瞪了爬上楼梯的利根一眼。利根不愿让人留下印象，便不予理会进了胶囊。

胶囊的天花板自然很低，但以仰卧姿势抬起上半身也不会撞到头。床单很干净，和自己宿舍的房间相比，舒服很多。

利根枕着双手，躺在床上。虽不是训练，但他试着想象了见到那人时的行动。

他有把握，无论这八年那家伙变了多少都不会认错。本来就是为了见他，在牢里才那么勤奋工作的。

利根闭上眼睛，将男子的面孔刻在眼底。

第二天十一月九日，利根在饭店附近的便利商店买了便当，当作早餐。而后他来到街上，准备武器。

对方应该也记得利根，所以一照面自然会有所提防。完全可以想见他会激烈抵抗。为了不让他有机会抵抗，需要绑缚的工具。

最方便的还是绳子吧。封箱胶或透明胶带虽然在便利商店随手就买得到，却不牢靠。

尽管这些东西大可拿工地的，但想到这么做会更加亏欠迟早会被他连累的公司，利根便犹豫了。就是这种时候让他觉得自己真的莫名其妙地认真老实，可是违反自己天性的结果是自我厌恶，所以他也就决定乖乖顺从天性了。

在仙台站附近的商店街逛了一阵子，他终于找到一家杂货店。

"欢迎光临。"

收银员是一个与利根年纪相当的女子。环视空间不算大的店内，除了利根，只有一个看似主妇的女子和一个老人在挑选商品。

扫视货架，他很快便找到需要的东西。打包用的PP尼龙绳是三股绳，看起来很坚固，就算大人用力拉也扯不断吧。税前价八百一十元，物美价廉。

利根把PP尼龙绳放进购物篮，准备去结账时忽然又想：要绑住对方，光靠尼龙绳够吗？万一对方持刀怎么办？

利根转头去看店内有没有卖刀。相较于打包的相关商品，刀类商品品项丰富，从料理用的到户外用的应有尽有，琳琅满目。利根一一拿在手中端详时，觉得肩头有视线投过来。

一回头，收银的店员正以狐疑的眼神看着这边。这种事他遇过不知多少次。那是看陌生人或可疑人物的眼神。

利根轻轻把手中的商品放回原来的货架。

利根只买了尼龙绳就走出杂货店，又重拾刚才中断的思绪。在面对目标时，光靠捆绑到底够不够？除了绳子还需不需要别的？当对方打过来的时候，该如何应付才好？

虽然应该先备好一把电击棒，但接到五代联络的那一刻，利根的焦躁便率先发作，无法制订周密的计划。他深深感到自己实在不适合犯罪。

回想起来，让自己身陷囹圄的暴力和纵火也是如此。那时候只顾着对盐釜福利保健事务所的态度火冒三丈，不顾后果便行动了。结果利根必须在监狱里服刑八年,三云他们却只受了一点轻伤,火势也只是虚惊一场,建筑本身并没有什么损失。实际损伤只是如此,他却被判十年徒刑未免太重,五代听到这件事时笑惨了。

"俗话说,越老实越吃亏,利根简直是模板。你要知道,会做坏事的人并不是个个都聪明,也有像我这样一时失误的。可是呢,要是你所受的刑罚没有相应的反馈,那就叫作徒劳。"

利根本来深信法院会对被告的行为处以对等的惩罚,所以想法与他的观点完全颠倒。

"以我的立场或许没有资格这么说,但对犯人过度同情,或是反过来主张严刑峻法,那么社会就扭曲了。在一个健全的社会、健全的法院里,罪与罚必须是同等的。"

也许有人会斥之为歪理,但在利根心中却是一句很新鲜的话。他也认为法律之下的平等应该是这样的。

逼死远岛惠的三云、城之内和上崎所受的伤几近于零,与他们的罪孽深重相比,受到的处罚实在太轻。若照五代的说法,这三个人应该受的正当处罚唯有一死。

得加快脚步才行。

利根再度被焦躁驱赶着思索时,他感觉到背后充满恶意的视线。朝视线的方向看去,杂货店的女店员仍旧自店内对利根投以怀疑的目光。

不光是物色捆包用的绳索和刀具，而且自己的外貌恐怕也令人起疑吧，谁也不能保证起了疑心的店员不会直接去报警。这里是商店街，附近应该也有派出所。

利根小跑着离开那里。万一接到通报的巡逻警察来盘问，形势对自己不利。他无故旷工，更重要的是，现在正在假释中。这样一个人去物色绳子和刀具，任何一个警察都会加以警告。

他小跑着逃离。明知实际上并没有人在追捕自己，脚步却越来越快。明知一跑更加令人起疑，却不敢停下脚步。简直像逃犯一样。不，等警方循着三云和城之内的关系查到自己，整件事立刻就会败露。

几分钟便跑出了商店街，利根条件反射般地回头看，不见警察的身影，反而是人行道上来往的行人对他投以奇怪的目光。

利根若无其事地别过脸，尽量不让看到他的人留下印象。

突然好想吐，感觉才刚吃下肚的便当还没消化就要逆流了。利根背靠着旁边的大楼，仰起头。时间接近正午，低垂厚重的灰云透出淡淡的光。望着这片光景，呕吐之意渐渐消退。

利根自然而然骂了声"可恶"。

走在人行道上的行人有普通的生活，普通的目的，所以可以毫无戒心，悠然走在路上。

相较之下，自己又如何？痛恨仇人，怨自己为人处世不够圆滑，还在躲警察。在监狱里过了八年，来到外面还要受到这种待遇。五代说得对，认真老实的自己真的好吃亏。

算了。

利根短短吁了一口气，说服自己。这些类似恐怖分子的行为也只要忍耐三天。三天一过，利根就能回去过平稳的日子了。

问题是，会是什么样的平稳。

在实行计划前，利根必须准备捆绑工具，也必须策划好逮到目标后要带去哪里。

假设届时警方已经知道自己的存在，在栉谷家和公司附近只怕马上就会被发现。之所以想到潜伏在仙台站周边，原因之一也是想熟悉一下这一带。大都市里的"暗处"要多少有多少。正因为地处人口稠密之处，反而不引人注目。这样的悖论也成立。

这并不是利根自己想出来的，是他在监狱学校学到的。讲师里有个制作、贩卖盗版光盘的，据他说，要藏危险的东西，市区比郊外来得安全。因为越是大都市，人们对他人就越漠不关心，信息不易外泄，要撤回也很容易。有道理，越是郊外，移动方式就越有限，像利根这样没有车的人，在市区住要方便得多。

但利根很快就后悔了。

仙台站前的变化实在太快了，让他难以熟悉掌握。不，不只是仙台站前。市内的每个地方都已变了样，与八年前截然不同。

原因不用说，自然是地震与其后的重建事业。那不是因建筑老朽与新建案缓缓进行所造成的变迁，而是形同一天之内发生的破坏与建设。利根入狱之前对仙台市内的记忆完全派不上用场,简直就像来到一片陌生的土地。他原以为很快就能掌握车站前的地理概况,结果错得离谱。

他边走边想着接下来要怎么做时,背后忽然有人叫他。

"先生,请问一下。"

利根顿时屏住呼吸。一回头,是个骑在自行车上的巡警。

"你刚刚是不是去过杂货店?"

她果然报警了吗?一定是店员将利根的身形相貌告诉了警方。

"没有啊,不是我。"

"不好意思,我想占用一点时间和您谈谈。"

明明不可能谈谈就算了。

利根出其不意将巡警推倒。

巡警在突如其来的袭击下连人带车一起倒下。

自行车压在背上,无法立刻起身。

利根一转身,拔腿就跑。

"站住!"

巡警大叫,但谁理他啊!

这时候可不能逃到大马路上。利根沿来时的路折返,朝半路看到的岔路狂奔。那个巡警在这一带巡逻,肯定熟悉地形,但照理说,小路总比大马路难找。

前提是没误闯死巷。要是被逼进死胡同就插翅难飞了。

酒行旁边是一条勉强容一人通过的小路。利根刚刚经过的时候，瞥见尽头是另一侧的街景，所以起码路是通的。

一进小路，立刻有异味扑鼻而来。不知是不是醉汉或者游民在这里便溺，还是猫或老鼠死了，烂在这里。但总不能因为恶臭就停下脚步，利根往小路里钻。

"别跑！"

听来是刚才那个巡警在叫，但声音的来处有些距离。看来果然是花了一点时间才爬起来。

又不是通缉犯，只是盘问而已，就算逃走也不至于呼叫支援——利根是看准了这一点才逃的。

他穿过小路，果然来到另一条马路。这是一条窄窄的单行道。利根顾不得看左右来车便穿过马路，又钻进另一条窄巷。在途中左转，又在十字路口右转。连他自己都不知道跑向哪里，但追兵一定也一样吧。

在感觉长达数分钟、数十分钟的逃跑后，利根放慢了脚步。他警觉地观察四周的状况，感觉不到追兵靠近的动静。

总算甩掉了吗？

耳中听到自己的心跳声，利根匀了匀呼吸，往车站的方向走。待在这里，难保不会再碰见那个巡警，及早离开才是上策。

十一月十日上午七点四十分，利根离开了胶囊旅馆，直接前往仙台站。通勤的人潮已开始涌现,车站内处处都是黑压压的上班族和学生,仙台机场线的月台也一样,乘客排着队。

利根微低着头挤在队伍之中。在这样的人潮中,除非发布通缉重犯的戒严状态,应该不会有人来盘问自己吧。选择高峰时段的电车,正是因为怕引人注意。

昨天在街上被巡警追时,老实说感觉真是生不如死。若是一般人,不过就是拒绝警方盘问,笑一笑就算了,但对于曾经被警察拘捕、在监狱里行走坐卧无一不在狱警监管之下的利根而言,却足以重重唤醒心灵创伤。干脆去当黑道流氓吧,说不定对这种恐惧就会麻痹。但利根原则上是以重回社会为目标假释出狱的,就连警察的制服都是他害怕的对象。

再加上他身负使命,在完成计划之前绝对不能被捕。所以要是一个大意碰上警察,一切就都泡汤了。

利根喜欢人潮。只要不是奇装异服,一个人的特色就会埋没在人潮之中。没有人会注意到站在爆满电车里的男人有前科。

难道就不能这样融入人群,过谁也不会嫌弃自己的日子吗?

一下车,就有通道直通仙台机场。但今天利根直接走向出口。因为一眼看过去,视野一角就有警察。

在这里,利根也十分小心,不做任何引人注目的举动。但说实在的,他也不知道什么是不引人注目的举动。

以前没有前科的时候自己是什么样子,他已经不记得了。被送进监狱之后，从早到晚只要根据狱警的号令行动即可，不必一一在意自己的举动。

所以，假释出狱之后，他真是不知所措，自以为很普通，但在枾谷眼中，却是"好像一直在怕什么，看起来很可疑"。

听到枾谷这么说时，利根十分错愕。一想到八年的监狱生活竟让自己连身为一个自由人的天性都没了，便亲身会到徒刑这种刑罚对人的破坏力有多大了。

"边想事情边走如何？人在无意识的时候，身体的动作都相当自然。"

利根也尝试了枾谷的建议，但他能想到的就只有与惠他们的共同生活和监狱里的所见所闻。他越想越痛苦、越想越伤心，直到现在这个方法都无法顺利进行。

也不知是不是他太敏感，利根总觉得这里看到的警察特别多。这才想起自己服刑时，曾听说世界各地接连发生恐怖袭击，因而各机场也严加戒备。据枾谷说，出入境的安检也变得很严格。当然在监狱中也会听闻各国恐袭频传的消息，但若不是实际来到外头，那就和外国的事没有两样。也许监狱里的世界虽是日本，却又不是日本。

总之，他并不想被警察看到。利根从机场来到市区，又找了另一家胶囊旅馆。

313

3

十一月十一日早上五点。

利根今天也是在胶囊里醒来的。

上崎明天就要回国了，终于要亲眼见到八年来的仇敌了。

昨晚因为太过紧张没睡好，只怕会影响明天，今天一定得找个地方好好补觉。利根坐起来轻轻摇头。

行动务必力求慎重。要是引人注目，在行动前被逮捕，就前功尽弃了。所以，利根本来想在执行计划前都待在胶囊里的，却也无法如愿。

最起码一定要去机场勘察。当目标出现时，该在哪个地点逮住他、走什么路径将他从机场带走？虽然新闻报纸上没提到，但警方已从三云和城之内的关系推测出上崎将是第三名被害者的可能性不低。这么一来，从他们三人同在盐釜福利保健事务所服务时的纠纷当然很快就能查到利根。利根必须在警方知道他的存在，出马保护上崎之前采取行动。

警方会配合人群的集中而调整投入的人力。因而旅客越多，警卫就会越严密，想好好实地勘察还是早一点去比较妥当。

他出了胶囊，到公用的洗脸台洗脸。冰凉的水让脑海中的烦乱稍微缓解了些。在明天行动之前，一定要让身心保持在最佳状态。

来到柜台，杂志架上摆放着今天的报纸。利根立刻翻到社会版，确认办案的进度。没有看到三云、城之内连续饿死案的后续进展，不过提到了项目小组已增派人手加强搜查。

加派人手的原因想当然是身为县议员的城之内遭到杀害。虽说人命无轻重之分，但公务员因死者的头衔改变态度这种事也不是今天才开始的。

警方手中掌握了多少没有见报的线索？晚一点应该向五代打听。总之，比警方更早逮住上崎是最终目的。

早上六点多的机场果然人影稀疏，而且一如预期，也不见警卫的身影。

利根再度自仙台机场站的通道来到机场航厦的南侧。正面是国内线的离站大厅，利根搭大厅前方的扶梯下到一楼。

照着指示走，便来到国内线的到站大厅。经过一排投币式寄物柜和自动提款机，穿过作为活动展场的中央部分，就是国际线的入境大厅。

照理说，目标应该会从入境大厅出现。可以预见，一楼会因旅客和接机者而人潮汹涌。即使在这边闲晃，应该也不至于被注意到吧。八年的空白，对方会不会忘了自己的长相。

不，利根在内心摇头。就像自己没有忘记他，对方也应该不会忘记利根。

利根在服务台前的椅子上坐下，环视整个一楼。

要逮住目标，最方便的是眼前一楼入境大厅的出口那里。顺利的话，可以挟持对方立刻带到机场外。但问题是耳目众多，机场的工作人员、各旅行社的柜台、观光服务台的职员、候机室的客人，以及从入境大厅出来的其他旅客……在众人视线中，要如何抓住目标，将他带走？

想到这里，利根认为还是需要武器。没有杀伤能力，只要短时间能控制住对方的行动就可以了，但已经没有多少时间可以准备工具了。应该再上街买个捆绑的工具吗？

还是，突然靠近目标自报姓名？八年不见，对方应该会相当吃惊。趁着他惊诧狼狈之际，强行带走——嗯，这个办法或许不错。

不经意间抬头，信息板上显示着飞机预定抵达时刻。从哪里起飞的航班何时抵达一目了然。只要有飞机抵达，管他是国内线、国际线，把眼睛放亮盯着大厅就对了。


利根东想西想时，坐在旅游服务中心柜台的女子朝这里走来。

"请问您要查什么吗？需要帮忙吗？"

她微偏着头这样问。虽然出自敬业精神的亲切服务令人佩服，但老实说现在就只是善意的麻烦。

利根犹豫着该怎么应付。

要是直接不理、走人，她就会记住利根这个"可疑人物"。利根虽然不知道旅游服务中心是怎么排班的，但不能保证她明天不会坐在这里。要是明天也在，很可能一认出利根就会告诉警卫。

那么要是假装接受她的亲切、问点什么，离谱的问题反而会启人疑窦。"请问从菲律宾转机来的是哪一班飞机？"这样问应该很自然，可是一旦警方问起，她肯定会头一个想起利根。

"那个，不好意思，真的不用了。"

吞吞吐吐丢下这句话，利根便逃似的离开。快步从眼前的三号出口来到残障者优先乘车处，路上的行人也逐渐变多了。

可恶，出错了。

这下她恐怕记住自己的身形相貌了。只能向上天祈祷明天目标出现的时候不是她当值。

话说回来，利根觉得自己实在是个时运不济的人。每次都是什么都想好了，到了真的要实行的当口却立刻露出马脚，一切都乱了套，最后凭感觉猛干，结果就是抽到签王。这一定是天生的吧。

但还是有收获的。利根观察了四周好一会儿，一楼整个情形他都牢牢记住了。这有助于明天执行之前的意象训练。

接下来只要知道警方的动向和上崎搭乘的班次，就能制订计划了。正想着这不能没有五代的协助，到了傍晚，手机便响了。

这是五代给他的手机,会打来的人自然有限。一按接听键,听到的正是五代的声音。

"是我。"

"哦,五代先生。我也正想和你联络。"

"千万不要跟我联络。"

"什么?"

"这通电话,我是用绝对不会被窃听的方式打的。警察盯上我了。要是跟我联络,警察很可能会循线查到你。"

"警察盯上你了?"

"他们已经注意到利根老弟你在追查上崎了,刚刚才离开我的办公室。"

"这么快!日本的警察果然很优秀。"

虽然是坏消息,但利根并不怎么吃惊。他早料到,自己迟早会被查到的。

但在行动前就被知道还是很伤脑筋。

"警察知道多少?"

"抱歉啊,利根。八年前利根为什么会闯进盐釜的福利保健事务所打人,我都说了。"

这下利根就不能不吃惊了。

"五代先生,你怎么会知道惠婆婆的事?我明明没说过啊。"

"拜托,你以为我是做什么的?我可是靠消息灵通吃饭的。"

上次见过你，我就自己去查了。我先跟你说，警察他们是从三云和城之内那边查到你的案子的。查出远岛惠只是时间的问题。"

五代的语气充满辩解的意味，让利根觉得好笑。警方多半是因为狱友的关系才会去问话，但现在的五代又不能对警方装蒜到底。光是给上崎的近况和情报，利根就很感恩了。利根对他只有感谢，没有恨他的道理。

"没关系啊。"

"那我就敢不客气地说句话了。我说呢，利根老弟啊，你就收手吧！"

五代的声音带着感情。

"我对坏事不会全盘否认，可是报仇连一毛钱的好处都没有哦。"

不全盘否认坏事，这一点极具五代风格，利根差点苦笑。

"犯罪是一种经济活动。故意走险路结果却一无所获就没有意义了。就这一点来看，报仇是下下策。也许能让你出气，但为了出这口气的风险太大，报酬也很少，真叫作白忙一场。"

连杀人这种犯罪也以得失来衡量，也是十足的五代风格。这是利根想学也学不来的思路，他明白犯罪也是需要天分的。

报仇是白费力气，利根不是不明白。杀了三云和城之内，再杀死上崎，惠不会死而复生，他也不会得到什么报酬。

但五代不知道，受了伤的心，不是金钱或安定的生活就能填补的，也不是时间能够缓和的。

惠饿得又干又扁，死的时候像张纸。间接杀人的公务员却步步高升，甚至有像城之内那样当上县议员的。如此不公不义之事，不应横行却横行，这就叫作世道。得不到回报的人永远得不到回报。想反击这样的不公不义也是他报仇的动机之一。一想到害死惠的那些人将悠然养老，他就好想向天空大喊大叫。

"的确是像五代先生说的，得不偿失。但有些人不这么做，心就会一天天垮掉。有人因为恨，才能勉强让自己神智保持正常。"

"……你是说，要是不报仇，你就会发疯吗？"

"虽然我没有资格这么说，但犯罪被害者的家人不就是这样吗？就算犯人落网了，失去的东西也不会回来，可是却又不能原谅犯人。原谅了，就好像忘了曾经对自己很重要的东西，很痛苦。"

"我是不太懂，一定是因为我个性不够认真。这一点，利根老弟就很认真。不，你太认真了。"

利根仿佛可以看到电话那一头五代焦躁的神情。

"任何事情太过度都不会有好处，利根的认真就属于这种类型。你是绝对占不了便宜的。"

"不是每个人都像五代先生那么聪明，能够以得失来衡量事情。"

"看来无论如何你都不打算收手了。"

"对不起。"

"那，我再告诉你一件事。上崎在明天十二日会回到仙台机场的事，我也告诉警方了。"

对此，利根一时说不出话来。虽然也想到警方可能会知道，但他没有料到消息是从五代口中泄露的。

"你生气了？"

"不是生气，是觉得很意外。没想到五代先生竟然会白白把消息告诉警方。"

"谁说是白给了？"

"难道五代先生有什么好处吗？"

"至少能够阻止你。"

这又是令人意外的回答，利根忍不住又问了一次。

"我不希望你再去做无谓的事了。"

"……真的，不用管我了。"

"是吗？那我知道了。"

不会过度执着也是五代的优点。

"那你就好好干，至少不要后悔。"

"真的很谢谢你，五代先生。"

"还有，这件事我也先跟你说一下，上崎的恶行恶状我也告诉警方了。他以地方名士自居，背地里却沉迷于在东南亚买春，根本是变态色老头，这些我都说了。就我的调查，他在外面专门偏爱小孩，所以恶上加恶，警方也不会放过他吧。"

这件事倒是有点痛快。就算上崎逃过利根的突袭，后面还有警方等着追捕他。这种地方名士的丑闻，地方媒体也会很感兴趣。管不住下半身，自然晚节难保，上崎会受到司法与社会的双重抨击。这样的责罚对功成名就的人而言可能比杀了他还痛苦，五代一定是因为这样才告诉警方的。

再度道谢之后，利根挂了电话。

又是一件令人泄气的事。

警方已盯上上崎，并掌握了他的行程。既然刚刚才去过五代的办公室，那么现在应该已经开始针对预定明天就要归国的上崎布下天罗地网了，但坏就是坏在这里。现在利根在计划抓住上崎之前，必须思考要如何才能抢在警方之前。

仙台机场的一楼大厅并不大。无论躲在哪里，结果都会被候在那里的大批调查员逮捕。自己毕竟是有前科的，长相警方清楚得很。

既然难以在大厅动手，那么离开机场之后呢？——不行。利根这样判断。

国内线和国际线的入境大厅对面分别是一号出口和四号出口，出去之后便是出租车乘车处。二号出口是岩沼市民公交车乘车处，虽然利根巴不得上崎从这里出来，但像他那样的人不可能搭公交车，十有八九是搭出租车吧。

不，依状况看，警方可能会先扣住上崎，以便保护他。或者，为了诱利根上钩，故意放他在外面当饵？

不确定因素很多，无论如何都必须慎重行事，否则在达到目的之前自己就会被捕。

有没有什么好办法？

至少绝不能以这个模样在机场大厅和附近走动。

于是利根想到，只要变装，就能顺利混进人群之中。而且，需要的不是整形或特殊化装，而是更自然的、不引人注目的方法。

机场最不引人注目的就是旅客，服装普通就好，只要拉个行李箱就像样了。脸也只要弄顶帽子戴低一点，就不至于一眼就被认出来了吧。既然是旅客，站在入境大厅也没什么好奇怪的。只要在那里等上崎入境就行了。

问题是行李箱。无论什么便宜货都可以，必须赶快准备好。但，现在自己手头的钱买得起吗？要是逼不得已，只好去摸一个来了。

\*

后来，笘篠和莲田仍在枥谷家附近进行搜索，最后还是没有找到足以窝藏一个人的小屋。

问了住在附近从事农业和林业的居民，但因最近大规模的作业减少，农具都是以小卡车从自家运来，很少在作业场附近盖保管农机具和工作机的小屋。而且夜幕渐渐低垂,森林附近要是没有灯光,连几米外都看不见。

"这附近果然好像没有可以绑架、监禁上崎的地方。"

明显透出疲劳之色的莲田这么说,笘篠也只能点头表示同意。两人拖着沉重的脚步走回车里。

"剩下来可能性最高的,就是八年前利根闹事时所住的盐釜附近了。"

"……是啊。要现在过去吗?盐釜。"

"这个时间,天又黑了。考虑到访查的时间,可能问不了几家吧。"

"笘篠先生。"

莲田的语气比平常沉重许多。

"利根会把上崎也饿死吗?"

"如果什么都不想做,一个认真的人不会三天都无故旷工。怎么了,有什么疑点吗?"

"不是的……利根在监狱服刑的那八年,会不会一心只想着替远岛惠报仇?一想到这件事,我就觉得心酸。"

正好在这时候,笘篠的手机响了。来电的是刑事部部长。

"喂,我是笘篠。"

"发现利根了。"

"什么!到底在哪里?"

"今天早上六点半，在仙台机场的一楼大厅。旅游服务中心的服务人员说看到一个疑似利根的人。"

今天早上六点半。那是笘篠他们从五代那里得到上崎回国的情报之前。

"应该是去勘察场地的吧？"

"八成是。那个服务人员说，他一直看着大厅内部，很可能是在构思袭击的计划。"

"利根和服务人员说了什么？"

"服务人员一去问，他说没什么，就逃着离开了。"

刑事部部长的声音听来好像在打趣什么。

"干下两起阴狠的命案，我还以为是个多凶残的家伙，但或许其实是个胆小鬼。"

也许就因为是个胆小鬼才会干出凶残的命案——笘篠这么想，但没有说出口。

"总之，利根明天出现在仙台机场的概率更高了。小组所有调查员要全体出动，前往埋伏。"

警察人数增加太多反而会让对方提高警觉，但同人们都是惯于跟监的刑警，自然会依当时的人群多寡来调整人员配置。

另外，笘篠对全员出动也感到不安。

"可是部长，若要全员出动到一个地方，那么不减少在利根之前的生活圈以及上崎家监视的同人，就没有人可调动了吧？"

"那也是不得已的。理论上要依可能性的高低来配置人员。你们也从那里撤退,和机场组会合。完毕。"

刑事部部长的电话就此挂断。看来是觉得命令已下达,其余就不必要了。

"利根出现了吗?"

笘篠说了刑事部部长的联络内容,莲田的精神显得稍稍振奋了些。但才一转眼,又见他锁起眉头。

"怎么了?想到利根还是觉得难过吗?"

"笘篠先生觉得呢?"

莲田难得口气很冲。

"对利根而言,远岛惠如同母亲。正因如此,经过八年的牢狱生涯,他也没有忘记报仇。"

"所以你是要说,他的报仇有正当性吗?"

笘篠很清楚莲田的意思,但无法加以肯定。同情是大忌——他这样告诉自己。

"要是你觉得利根可怜,就要防范他袭击上崎于未然,破了这个案子。别让他再加重罪了。"

或许是专心开了一会儿车,冷静下来了,莲田以平常的语气问道:

"利根会不会以为自己还没有受到怀疑?"

"不会,我们布下这么多网,但从今天早上在机场被目击之后就没有再看到他的踪影了。就算他知道自己已经被当成嫌犯也不足为奇。而且，他没有向公司老板和五代联络，就是知道自己的目的已经被发现了。如果他认为自己仍未受到怀疑，应该会对这三天的自由行动有所解释。"

"不知道他订了什么计划。他也不是笨蛋。要是知道警方都盯上他了，应该会提高警觉吧？"

"一般人是这样没错。要是我，就会回避这种危险，躲起来等风头过了，警方的警卫松懈了，再来找机会。但利根满心只想要报仇，替远岛惠报仇。他就靠这个念头，在牢里熬了八年。"

"说的也是。"

"感情有时候会驱逐理性。如果他对上崎太过痛恨，让他不顾危险呢？"

从相关人士那里听说的利根胜久这个人，似乎有感情用事的倾向。远岛惠死后立刻独闯盐釜福利保健事务所就是一个例子。

他们所描述的利根，本质是认真。而越是认真的人，被逼急了越容易做出旁人无法理解的举动。

"所以部长要对仙台机场投入大批调查员的判断绝对没错。只是我们也得想到万一利根没去机场的情况。"

"可是，再怎么感情驱逐理性，总不会明知会被逮捕还自投罗网吧？"

"当然利根也会有些对策吧。其中之一就是变装。今天早上他和旅游服务中心的服务人员接触过了，当然可以预见他明天会以不同的打扮来。不太可能在短短几个小时之内去整形，应该会戴帽子和太阳眼镜。然后为了融入人群，打扮成旅客。"

现在连项目小组也还不知上崎会搭哪班飞机回来。

目前仙台机场与马尼拉机场之间并没有直飞班机，要经过首尔、东京、大阪等国际机场转机才能到仙台。因此就算知道上崎自马尼拉出发的时间，也无法确定他何时会回到仙台机场。

"不是向菲律宾警方寻求协助了吗？那在马尼拉机场逮捕上崎也是个办法。"

莲田的意见很有道理，无奈时间不够。项目小组是今天才知道上崎的所做和恶行，而地方警察单位要直接与菲律宾警方合作又有语言交流的障碍，计划无法迅速运作。最好是对方以买春嫌疑早一步将上崎逮捕，但惭愧的是，日本男人的买春团不是现在才开始的。换言之，那种程度的犯罪恐怕很难引起当地警方的兴趣。

凡是组织，行事都会有优先级，而且这个顺序会因时因地而改变。

"这是我们的案子，别指望别国的警察。"

笘篠只说了这两句就没有再多说了。若五代的情报可信，上崎已经知道自己因买春的嫌疑而提早回国，那么应该是想甩开当地警方，不可能傻傻在菲律宾国内观光。

"可能是因为提高了警觉，小组向各航空公司洽询了明天上崎预订的班机，但没有名为上崎的旅客。恐怕是打算当天再买票、登机。而且老实说，上崎顺利离开菲律宾，从仙台机场的入境大门现身，对我们也比较有利。因为看到诱饵，利根就会从洞里冲出来。"

莲田一脸愕然地看笘篠。

"拿他当诱饵吗？"

"上崎做出这种有辱国家的犯罪行为，请他对项目小组贡献一下也不为过吧。"

笘篠随口说完，却扪心自问：以上崎为诱饵真的只是为了抓利根吗？难道不是因为对利根产生同理心，想对上崎略施薄惩？

笘篠和莲田回到项目小组的时候，已经快十二点了。

"辛苦了。"

东云管理官招呼二人，但脸上没有丝毫笑容。管理官很少彻夜留守，此时还在，证明东云本人明天也要亲自上阵。

"我想你们已经听刑事部部长说了，明天你们还要到机场去。"

机会难得，笘篠便想从东云本人身上打听情报。既然认为明天是紧要关头，也不需要对第一线的调查员有所隐瞒吧。

"还不知道上崎搭乘的班机吗？"

"还不知道。"

东云脸上焦躁之色更浓,一双眼睛杀气腾腾地看着笘篠。

"只要知道从菲律宾起飞的时间,大阪、东京就不用说了,凡是有来自马尼拉的飞机降落的机场,我们都可以派人过去,可见上崎这个人相当谨慎。恐怕也不是第一次参加买春团。"

"也可能从马尼拉机场降落在其他国际机场,待到风头过了才回仙台。"

"那样也不要紧,我们的主要目标是利根胜久,只要他出现在仙台机场就万事大吉了。"

笘篠能理解站在管理官的立场这才是最重要的。默不作声的莲田看样子不太服气,但这也是优先级的问题。

"入境大厅所在的一楼就不用说了,中二楼、二楼、三楼加起来一共动员了两百名调查员,让仙台机场变成我们的大本营,连一只苍蝇都飞不出去。"

"利根今天早上和旅客服务中心的服务人员接触过,有可能会变装。"

"最普通又简单的,就是拉个行李箱假扮旅客,但我们会派出与旅客人数相当的同人待机。只要有人举止有任何可疑之处,立刻上前盘查。无论有没有变装都一样。"

东云一副志在必得的语气。笘篠也无意反驳。只要利根身上没有危险的武器,要逮住他应该很容易。

就在黑夜已过去大半,笘篠等人正要前往仙台机场时,情况有了进展。

"大家听着！确定上崎搭上了马尼拉飞往成田的班机。"

在办公室坐镇的东云向在场所有人大声宣布。

"马尼拉起飞的菲律宾航空231班次，于日本时间四点三十二分起飞，上午九点三十分抵达成田。同时也知道从成田到仙台的班机了，全日空208班次，十三点十四分到仙台机场。"

一旦确知上崎抵达仙台的时间，那就是预定犯案时间，也是抓到利根的机会。

"可是，笘篠先生，我们还没有找到他在三云和城之内命案的物证吧？"

两处命案现场残留的无数毛发与指纹，和从利根住过的房间采集的毛发与指纹，分析这些还需要时间，直至此刻应该还没有收到一致的联络。

"没有物证就要逮捕吗？"

自从得知利根与远岛惠的关系，莲田就对利根相当同情。多半是因此而对没有物证的逮捕显得有些消极。

不，没有人比在地震中失去孩子的笘篠更加理解无力保护之人的愧疚与自责，以及想怪罪别人的心情。就这一点，笘篠可以说与利根站在同样的立场。

然而，心情与职业道德是两回事。

没有人不需要保护，同样的道理，也没有人应该被杀。

"没有物证，也可以抓他到案说明。"

笘篠对东云的想法了如指掌。

"可以就两名死者的共同关系人要求他到案说明。在那之前已经可以想见，要是在机场想加以盘问，利根绝对会抵抗或逃走。这么一来，就能以妨碍公务拘留他。"

"以别的名义逮捕吗？"

"任何名目都可以。总之，管理官认为只要扣住人，一切就在我们的掌握之中。没有物证却要在机场部署两百名调查员就说明了一切。无论如何，今天肯定是关键时刻。"

"不知道会派谁当侦讯主任。"

最好不要是我——莲田的语气道出了他这番言外之意。

然而，以三云命案发生至今笘篠找回的线索，以及对项目小组的实际贡献而言，笘篠被指派负责侦讯的可能性很高，身为搭档的莲田也一样。

"要是你有余力同情利根，就好好听他的说辞。万一事情派到我们头上，只要这样应对就好。"

"……我们能做的只有这么多吗？"

"有相对的动机，就有酌情量刑的余地。这么做绝对不会白费。而且，只要取得利根的供述，八年前盐釜福利保健事务所发生了什么事，三云、城之内、上崎对远岛惠这个生活保护申请人做了些什么，都会以法院资料存留下来。"

当然，这些供述无法抵消杀人的罪行，但至少能够指出遭到杀害的人并非无辜之人的事实。尽管不是日本传统的出了事双方同罪论处的概念，但对于莲田心中的不平应该有一定程度的安慰效果吧。

麻烦的是，就算事实上是这三名职员对远岛惠见死不救，但其中到底包含了多少个人的恶意。削减社会保障费是厚劳省乃至于政府的方针，一个小小的公务员当然无法反抗地方政府的方针，也可以视三云他们只是依照政府的意思做事而已。在这种情况下，利根本来应该报仇的对象难道不是国家本身吗？

不，另一个笘篠提出异议。

在福利保健事务所工作的并不只有三云他们这样的人，不是也有像圆山这样诚心诚意关心应接受生活保护的人的公务员吗？笘篠不愿相信只有圆山是特别的。不仅仅仙台，全国各地应该有很多像圆山这样正派的职员。笘篠希望像三云他们这种只知道拘泥于政府方针的，是极少数缺乏道德意识的人。

"那么，大家分头到现场吧。"

调查员奉东云之命离开办公室。两百名调查员同时聚集会引人怀疑，所以众人分乘便衣警车或大型警备车，计划以渗透的方式在一般旅客不会注意的情况下完成部署。

十一月十二日上午五点三十四分，笘篠与莲田从县警本部出发。

上崎预定抵达仙台机场的时间虽是中午过后，但利根并不知道，极有可能自机场开始营运的上午六点三十分便潜入机场。笘篠等人接到的指示是，等机场一开始营业，便在一楼的角落待机。

这时候莲田已经不再臭着一张脸，但赌气硬要装得面无表情，反而令笘篠在意。

"莲田，你进搜一现在是第几年？"

"第二年。"

"现场逮捕嫌犯的次数呢？"

"……应该已经超过十次了。"

那么，逮捕程序差不多都熟悉了。

"工作一熟就容易疏忽。你就当我啰唆听一听。无论是不是重大案件，在办案时最要提高警觉的，就是即将逮捕嫌犯的那一刻。站在嫌犯前拿起手铐的那一瞬间，个人的情绪和安心会排山倒海而来。想着'这下就破案了''犯人想必有犯人的理由'……于是就松懈了。但这时候嫌犯正处于最敏锐的状态，满脑子想着要如何逃脱。双方紧张感的落差就会造成意外状况。"

"我知道啊。"

莲田冷冷地说。

"被派到搜一的时候，最先被提醒的就是，逮捕嫌犯时受伤的情形最多。"

"你知道就好。"

回答之后，笘篠才感到尴尬。

这番忠告并不是为了后辈的安危才说的，毋宁是在警告自己。

尽管不像莲田那般明显，但自己对利根也怀着近似同理心的心态。而眼看利根即将落网，在紧张的同时也感到安心。

这是危险的征兆。笘篠在搜查一课已经待了十年以上，从不曾如此偏袒一个嫌犯。

最应该自律的是自己。

笘篠在副驾直盯着前方的景色，不久，太阳便自泛白的东方天空缓缓升起。

4

上午六点三十分，项目小组派出的两百名调查员随着机场的开放，进入待机状态。首先，一楼至三楼各配置二十人，接着配合机场内的人潮来轮班、加派人手。

利根最可能前往的，还是入境大厅所在的一楼。笘篠和莲田在贵宾休息室的一角待机，从这里可以将入境大厅尽收眼底。

刚开放的机场大厅没什么人，空荡荡的。机场的工作人员和旅行社的职员比旅客还多。

此刻也有一名工作人员拉着行李手推车经过两人面前。莲田看着工作人员的背影小声问笘篠：

"笘篠先生和管理官都一致认为利根会变装成旅客，对吧？"

"也不是一致，是因为可能性最高。"

"他会不会出乎我们意料，假扮成机场的职员呢？职员的话，靠近刚下机的旅客也不会有人起疑。"

"这个我也想过了。"

笘篠回答，视线仍盯着大厅不动。

"你看看在大厅四处走动的职员，大都没有戴帽子。扮成职员就不能戴太阳眼镜了，要是戴口罩反而引人注目。一个有前科、长相被警方掌握了的人，不会选择那种不利的变装。但一般旅客无论是戴宽沿的帽子还是太阳眼镜，谁也不会留意。而且要扮成职员，如何弄到制服也是个难题。至少要是我，不会做这么没效率的事。"

"利根是要为远岛惠报仇。也就是说，他是凭感情行事。既然如此，应该不会考虑效率吧？"

"如果是第一次的话，确实如此。但他已经杀了三云和城之内。杀第二个人比第一个冷静，第三个又会比第二个更冷静。就算是出于感情的驱动，自然而然会因熟练而越来越追求省力。"

"这么说是可以理解啦……可是总觉得好无情啊。"

上午七点五十五分,当天的第一班飞机抵达。不久,入境大门就出现了乘客的身影,但上崎是十三点多的班机,他当然不可能出现。

然而利根不知道上崎的抵达时间,可能从机场开放便候在大厅。笘篠和莲田都睁大眼睛,不愿错过任何一个与利根样貌接近的人。有任何再小的异状都要与所有调查员联系,所以也要注意塞在耳中的耳机。

莲田也盯着大厅再度开口:

"利根有没有扮成警卫的可能?警卫只要把帽子拉低,就是很好的掩护,也能借口接近旅客。"

在监视的现场将可能性一一剔除不是坏事。笘篠注意着整个楼层,只动着嘴巴回答他:

"这个我也想过了。但也和机场职员一样有困难。这不是两三天就能准备好的,就算要抢真正的警卫制服,只怕也很费事。保全公司有的采用固定班次,有的采用轮班制,就算成功变装混进去了,也会马上被其他警卫发现。再说,你以为管理官会没想到这个可能性吗?一知道上崎回国的日期,就下令传了利根的照片给机场的保全公司,通告要注意此人。所以,这个可能性也排除了。"

解释之后,莲田也点头表示明白了。这在莲田看来或许只是直接将心里的疑问说出来,但在回答的人则是解答之余也是将检查项目——确认,所以绝非无意义的闲聊。

"那么,要是上崎还没出来,利根就出现了呢?要在旁边等他攻击上崎吗?"

"他是命案的嫌犯,可以要求他到案说明。只是,与其以这种理由长时间拘留他,不如以真正的嫌疑带他走。"

"另案逮捕吗?可是利根出狱以后做的事,顶多就是和五代联络,以及无故旷工三天而已啊。"

莲田说得没错,利根的举止正派得足以作为假释出狱者的模范。要是他没有与五代联络,就连笘篠也会对拿他当嫌犯有所迟疑。

"另案逮捕也没有材料啊。到底要怎么把他带走?"

"没有材料,硬挤也要挤出来。恐怕管理官就是这个意思。都死了两个人了,民众却认为案情完全没有进展。就算不愿被舆论牵着鼻子走,但民众的情绪是针对项目小组,更何况县议会也不可能缄默。这是东云管理官上任以来最大的难关。就算多少有些勉强,还是会逮住利根逼问他吧。"

听笘篠这么说,莲田却既不惊讶也不愤慨。看来,他已经了解目前项目小组与东云管理官所处的立场了。

"可是笘篠先生,如果不是利根坐过牢,小组也不会想到要这样硬来吧?"

莲田的疑问听起来极其正当。这份单纯,就是他和在搜查一课看遍凶恶犯的老刑警和管理官最大的不同吗？

偶尔遇上这份单纯，就觉得自己好像被点出了习于职场环境和常识而产生的疏漏。心中存了先入为主的观念，认为犯过一次罪的人第二次犯罪的门槛就降低了。即使明知先入观往往会妨碍判断，却不能否认，经验法则确实蒙蔽了自己的眼睛。而这先入观很容易直接变成瞧不起有前科的人的态度。

笘篠忽然想，八年前，冷冷拒绝了远岛惠的福利保健事务所的那些人，会不会也是这种先入观的囚徒？认为一再申请生活保护的人非懒即坏，被以偏概全的观点绑住了？这一个月在生活保护现场的所见所闻，让他想到的是第一线人员的倦怠。会不会是在许多不当请领与紧迫的预算夹攻之下，渐渐难以分辨谁是真正应该保护的人？如果以善意来解读，遇害的三云和城之内也有辩解的余地。

然而，事实是，对那些被刻薄以待、失去如同家人的人而言，这些听来只是借口。至少对利根而言是如此。

\*

上午八点五十五分，利根一到仙台机场的出租车乘车处，还没踏进机场，就看到显然是警察的人四处戒备。

利根傻眼，心想他们这样还自以为在戒备吗？就算穿了便服假扮成一般人,一双眼睛却像盯住猎物的肉食猛兽,一看就知道是警察。一副完全没想到自己在别人眼中到底是什么模样的样子。

不,利根随即推翻了这个想法。

自己之所以看得出他们是警察,是因为自己养成了能够分辨的能力。只要被逮捕过一次,亲身经历过警察的视线、警察的呼吸、警察的说话方式的人,都会将之深深烙在记忆里,无一例外。

也罢。多亏五代通知,利根事先就知道机场会布满警察。既然事先得知了,就能设法应对。虽然多花了点时间,但这下谁也不会来盘查他。

一号出口两旁也站着便衣警察。和其他大批警察一样,以怀疑的眼光观察着进出机场的人。利根若无其事地准备从他们两人之间经过。

他们会叫住我吗?还是会拉住我?

那一瞬间,他屏住气严阵以待。

但两名警察既没出声也没动手,就这样让利根走过。

从他们面前走过之后,利根安心地轻轻呼了一口气。

太好了,成功了。这样应该也能骗过其他警察的眼睛吧。

这次和上次来勘察时大不相同,大厅里工作人员和许多旅客在眼前来来去去。再晚一点,人一定会更多,对利根就更加有利。

由于准备花了点时间,他来迟了,但推算从菲律宾起飞的时间，就知道第一班抵达的飞机里不会有上崎。也算是歪打正着，要是机场一开放就来，不可疑的人也显得可疑了。

走了几步，利根便发现，国内线到站大厅四周也有看似警察的身影若隐若现。仔细察看，可以看出有十人左右。

利根右转进了名取市观光推广中心。这里还有另外两个客人，再加上利根，显得再自然不过。门是整片玻璃，从里面也能监看大厅。

利根假装看各种物产介绍，然后悄悄观望整个楼层的情形。果然不出所料，每次有新的旅客走过来，利根刚才看出的那十来个警察就会仔细打量。监视体制太过明显，利根看着都傻眼。恐怕是现场指挥官一心只想抓到自己，没有要求属下彻底隐瞒身份。

这次的命案已经有两人丧生，而且其中一人还是现任县议员。宫城县警所承受的政治压力和舆论批评肯定不轻。他也能理解项目小组会铆起劲来拼。

但他们越拼，对利根越是有利。当然，加强警备是负面因素，但只要调查员不够老练，人海战术往往会造成反效果。

这也是五代教他的，支援体制下临时组成的增援部队只不过是乌合之众。没有时间学习搜查一课和强行犯系的专业便投入办案，人数是变多了，但能够当机立断并敏捷行动的人并不多。结果只是人多势众，人人都无法发挥所长。就好像现在，自己明明已经到了，却没有半个调查员发现。

利根在一张隔着玻璃门也能眺望大厅的长椅上坐下来。柜台里的一名女子正对着电脑忙着，似乎没有留意利根。

不经意往前看，地震展示板旁的影片正播放着海啸的灾情。利根在狱中的电视也看过几次，每次都觉得心碎。

被冲走的居民，都是得不到保护的人。要是没有发生八年前那件事，自己还继续住在盐釜的话，也许遇难名单里也会有利根的名字。

得到保护的人们和得不到保护的人们，其中的界线到底在哪里？——利根一时之间陷入沉思。

\*

上午十点已过，笘篠等调查员却没有得到任何发现异状的消息。

莲田以烦躁的语气发起牢骚：

"机场都开了三个半小时了。利根到底什么时候才要出现啊？他明明就不知道上崎搭的飞机什么时候会到啊。"

难怪莲田会问，说实话笘篠也正在想同样的问题。

人人对利根的印象说来说去就是认真。笘篠不认为这样一个认真的人会放弃埋伏目标。他一定会比上崎抵达的时间更早到机场埋伏才对。

调查员并非只在机场航厦内待机。一楼、中二楼、二楼，包括机场博物馆在内的展望露台、各楼梯，以及进出机场的一楼入口周边和二楼连通道全都布下了眼线。随着时间经过，旅客增加也加派了人手。有可疑人士入侵不可能没有人发现。

不太对劲。

"笘篠先生？"

笘篠不理莲田，离开贵宾休息室，站在到站大门前。

从眼前横越而过的旅客、机场职员、旅行社职员、电子告示板上显示的航班信息、以数种语言播放的广播与人们的热气……笘篠集中精神，视觉和听觉渐渐后退。

忽然，他的后颈窜过一阵类似静电的麻刺感。这是他多年来追缉犯人得到的奖赏。在逮捕嫌犯时总是会体会到的独特感受。

错不了。

利根就在这附近。

那么，为什么没有报告？管理官也提到他可能会伪装成旅客，也交代大家要注意帽子戴得很低和戴太阳眼镜、口罩的男子。为什么利根还是没有落入调查员布下的天罗地网？

笘篠转动视线环视整个楼层，的确没看见可疑男子，但后颈的异物感却迟迟不散。

利根看地震灾情影片正看得入神，背后突然感到一阵恶寒。

他不禁朝玻璃门看。观光推广中心的另一侧，能够眺望整个国内线到站大厅的位置站着一个男人。年纪在四十五至五十岁，乍看之下貌不惊人，但一双眼睛的威压却非比寻常——明明没有瞪人或恫吓，却感觉像蛇一般执拗。

这是老练刑警的眼睛，利根心想。八年前侦讯时，让他看到不想再看、黏糊糊地缠在身上的那种视线。猎犬般的眼睛不相信外表，而是凭自身经验与嗅觉来找出猎物。

无论什么职业，只要做得久了，身上就会散发独特的气味。刑警也一样，而那个刑警身上的味道特别强，多半是在刑事侦办部门待了很久。

利根脑中的警铃大作。

那个男人特别危险。

潜进机场以来，第一次感到恐惧。

利根赶紧让视线转回到影片画面上。画面正好播出海啸退去后的盐釜地区。

不能在这时候夹着尾巴逃走。

视线一角可以瞥见刑警和到站大厅。所幸，那个男人似乎还没有注意到待在观光推广中心的自己。在他退到后面之前，先躲在这里吧。

本来在观光推广中心的一个客人走出去了。于是里面的客人除了利根还有另一个人。是个一脸无精打采的中年妇女。或许是在品评各地名产吧,她正专心把一份份简介打开来看。坐在柜台的女子则是仍埋头工作,没有理会利根心中的纠葛。她们都对利根毫不在意。

包括那个刑警在内,此时此刻,项目小组的每一个人在每一个角落都擦亮了眼睛。置身其中,利根要挟持目标并带出机场,只怕不是一件容易的事。

但利根非做不可。自己就是为此在牢里待了八年。要是在这里失败了,那些充满了恐惧与屈辱的日子就全都白费了。

\*

笘篠环顾整个一楼半晌,却不见特别可疑的人物,因而感到焦躁。

"笘篠先生。"

不知所措的莲田在贵宾休息室一角向他招手。虽不是应声而去,笘篠倒也不情不愿地回到原位。

"怎么了?突然离开岗位。"

"他在。"

"什么？！"

"利根胜久现在就在机场里。"

"你看到了？"

笘篠不答，靠着墙深思。

他一点也不怀疑自己身为刑警的直觉。一旦怀疑极可能导致全面的自我否定。然而，既然如此，为何利根没有落网？随着时间接近中午，待机的调查员已增为一百四十名。搞不好与航厦中来来去去的旅客和机场职员加起来差不多。即使当中有些是搜查一课以外的人，但总不会个个都是浑然不觉的木头人。大家应该也都将利根的外貌长相牢记于心了，不可能轻易看漏。

当感觉与现实相左时，以修正感觉为准。但身为刑警，笘篠否决了常理。在这个状况下，他会怀疑现实。虽不免有傲慢之嫌，但在现场最值得信赖的是当下的判断，而当下的判断往往只能靠经验累积。所以，向经验还浅的莲田解释也是白费口舌。

笘篠继续深思。包括自己在内的一百四十个人都没看见利根，一定是有什么缘故。

时间将近十二点。再过一个半小时，上崎就要在国内线的到站大厅现身了。既然知道利根的动机是为八年前的事报仇，机场又戒备严密，这次或许不会采用绑架目标后再慢慢饿死的方法，转而诉诸当场孤注一击的刺杀或枪杀等暴力手段。

剩下的时间实在太短，而事情也许比东云预期的要来得严重。

快想、快想、快想。

这时候，所有调查员都听到一则异常通报。

*

十二点一过，利根也觉得要一直坐在同一张长椅上越来越困难了。

那个看似刑警的人虽然从视野中消失了，最要紧的目标却仍未出现。观光推广中心的柜台小姐依旧专注于眼前的工作，但继续待在这里可能会引起怀疑。毕竟，他已经在这里待了将近三个小时。

如果要假装等搭机，除了观光推广中心，也还可以去用来举办活动用的中央广场晃晃。只是，这么做的前提是要瞒过那个眼神锐利的刑警。要是迫不得已，先离开航厦也是选择之一。

持续以视野边缘监视，目标依旧没有出现。

可恶，不要让我等太久！

利根朝尚未见到人的目标抱怨。

话说回来，当他看到自己时，究竟会出现什么样的表情呢？

责怪？傻眼？还是惊吓？

恐怕以上都有吧。否则，利根也很没劲儿。利根在牢里熬了八年，这八年就是为了见他。那么，那男的这八年又是什么样的八年呢？在远岛惠死后，他过着什么样的生活？是安逸的生活呢？还是日日生活在后悔中？如果可以，利根真想一对一好好问问他。

心中半怀着走入一群警察中的恐惧，半怀着能见到多年不见的目标的期待，利根从坐得屁股发痛的椅子上站起来。柜台小姐好像朝这边看了一眼，但那也是基于职业的好奇吧。

一开门，来往的人们的热气和说话声，因各国语言广播而混沌的空气便包围了全身。仔细扫视，那个刑警和另一名男子在贵宾休息室旁靠墙站着。利根心中莫名坚信，只要能骗过他，就能轻易骗过其他警察。

利根轻轻呼吸着，准备缓缓自那两名刑警面前走过。心脏却与脚步相反，急速跳动。

\*

通知异状的是假扮名取市观光推广中心女职员的女警。

"有一个可疑人物在观光推广中心待了很久。"

一听到这个消息，笘篠的视线立刻转向玻璃门。当他看到从那里走出来的人物，顿时明白了感觉与现实相左的原因。

原来如此，原来是这么一回事。

谜底一揭晓，其实简单得可笑，笘篠只能自嘲包括自己在内的调查同人个个宛如障目。

疑似利根的人自观光推广中心走出来,要从筱和莲田面前经过。

看了他的全身,筱直觉认定他是利根没错。

筱用手肘轻轻捅了一下莲田的侧腹向他打暗号。莲田似乎也明白了,脸色骤变。

疑似利根的人拉着行李箱,脚步从容,但行李箱本身偏小,使得前倾的姿势略显不自然。宽沿的帽子和太阳眼镜也与季节不合。果然还是想遮脸。

为什么一直没注意到一个如此可疑的人物呢——筱气自己,但逮捕嫌犯要紧,便压抑心情跟了上去。两人从背后接近,但利根似乎因为其他人的脚步声和广播而没有发现。

筱向莲田使了一个眼色,两人兵分左右。同时从两侧包抄,就算对方手中有武器也能应付。

筱从背后叫道:

"请留步。"

利根的背震了一下。

"请协助办案。"

利根顿时想逃,筱便绕到正面,也因此得以从正面看清他的脸。

"我们正在追查某个案子的嫌犯,能不能请您摘下帽子和太

349

阳眼镜？"

笘篠朝太阳眼镜伸出的手立刻就被挥开。好极了，这下别案逮捕勉强成立。

"我要以妨碍公务逮捕您。"

对方要跑，但笘篠和莲田早他一步，抓住了他的双臂。对方最后还是不死心踢了莲田一脚，但没踢准，只擦到右大腿。

"来拜见一下庐山真面目吧。"

笘篠毫不客气地拿掉对方的帽子和太阳眼镜。从中出现的，是一头不适合的假发和化了浓妆的男人的脸。

"虽然料到会扮旅客，却没想到扮的是女装。结果所有人都没认出来。"

利根瞪着笘篠。

"扮女装犯了什么法？"

"我说了，嫌疑是妨碍公务。不过，真不知你这身洋装和行李箱是从哪里弄来的。我们还有其他很多事要问你。"

利根似乎还有话要说，但中途便放弃了，取而代之的是，他展开了猛烈的抵抗。但为时已晚，其他调查员也陆续赶到笘篠和莲田四周。利根已成瓮中之鳖。

"混账！放开我！"

"有什么话等回到县警本部再慢慢说。安分点吧。"

只不过，就算现在安分了，检方和法院对利根的心证也不会有多大变化。有前科，才刚假释出狱就杀了两个人。即使因如同家人的远岛惠的遭遇酌情量刑，也难逃死刑或无期徒刑。

"既然要逮捕我，就连上崎一起逮捕！他一样也不是清白之身！"

"你是说，他是买春团的常客吧。这个我们知道，你用不着担心。只不过他不是现行犯，不能在机场把他带走，但事后我们会好好料理他的。"

笘篠一路追查到八年前，非常了解利根心中的遗憾，也无法原谅去国外召雏妓这种国耻。然而，要与两起命案同等对待却也是不可能的。就流程而言，应该是先要求到案说明再问话。

"法律比你以为的公正。"

利根却嗤之以鼻。

"世界没有你以为的那么公正。"


正午过后，在机场大厅被逮住的利根直接被带到县警的项目小组。但明明都上了手铐了，利根仍继续抵抗。

"叫你们放开我！马上就放了我！"

"喂，都已经护送到半路了，你也该认命了吧。"

"在上崎回国之前，我都得在机场盯着！"

"是啊，我知道。是为了让远岛惠瞑目吧。"

"既然知道……"

"就放了你，眼看着再发生一起命案吗？那怎么行。"

即使当下就被拒绝,利根还是越说越激动。

"既然你们知道惠婆婆的事,那你们一定也知道当时的盐釜福利保健事务所怎么对待需要生活保护的申请人。惠婆婆是在极度饥饿的状态下死的。可是三云他们后来升官的升官,发达的发达,优哉游哉,奢侈浪费,过着什么都不缺的生活。这样还有天理吗?"

利根的话虽然有他的道理,但基于警察的立场,笘篠不能随便对嫌犯表示同情或赞成。

"并不是只有三云和城之内对生活保护受领人和申请人特别冷酷。现在状况也差不多。再说,他们也只是依照国家和省政府的命令和方针行事。"

"哼,反正你们警察跟那些人一样都是公务员,当然站在他们那边。"

笘篠虽然想严正抗议,但现在还没有侦讯。在这个阶段透露自己的想法只会对己方不利。

"有什么话,到了本部再好好听你说。现在就安分点。"

"不然你说我做了什么?"

利根开始语带哀声。

"难道你们有我杀了三云和城之内的物证吗?有法院命令吗?没有就是非法调查。现在马上放了我。"

"你的嫌疑是妨碍公务,目前。"

"放我走，拜托。"

"够了哦，你也太不干脆了。"

利根到了县警本部都还是继续苦苦挣扎。

逮捕利根胜久的消息让县警本部沸腾了。本部长的反应特别明显，据说他竟露出平常难得一见的笑脸。宫城县警因连续饿死杀人案有多么苦恼，从这件事便可见一斑。

当然，以本部长为首的高阶主管同样也放下了心中的大石，东云管理官甚至还特地到刑事组来迎接笘篠他们。

"辛苦了。"

仿佛迎接凯旋的将军似的，笘篠反而难为情。

"哪里，才要开始忙。"

"既然你这么说，可见是打算担任侦讯主任了。本来不管你愿不愿意我都打算指派你就是了。"

大概是自以为抓到了口误，东云得意地点头。反观莲田则是因为身为搭档也要被迫负责侦讯，正板着脸。

虽然不是被莲田的臭脸影响，但饿死三云与城之内的利根是什么心情，笘篠能感同身受。麻烦的是，这并不属于调查员对嫌犯这种单纯的关系，而是他们都有保护不了应该保护的人这个共同点。当然，失去重要的人的原因有天灾和人为的不同，但同样的是，他们都领悟到自己的无力。

面对一个立场相同的人，能坚守多少职业伦理？——平常能够不予理会的细枝末节竟如此令笘篠挂心，也是地震造成的影响吧。

虽然不能保证，也要尽力突破心防。现在笘篠只能这么说。结果东云一脸意外地歪着头。

"哦，有'侦讯高手'之称的你，这样说也太保守了。"

东云的语气有了微妙的变化。

"这不仅是县内的重大案件，也对全国造成了冲击。我不是不明白你想慎重对待，但本部长以下的各长官都迫切希望尽快破案。"

"可是能让嫌犯自白的物证太少了。要是在三云和城之内尸体发现的现场找到能够证明是利根的东西就另当别论，但现阶段……"

"立刻自本人的口腔黏膜采集样本。虽然要花一点时间，但只要与不明指纹或毛发的DNA一致，就能结案了。"

先认定嫌犯再办案容易办出冤狱——这句不说为妙的话差点脱口而出，笘篠赶紧咽下去。

"我就是认为你是适当人选才指定你的，其中的意思你要明白。"

这说法实在迂回，但总之就是要他尽快让嫌犯招供。

"对于最关键的嫌犯，目前只有因远岛惠而起的怨恨，以及从五代那里得到情报这两则状况证据。"

"是啊。所以本人的自白才有重大价值，是补全状况证据的最佳材料。"

一看东云，是一脸不容任何反驳的神情。看到他这样，笘篠便试着想象东云这一个月来的立场。舆论、媒体、县议会以及县警高层，分别被这四个地方追问案情，心理压力之大肯定非比寻常。他对笘篠这委婉的强势多半是来自压力的反弹吧。

"总之，我会探探口风，再来判断自白的内容能不能成为状况证据的补充。"

"好，期待你的收获。"

留下这句话，东云便离开了刑事组。是笘篠的心理作用吗？他的脚步显得比昨天轻盈。

一直在场旁观的莲田不满地说道：

"管理官开心得很呢。"

"这就证明了之前他的负担有多重。"

"他真的想要真相吗？还是想要凶手？"

笘篠想不出如何回答，就跟着莲田走向侦讯室。

侦讯室里，利根正受到两名刑警的监视。笘篠和莲田与他们交接，换他们出去。笘篠在利根正面坐下，利根便缓缓抬起暗淡的眼睛。

"侦讯也是你吗？"

"我是笘篠，记录的是莲田。"

"我才不管你们叫什么。我的嫌疑是妨碍公务，对吧！那我现在就承认，笔录也随便你们写。所以写完马上就放了我。我没有逃逸的可能，没有拘留的必要吧。"

"看来你的前科让你学到一些半吊子的知识嘛。很抱歉，暂时要请你留下来。除了妨碍公务，你还有更大的嫌疑。两起命案。我可不会听你说你不知道哦。被饿死的是一再拒绝远岛惠生活保护申请的福利保健事务所的前职员。"

办案并不是逮捕到嫌犯就结束了。侦讯嫌犯、整理证据、备齐相关文件，送检。直到检察官起诉，警察的工作才总算告一段落。所以这是第二回合的开始。

"首先要确认姓名住址。利根胜久，三十岁，住址是石卷市荻滨3-25大牧建设宿舍。没错吧？"

"错。"

"哪里错了？"

"他们应该早就开除我了。所以我现在没有工作，没有固定住处。"

"你也太性急了。大牧建设没有将你开除。"

"……欸？"

"不仅没有开除，工地主任碓井先生还拜托我们早点找到你。观护志工椚谷先生也一样，恳求我们在你还没有再干出什么事来之前抓到你。"

"怎么可能？"

"你以为世上所有人都对有前科的人很冷漠?以为人人都戴着有色眼镜,认为你一定不会更生?是你戴着有色眼镜来看社会。无论何时何地,都有人只相信眼见为凭。你却轻易辜负了他们。"

利根半张着嘴听。

"尤其是栉谷先生,他还是相信你是清白的。他照顾假释中的你,为了帮你找工作四处奔走,你要用什么脸面去见这样一个恩人?"

挨了笘篠的骂,利根闹别扭般摇头。

"……我没杀人。"

从否认开始吗?的确,这个案子一认罪肯定不是死刑就是无期徒刑。不可能一下就招认的。

好吧,既然如此,我就陪你耗到底。

"我就先从三云先生的案子问起。十月一日晚间七点,你在哪里做什么?"

利根沉默不语。不,是说不出话了吧。说了实话,就等于把自己的脖子套进绞架。编造不在场证明则会让他的立场更加不利。既然如此,继续行使缄默权反而有利。

"接着是城之内的案子。你能交代十月十九日下午六点起的行踪吗?"

"请问啊,笘篠先生,是吧?我坐牢的那八年,人类难道进化了吗？"

"什么意思？"

"一般人怎么可能记得一个多月前在哪里做些什么？还是别的人就能对答如流？"

"有些人就答得出来。就是每天都规律地往返公司和家里，在固定的时间上班、在固定的时间回家和固定的对象吃晚饭的那些人。"

"好无聊的生活啊。"

"你和远岛惠住在一起的时候，不也是那样吗？"

霎时，利根露出忍痛的表情。

"出来以后才不是那样，所以我不记得了。"

"你饿死那两个人，果然是因为远岛惠被饿死所以才实施报复的吗？"

"我哪知道。"

"你怎么会不知道。去盐釜署看她的遗体的是你吧。你会想到这种杀人方式，是因为你一直忘不了她的死状。你认为既然要替天行道，赐死福利保健事务所的人，那是最好的办法。不是吗？"

"那全都是你的想象。"

利根的回答仍像个闹脾气的小孩。

"既然你说是想象就没什么好谈的了。毕竟除了凶手，没有人看到犯案那个当下。但是呢，人的所作所为不是云烟，一定会留下行迹。没有人看见，也会有东西看见。"

"你是说有指纹、毛发或脚印吗？当中有我的吗？"

笘篠判断关于残留物的事还是老实告诉他比较好。科学办案的效果又不是泄露机密，对利根也是一种威压。

"在你服刑期间，DNA的鉴定技术有了突破性的进步。证据能力是一流的。等到证实有你的残留物，你就无法狡辩了。"

所以要认罪就趁现在——笘篠正要这么说的时候，却被利根抢了先机。

"那种事要等多久啊？又不是一两个小时的事。"

"没错。不是像酸碱试纸那样看变红变蓝就行。再怎么赶，也要花上两三天。"

"开什么玩笑！"

利根突然大吼。

"我哪能等那么久！现在马上就让我出去！"

"又来了，你还是想想你的立场吧。"

"既然不能放我出去，就把上崎带来。"

看来他不是在开玩笑。被逮捕、拘留之后，对上崎的执着却没有丝毫消减。到了这种程度，根本是执念了。

"你说过会以买春嫌疑逮捕上崎的。"

"是啊，会逮捕他的。只是他不是现行犯，所以会是在宅起诉。"

利根脸色变了。

"你说什么……不把他一起带来吗？"

"看你这么执着，我就告诉你吧。上崎是搭十三点十四分的飞机顺利抵达仙台机场。一进大厅就被当场盘问，很爽快地承认了。一定是离开菲律宾那一刻就有心理准备了吧。虽然晚节不保，但实质上他已经退休了，又是独居。人失去了要保护的事物是很脆弱的。"

"他现在在哪里？"

"不知道，大概在家里吧。"

利根当下就站起来。本来在做记录的莲田立刻跳出来按住他。

"马上放我出去，不然就把上崎带来这里。"

这样就连笘篠也受不了了。再怎么不死心也要有个限度。

"我不是不明白你痛恨上崎的心情，可是杀了两个人和在国外买春不可能相提并论。还是说，等我们把上崎带来，你就要趁我们不注意接近他吗？你也实在把我们警察看扁了。"

"我不是那个意思。"

"不然是什么意思？你为了替远岛惠报仇已经杀了两个人。最后杀了上崎，你的报仇就完成了。"

"我没有要杀他。那三个人的确是惠婆婆的仇人，可是我没动手就打消念头了。所以只是在没有人的福利保健事务所放个火就算了。"

"说谎。你是在对他们下手之前被捕，心怀怨恨被收监。你之所以当了八年模范受刑人，就是为了及早出狱，好真的置他们于死地吧。"

"我没有！"

"你有，证据就是你刚刚还在机场埋伏上崎，不是吗？还特地扮了女装。你就是打算若无其事地接近上崎，绑架他，像另外两个人一样，把他扔在某个地方让他不吃不喝、活活饿死。"

"相反，我是为了保护上崎。"

笘篠和莲田不禁对视一眼。

保护？刚才他说他要保护上崎？

"我出狱不久就从电视新闻中得知了三云和城之内被杀的消息。既然他们两个被杀，我知道接下来就轮到上崎了。我自己找过了，可是怎么找都找不到上崎的行踪，才会请五代先生帮忙。我去机场，也不是为了攻击他。我是猜到你们会在机场埋伏才变了装而已。我根本没有要对上崎怎么样。"

笘篠正要开口的时候，另一名刑警冲进侦讯室。

"不好了，上崎不见了。"

他在耳边这样悄声说，笘篠顿时无言。

"不是有派人保护吗？"

"逮捕利根之后就解除了警戒。上崎一口承认了买春嫌疑，又没有逃亡之虞，就……可是刚才负责的同人要去问话，他家空无一人。"

"不是外出吗？"

"手机也打不通。"

可恶——笘篠暗骂。真是大乌龙。

"搞丢上崎了吧？"

利根从身后着急地问。

"所以我一直叫你们把上崎带来啊！"

"你早就料到了？"

"对。我去机场，也是打算先下手，免得发生这种事。"

笘篠转身过来直视利根，他的眼睛看来不像在说谎。

这也是刑警的直觉。但真能全靠直觉吗？难道不是已经犯了大错，而是正要犯错？

浅浅地呼吸之后，笘篠从正面盯着利根。

"我再问一次。杀死三云和城之内的是你吗？"

"烦不烦啊！我没有杀人。我看新闻知道他们的尸体被发现的地方，可是那些地方我从来没去过。不可能采集得到我的毛发和脚印的。"

一番话说得理所当然，让笘篠感到其中必有蹊跷。

"你已经发现一连串案件的真相了吧？"

被这样一问，利根很快垂下了眼。真老实。笘篠对自己竟怀疑这样一个人感到生气。

"把你知道的全说出来。"

"我有条件。"

"说说看。"

"现在分秒必争，让我帮忙找上崎。"

"你可是嫌犯之一。"

"他在哪里只有我知道，难道你宁愿拖到事情无可挽回吗！"

慑于他认真的眼神，笘篠犹豫了。但最后决定相信自己的判断。

"跟我来。"

## 5

笘篠和莲田在警车后座左右包夹利根而坐。虽然准他同行，但利根的话仍不能尽信。

发现上崎失踪后，项目小组积极搜索，但不要说"宫城名人俱乐部"，任何他会去的地方都找不到人，一度因逮捕利根而安心的东云脸上重现冰霜之色。

笘篠提出想带利根搜索上崎时，东云之所以勉强答应也不可能与此无关。当然，这是笘篠耐着性子交涉的结果，但若在平常，东云是不可能答应的。

"到盐釜。"

利根还没上警车就一再这么说。

"盐釜哪里和上崎有关？难不成会去他以前当所长的福利保健事务所吗？"

"笘篠先生，靠近目的地我会告诉你的。在那之前你就不要再问了。"

"都这个时候了，你还有什么非瞒不可的？"

"你也有非保护不可的东西吧。"

这一问出乎意料，笘篠一时答不出来。

"我也有啊，要保护的东西。"

利根微微低头，低声说起。

"我在牢里那八年，这个国家整个变了。如果只是变穷，那我还能理解，可是吃苦的人和享乐的人的差距太夸张了。钱只会往有钱人那里流，穷人家还是穷，搞得女中学生为了想买学校用品去卖身。我原以为像惠婆婆那样受虐的人只是一小部分，结果根本不是。现在这个国家，有太多人对惠婆婆那样需要有人保护的人见死不救。"

"可是，那也不能成为杀人的理由吧。"

"你不知道。贫穷是所有犯罪的根源。我可以向你发誓，要是惠婆婆受到了妥当的社会保障，绝对不会发生这次的案子。"

利根的话让笘篠无言以对。说这次的命案是社会保障费的预算不足与福利保健事务所职员过度的反登陆作战引起的，并不算错。

然而，以筈篠的立场，他无法全部赞同。因为那样就成了容许穷人犯罪的托词。

"真是歪理。"

他勉强这样回应。

"又不是每个穷人都会成为罪犯，会不会去犯罪另有原因。"

"只要进监狱就知道了。你以为里面有多少人的童年是富足的？要是没钱了、走投无路，无论什么人都会想到去偷。男人运差的女人就去卖身，因为年轻没经验，马上就被抓。被抓了就有前科，然后有前科就找不到正经工作。没有正经工作，只好又去做不正经的工作。就这样一直循环。会说这是歪理，是不知道什么叫穷人的借口。"

"那你是说，被杀的三云和城之内是自作自受吗？他们只是遵循国家和省政府方针的公务员。"

"在身为公务人员之前，得先是个人吧。在驳回申请时，他们很清楚惠婆婆是什么状况。他们明知不给生活保护费，惠婆婆就会饿死，却还是冷酷无情地驳回了她的申请。国家和省政府的命令比人命还重要吗？不是为了替人民服务才有公务员的吗？不是为了维护国民的健康才有厚劳省的吗？"

"别激动。"

"我没有，我早就心寒了。"

利根空虚地笑了笑。

"死去的三云和城之内也有家人吧。要是他们曾经想到过，因为自己盖的一个印章就只能饿死的惠婆婆也同样是人，就应该做不出那种事。我不知道他们在死前想了些什么，但他们被杀毕竟不是没有理由的。两个把别人的性命当蝼蚁草芥的人，自己的性命被当成蝼蚁草芥来对待也无话可说。要说什么叫自作自受？那就是了。"

笘篠再度无言。

警车进入盐釜市内，利根便说要去辛岛町。

笘篠回溯记忆，想起那是死去的远岛惠的住处。

"上崎怎么会在远岛惠住过的地方？"

"因为我只想得到那里。"

"理由说来听听。"

"去了就知道。我想。"

一直保持沉默的莲田对他投以不悦的视线。

"你不是知道上崎的行踪吗？"

"我可没保证一定在。"

"你不会是为了离开侦讯室而要诡计吧？"

"我知道要是离开侦讯室，警卫会更严密。如果真的要骗你们，我会想更可信的谎话。"

"你这家伙！"

"好了。"

气氛很差，笘篠便介入两人之间。此时对利根还不能完全信任，多余的争执只会更令人烦心。

"反正到了就知道了。"

在整个办案过程中，笘篠都未曾踏入辛岛町。在得知这次命案与远岛惠有关之后，仍因她已作古多年而觉得没有拜访的必要。

不久，盐釜湾便出现在右侧。从海岸通路口向西直行，进入一个老住宅区。这一带虽不见地震肆虐的痕迹，但低矮的住宅与小商店林立，给人一种被平成之世遗忘的印象。明明是工作日，大多数商店的铁门都没有拉开，有些民宅甚至已经化为废墟了。

"好萧条啊。"笘篠不禁低声说。而他得到的回答是：以前就是这样。

"地震前就这样了。这里是老人和穷人住的地方，也有很多人领生活保护。所以光是住在这里，福利保健事务所就会通过有色眼镜来看人了。我到现在还是这么认为。"

车子开了一阵后，周围只有零星的住宅，路上也不见人影。

"我们要去远岛惠生前住的地方吗？"

"对。再过去有一幢七连栋的房子。正中央那一户就是惠婆婆住过的。不过现在那七户都是空屋了。"

"你很清楚嘛。"

"我出来之后去看过一次。"

"明知道远岛惠死了之后谁也不在？"

"因为惠婆婆是公家葬的，没有一个像样的墓。我出来以后想看看她也只能来这里。"

"你为什么认为上崎在这里？上崎也对远岛惠感到自责吗？"

"才不是，那家伙哪有这种良心。一个跑到认识的人看不到的地方大买雏妓的畜生。"

利根毫不掩饰他的厌恶。

车子继续开了几分钟，利根所说的长屋出现了。七户房子的屋顶墙壁都腐朽了，实在不像能住人的地方。

但比长屋本身更吸引笘篠眼光的，是停在不远处的一辆车。

他认得那辆车。

笘篠使了个眼色，莲田似乎也注意到了，深深点头。

在附近停好警车，笘篠与莲田一左一右夹着利根下车。为了防止逃亡，利根仍系着手铐和腰绳。

靠得越近，建筑物荒废的程度就越惊人。屋顶肉眼可见地歪斜，墙上到处都是洞。玻璃窗破了，多年的褪色和污垢让人看不出墙壁原本是什么颜色。

莲田喃喃地说："这是废屋吧？"

利根回应道："已经没有人住了。你们也知道吧，来这里的路上，一个人也没有。就算屋里有人，也没人会发现，是监禁、躲藏的绝佳地点。"

任凭腐朽的废屋，原因不言而喻。住户退租之后没了房租收入，房东也筹不出拆建费用，除了闲置别无他法。发现三云尸体的"日出庄"也是同样的情况。

利根朝正中央那户走，在门前站定。

"有人在吗？"

里面立刻传出声音。

"救命！"

笘篠和莲田立刻有所反应。

门没有上锁。但因老朽严重，反而无法顺利打开。笘篠大叫"开门"的声音和另一个男子的怒吼声几乎同时发出。

"警察！不许动！"

"别进来。一进来我就杀了上崎。"

一瞬间，笘篠瞥见昏暗中有两个人影。被固定在椅子上的是笘篠看照片而认得的上崎，而另一个人影躲藏般伫立在阴影中。

看不清长相，但声音确实是那个人。

"没听到吗？现在马上关上门给我消失。"

在黑暗中，有个闪着金属光的东西。

刀子。

笘篠判断应该先保持距离，便要关门。

就在这时候，利根朝男子喊了一声："官官，是我，胜久。"

男子一惊，定住不动。

关上门之后，笘篠向莲田下令：

"报告小组发现上崎，同时请求支援。监禁上崎的犯人持有凶器，要慎重行事。"

"了解。"

莲田与小组联络时，笘篠与玄关拉开距离，向利根问问题。

"刚才你叫他官官，是吧。"

利根似乎深陷苦思，迟迟不答。

"我在问你啊。"

"对。虽然样貌变了很多，但那是以前被我当作弟弟的官官，不会错的。"

笘篠知道，利根和远岛惠之间形成的模拟家族中，第三个家人就是官官。

"那，他就是一连串命案的凶手？"

利根什么都没说，但沉默意味着默认。远岛惠被饿死，让利根痛恨福利保健事务所，那么做弟弟的同样矢志报仇，岂不是理所当然吗？

"那么，你在牢里当模范受刑人，出来又调查上崎的近况，都是为了尽快出狱，阻止他报仇吗？"

利根轻轻点头。不愿承认弟弟的罪行，对自己的行为却直承不讳。

"过了八年，官官已经是个大人了。而且他对惠婆婆的感情比我还深，所以更危险。我出来之后找过他，可是他搬到但马町以后，母亲再婚又搬家了，无从找起。我还不知道该怎么办时，三云和城之内就被杀了。一听到他们是被饿死的，我马上就猜到是官官做的了。"

"你小弟的行踪只要拜托五代他就会帮你查吧。为什么要绕这么大一个圈子去查上崎的消息？"

"他母亲再婚，我连他改姓什么都不知道。我想反正他一定会去找上崎，盯住上崎就一定遇得到他。而且要是让五代先生知道他，不能保证不会跟你们警察说。"

"也不管包庇他你会被怀疑吗？"

"只是被怀疑不算什么，和他一再杀人比起来的话。"

笘篠短短叹了一口气。

怎会如此？包括自己在内，整个项目小组都被利根误导了。

"你认为他会直接杀了上崎吗？"

"你们应该知道吧，他已经杀了两个人了，杀第三个人的障碍降低了很多。他人虽聪明，却是个死心眼，一旦决定了就会去做。所以拜托。"

利根注视着笘篠。笘篠仿佛被箭一般的视线贯穿，无法转移视线。

"现在一定连他母亲也劝不了他了。让我来劝劝他。给我机会,让我跟他一对一谈谈。"

"难不成要我们解开你身上的东西?"

"不放心的话只解腰绳就好。"

"你以为我们会答应?"

"等县警本部的支援大军一到,就会把这里整个包围起来吧。反正我是逃不了的。"

笘篠只能叫他等一下。

待机中,援军警车陆续抵达,现场四周立刻被包围。不知消息是怎么泄露的,不光是警察,后面还有开转播车来的媒体。

太阳已经开始西沉了。笘篠等人的影子加深,在地面上拉得很长。随着日落,风也越来越冷。

想让利根出面说服犯人——笘篠向本部这样商量,起初东云拒绝,但四周有警察小队包围,没有逃亡之虞,再加上笘篠一再耐心解释现阶段只有利根能够说服犯人,东云才总算让步。但最后仍不忘加上一句:

"千万不要偏袒犯人和嫌犯。"

简直就像看穿了笘篠的内心。于是笘篠再度无言以对。

四个地方点起投光器。昏暗中,远岛家朦胧浮现。

由笘篠随同负责说服犯人的利根。当然不会只有他们两个人，他们背后还有几名宫城县警SIT[1]，随时都能射击犯人。

"要是你的劝解有失败的迹象，射击小组立刻就会扣下扳机。"

笘篠一边走近门口，一边在利根耳边说。

"不要对他开枪。"

"这就要看你劝不劝得动了。我不想威胁你，但你要认清现状。"

利根下定决心般点了一下头。

站在门前，利根长长吁了一口气，对屋里说道：

"官官，是我。好久不见了。"

"胜久哥哥。"

"上崎没怎样吧？"

"对，还活着。可以的话，胜久哥哥也来帮忙好不好？只要杀了他，报仇就完成了。"

"不了。"

"不过，好快啊。不是还要在里面待两年？"

"我是为了阻止你才提早出来的。"

"哦，所以胜久哥哥早就料到我会这么做了。"

"是啊，我们是兄弟嘛。"

隔着门，利根的话越说越带感情。

---

1 SIT：搜查一课特殊小组。

"官官，住手吧。你的心情我懂。我以前也很想向三云、城之内和上崎报仇。"

"那就在旁边看着吧。我好不容易才能惩罚这些人。胜久哥哥想做也做不到的，我现在正在做。"

"我以前的确也很想找他们三个报仇，替惠婆婆报仇。可是，我在努力忘记这件事。"

"为什么？惠婆婆一定也没忘记。"

"因为没有意义。"

"怎么会没有意义？"

"你不懂吗？你把人命看得太轻了。说什么报仇好像多了不起，却没有把自己以外的人当人。"

"我才没有。"

"不，你有。你的做法，和上崎他们三个对惠婆婆做的一样。"

"不要拿他们跟我相提并论。就算是胜久哥哥，我也会生气的。"

别刺激犯人。笘篠为了提醒利根而伸手制止，但利根继续说下去。

"你还没生气就会先被惠婆婆骂。"

"……什么意思？"

"惠婆婆刚走那时候，你进过屋吗？"

"没有。那时候太难过，不敢进来。"

"惠婆婆死后，房东只清理了散乱的垃圾，没有动房子。因为也没钱重新改装，所以还留着。惠婆婆倒下的地方，正好就在你现在站着的客厅那里。朝寝室的方向有一道破烂的纸门吧？"

"哦，有啊。"

"那里有惠婆婆的遗言，好像是临终前用快干掉的马克笔勉强写的。要是有光源你就去看看。在纸门下面破掉的那里。"

里面的回应中断了，不久传出呻吟般的声音。

"胜久哥哥……找到了……这真的是惠婆婆的字。"

"既然看得到就念出来！"

"……要当一个……好孩子。不、不要给人添麻烦……"

"那是惠婆婆的遗言。你应该做得到吧？"

然而下一瞬间，却传出上崎的惨叫声。

"官官！"

利根的叫声响起的同时，SIT队员也闯了进来。

然而，撞开了门后，眼前出现的却是一个高举双手的男子。

"官官。"

"……我办不到。我可以在自己看不到的地方把人饿死，却没办法亲手刺死他。顶多就只能打他一拳。我果然胆小没用，从以前到现在都没变。"

圆山又哭又笑地说完，便当场蹲下。SIT队员立刻逮捕他。至于上崎，虽全身瘫软，但看起来性命无碍。

因为是菅生，所以叫官官吗——两相对照，笘篠不禁为到头来事情的简单而苦笑。

笘篠朝被捕后无法动弹的圆山走去,只见他露出怀念的笑容。
"嗨,笘篠先生。"
"告诉我。你会进福利保健事务所,全都是为了报仇吗?"
"才不是呢。只是通过考试分发之后,刚好三云就在。不过三云不认得我的长相和名字。"

圆山落寞地笑了。

"三云被身边的人当成好人,但其实他一点都没变。经常把我判断的无论如何都需要生活保护的申请以一句预算不足就回绝。他真的,一点都没变。我也很清楚社福行政的架构和现状,但三云他们对个别申请者实在太不用心了。这才是让我下定决心报仇的原因。身为福利保健事务所的职员,要弄到前辈城之内和上崎的个人资料其实很容易。"

圆山有些得意地说完,忽然间严肃起来。

"可是请相信我。我不愿意让社会保障制度再产生惠婆婆那样的牺牲者,所以才拼命用功,当上福利保健事务所的职员。这是真的。"

笘篠亲眼看到圆山是怎么工作的,由不得他不信。

圆山被队员带走,越走越远。

"我还能为他做什么?"

目送着圆山的背影，利根默默冒出一句。无论有什么苦衷，他都已经杀了两个人。利根能做的，就是为酌情量刑提供证词，而这到底有多少效用却实在令人放心不下。

"慢慢再想吧！距离开庭还有时间。"

笘篠轻轻拍了利根的肩。

在后来的侦讯中，圆山完全交代了是他杀害了三云和城之内。稍后，收到鉴识课的报告，从两具尸体的发现现场掉落的不明毛发中验出与圆山的一致，补全了认罪的内容。

只是，令项目小组惊讶的是，圆山在废屋监禁上崎前，在社群网站上发了一篇可视为犯罪声明的文章。

给那些得不到保护的人：

我是圆山菅生，在青叶区福利保健事务所保护第一课服务。我为需要生活保护的市民服务，但这次因为私人原因可能要离职。所以，我要借这个地方留下我想告诉各位的话。

依现行的社会保障制度，生活保护的架构实在不够全面。人员与预算不足，但最重要的是，受领方的观念不成熟。会有那么多不当请领也与此不无关系。说话大声的、态度强硬的人强占了生活保护费，受到旧教育深信坚强、含蓄、自立才是美德的人，却连今天的米在哪里都不知道。这就是日本的现况。而福利保健事务所的职员力量又太过微小，无法导正不公。我虽在最前线工作，却有太多事力所不及，实在惭愧。老实说，这样的烂摊子到底是谁的责任，又该从何处改革才能解决，我也不敢说。因为我的无能，还有好几个生活穷困的人仍身陷困境。可是，有一些小事是我能说的。

给那些得不到保护的人：请大声说出来。不要隐忍，向至亲，向近邻，若环境许可，向网络说出你有多辛苦。无事可做关在屋里，会让人觉得世上仿佛只有自己一个人。可是，不是那样的。这个世界比你想象的宽广，一定有人关心你、在意你。我也曾为这样的人所救，所以我敢保证。

你绝对不孤单。请再一次，不，不管多少次，都要鼓起勇气大声说出来。要比那些蛮横之徒说得更大声、更响亮。

圆山的发文随着命案的报道广为传播，引起了广泛的关注与讨论。福利保健事务所过去一直执行的反登陆作战备受抨击，厚劳大臣在国会也成为众矢之的。当然，很难因此便指望社会保障制度会产生戏剧性的变化，但笞篠决定乐观以待，相信这是促使厚劳省改善的助力。否则圆山和利根就太可怜了。

利根因妨碍公务被起诉，在梽谷的协助下开始找律师。虽然可以预期，即使有极为优秀的律师，圆山也很难获得减刑，但若有舆论支持，可能性并不是零。站在负责办案的警察的立场，笞篠不能公开支持，只能默默守护。

上崎虽遭圆山绑架监禁，却只挨了一拳就了事了，但接下来却有地狱等着他。以退休金为本到国外挥霍买春的代价，是被福利保健事务所提告要求退还退休金、惨遭社会挞伐、"宫城名人俱乐部"强制解散。虽捡回一条命，失去的也不少。

尽管不是所有事都尘埃落定，至少自己的工作是结束了，笘篠在几周后回到宿舍。

十一月的寒气使得屋里冷透了。

他在餐桌前坐下，与相框里的妻子和儿子面对面。除笘篠外空无一人的家里，声音和时间都被隔绝了。

忽然间他想和他们说说话。

圆山因为保护不了远岛惠，不惜赌上自己为她报仇。

利根为了保护情同弟弟的圆山坐了八年的牢，甚至险些赔上下半辈子。

远岛惠在饥饿到意识逐渐模糊中，直到最后一刻都努力保护自己的两个"儿子"。

每个人都拼了命保护自己应该保护的。差别只是在命运的安排下，结果是否成为犯罪罢了。

那么，我曾为你们做了什么呢？

往后，我还能为你们做些什么？

笘篠对照片里的两个人说话，他们却只是静静地笑着。

**文治**

磨铁图书旗下子品牌

更 好 的 阅 读

监　　制　潘　良　于　北
产品经理　胡马丽花
责任编辑　俞滟荣
文字编辑　朱韵鸽
版权支持　冷　婷　郎彤童　李泽芳
营销支持　金　颖　黄筱萌　黑　皮
封面设计　沉清Evechan

关注我们

官方微博：@文治图书
官方豆瓣：文治图书
联系我们：wenzhibooks@xiron.net.cn